D1994388

KNAUR

Über die Autorin:
Karola Löwenstein wurde 1979 in Deutschland geboren, wo sie auch heute noch mit ihrer Familie lebt. Bevor sie mit dem Schreiben von Romanen begann, veröffentlichte sie erfolgreich Kurzgeschichten und Gedichte. Mehr über die Autorin unter: www.facebook.com/KarolaLoewenstein

KAROLA LÖWENSTEIN

The Black GAME

VERLOCKENDES SPIEL

Roman

KNAUR

Besuchen Sie uns im Internet:
www.knaur.de

FSC
www.fsc.org
MIX
Papier aus verantwortungsvollen Quellen
FSC® C083411

Originalausgabe Januar 2016
Knaur Taschenbuch
© 2016 Knaur Verlag
Ein Imprint der Verlagsgruppe
Droemer Knaur GmbH & Co. KG, München
Alle Rechte vorbehalten. Das Werk darf – auch teilweise – nur mit Genehmigung des Verlags wiedergegeben werden.
Redaktion: Anita Hirtreiter
Umschlaggestaltung: ZERO Werbeagentur, München
Umschlagabbildung: Gettyimages / Microzoa
Satz: Adobe InDesign im Verlag
Druck und Bindung: CPI books GmbH, Leck
ISBN 978-3-426-51751-2

2 4 5 3 1

KAPITEL 1

»Komm mit, Anya!« Sarah sah mich mit großen Augen an, aber das würde nicht helfen.

Ich würde standhaft bleiben, auch wenn das Grau ihrer Augen verlockend funkelte und mich einen Moment lang dazu verleitete nachzugeben. Wenn ich einer ihrer zahlreichen Verehrer gewesen wäre, hätte ich jetzt schon kapituliert, doch ich war ihre beste Freundin und somit immun gegen ihren Venusblick.

»Nein«, sagte ich entschlossen. »Ich hatte einen verdammt anstrengenden und verdammt langen Tag. Heute habe ich definitiv keine Lust mehr auf einen neuen Club.« Sarah wechselte ihre Strategie – nun war der Schmollmund dran, erdbeerrot und zuckersüß.

»Aber der *Club 5* ist zurzeit der Club überhaupt in der Stadt. Alle wollen dahin, und ich will wissen, warum. Los, komm mit!«, bettelte sie.

»Wenn alle dahin wollen, ist es sicherlich voll«, erwiderte ich und musste grinsen. Sarah sah zu süß aus. »Du weißt, ich hasse es, wenn es voll ist. Außerdem habe ich nichts Passendes zum Anziehen, und morgen früh muss ich zeitig ins Büro. Wenn ich nicht genug Schlaf abbekomme, bin ich nicht zu gebrauchen, und Trevor macht mir wieder die Hölle heiß«, setzte ich noch entschuldigend hinzu.

Ich hatte alle Ausreden zusammengesucht, die mir auf die Schnelle einfielen, und zog zufrieden die warme Wolldecke über meine Beine. Niemand würde mich dazu bringen, dieses Sofa heute Abend noch einmal zu verlassen, außer um ins Bett zu gehen, nicht einmal Sarah Green – die Königin der Verführung. Zugegeben, die Sache mit Trevor war keine Ausrede. Trevor Miles war mein Chef und würde mir morgen so oder so den Tag verderben, da spielte es eigentlich keine Rolle, ob ich müde war oder nicht.

Sarah zog ihre perfekt gezupften Augenbrauen in die Höhe und fuhr sich angestrengt durch die rotbraune Lockenmähne. Letzte Woche waren ihre Haare noch so glatt und schwarz gewesen wie meine, überlegte ich, aber Sarah hielt es mit einer Haarfarbe ja selten länger als zwei Wochen aus. Sie seufzte und gab endlich auf.

»Na, dann bleib eben daheim, aber lass dir gesagt sein, dass du so niemals einen Mann finden wirst«, murrte sie und stand auf. Dabei strich sie mit einer leichten Geste ihr neues Designerkleid glatt, das nur mit Mühe ihren Po bedeckte.

Bücken sollte sie sich damit nicht, dachte ich und betrachtete sie. Sarah war eine von den Frauen, die eine angeborene Eleganz hatten, die sie selbst bei den langweiligsten Tätigkeiten interessant erscheinen ließ.

Selbst ich konnte ihr dabei zusehen, wie sie den Abwasch machte, ohne mich zu langweilen. Obwohl sie nie Sport trieb, hatte sie diese unglaubliche Figur; das musste genetisch bedingt sein.

»Du weißt, dass ich nicht auf der Suche nach meinem Traummann bin, nicht hier in New York. Das hebe ich mir für später auf«, gähnte ich und sah ihr wieder in die Augen. »Das ist nicht mein Markt. Am Wochenende gehen wir aus, versprochen, aber nicht heute. Ich bin so erschöpft, als wäre ich einen Marathon gelaufen.« Behaglich ließ ich mich in die weiche Lehne meines Sofas sinken. Es war das Schmuckstück meines gemütlichen Apartments, das ich in warmen Orangetönen gestrichen hatte. Es war genau dasselbe Orange, in dem auch die Küche meiner Eltern leuchtete, seitdem ich denken konnte. Ich ließ meinen Blick durch das Zimmer schweifen, über die vertraute Farbe, die mich schon von Kindesbeinen an begleitet hatte; strahlend wie ein Sonnenuntergang über den endlosen Maisfeldern meines Vaters. Warum sollte ich hier weggehen?

»Anya, du bist erst vierundzwanzig und warst heute nur im Büro. Es kann doch nicht sein, dass du total erschöpft bist«, stöhnte Sarah genervt. »Dieser Job laugt dich aus. Ich weiß nicht, was du an dieser Firma findest.« Ihr vorwurfsvoller Ton traf mich, obwohl ich genau wusste, dass sie sich nur um mich sorgte.

»Es kann ja nicht jeder in einer Männermodelagentur arbeiten.« Ich blinzelte Sarah zu. »Ich mag meinen Job übrigens sehr. Ich verdiene eine Menge Geld und kann mir dieses wahnsinnig teure Apartment in Manhattan leisten und jeden Morgen im Central Park joggen gehen. Außerdem hätte ich sonst nie meine Lieblingsnachbarin kennengelernt, die mir im Moment allerdings ziemlich auf die Nerven geht.«

Sarah ignorierte ganz geflissentlich meinen Kommentar. »Was ist das ganze Geld schon wert, wenn du keinen Spaß mehr im Leben hast?« Sie sah mich nun ernsthaft besorgt an, und ich fühlte mich genötigt, mich wieder aufzusetzen.

»Mir geht es gut, Sarah, wirklich!«, beteuerte ich. Ich musste nicht lügen, ich fühlte mich wirklich gut, dort wo ich jetzt war, mit der Gewissheit, dass ich den Abend in Ruhe mit Musik oder einem schönen Buch ausklingen lassen konnte. Was war denn falsch daran?

»Ich brauche diese ruhigen Abende auf dem Sofa«, erklärte ich geduldig. Mein Job verlangte mir ziemlich viel ab, da musste ich Sarah schon recht geben. »Nun geh schon und morgen erzählst du mir, wie es im *Club 5* war! Am Wochenende komme ich mit. Dieses Mal halte ich mein Versprechen.«

»Wirklich?« Sarah blinzelte mich mit schief gelegtem Kopf an. Sie sah aus wie eine Katze, elegant, weich und klug. Kein Wunder, dass ihr die Männer zu Füßen lagen.

»Versprochen«, erwiderte ich mit festem Blick. Hoffentlich hatte Sarah bis dahin etwas Neues gefunden. Auf das Gedränge in einem angesagten Club hatte ich beim besten Willen keine Lust.

»Gut, Anya, wie du willst«, seufzte sie und ging zur Tür. »Schlaf gut!«

»Viel Spaß!« Ich winkte noch einmal, und Sarah schloss die Tür hinter sich. Endlich war Ruhe. Danke, Sarah! Auch wenn es mir leidtat, dass sie wieder einmal allein losziehen musste. Doch lange würde Sarah nicht allein bleiben, da war ich mir sicher. Ich nahm die Fernbedienung vom Tisch und leiser Jazz füllte den Raum. Mit geschlossenen Augen und schweren Gliedern versuchte ich in den Tiefschlaf zu dösen.

Eine halbe Stunde später stand ich genervt wieder auf. Sarahs Drohung ließ mir keine Ruhe. Ich war nicht auf der Suche nach einem Mann, nicht in dieser Stadt. Ich hatte keine Zeit für einen Mann und erst recht nicht für eine zeit- und schlafraubende Affäre, die nichts einbrachte außer der Erfahrung, dass es wieder einmal nicht geklappt hatte mit dem großen Glück.

Ich wollte echte Liebe, echte Gefühle, Kinder und ein Haus mit weißem Gartenzaun. Aber ich war nicht nach New York gekommen, um all das hier zu finden. Im Gegenteil: Ich war hier, um einen Mann zu vergessen, mit dem ich genau das geplant hatte. Wenn ich mich wieder bereit für eine ernsthafte Beziehung fühlen würde, wäre es an der Zeit, New York zu verlassen und neu anzufangen.

Vor langer Zeit war ich schon einmal der Meinung gewesen, dass ich die große Liebe getroffen hatte. Doch George hatte mir das Herz gebrochen, und das auch noch am Abend unseres Highschool-Abschlussballs. Ich verzog das Gesicht. Der Moment hatte sich mir schmerzhaft eingebrannt und mein Leben komplett verändert. Dass George mich verlassen hatte, war eine Sache, die mir immer so unmöglich erschienen war, dass ich eher an eine Invasion von Aliens geglaubt hätte.

Ich musste nur die Augen schließen und schon sah ich sein Bild vor mir: kurze blonde Haare, ein verwegenes Lächeln auf den Lippen und dazu strahlend grüne Augen, mit denen er mich so ansehen konnte, dass ich ihm jeden Wunsch erfüllen wollte. Das hätte ich sicherlich auch getan, aber vermutlich war ich mir meiner Sache und unserer gemeinsamen Zukunft zu sicher gewesen.

Vielleicht hätte ich unseren gemeinsamen Lebensweg auch nicht bis ins letzte Detail planen sollen. Vermutlich hatte ich ihn selbst in die Arme dieses Flittchens getrieben, mit dem er noch am selben Abend nach Europa aufgebrochen war, nur mit einem Rucksack und ein wenig Geld in der Tasche. Leslie war Abenteuer pur, zumindest war George dieser Meinung. Ich konnte ihm nur meine bedingungslose Liebe geben, doch das war offenbar nicht genug.

Nach diesem Abend hatte ich alle meine Pläne geändert. Ich konnte nicht mehr nach Minneapolis ans College gehen, denn dieser Plan war für George und mich reserviert gewesen.

Ich war so weit weg geflüchtet wie nur möglich ... nach New York. Ich brauchte den größtmöglichen Kontrast zu meinem bisherigen Leben und meiner Lebensplanung.

In ein paar Jahren wollte ich zurück auf die Farm und zurück zu meiner Familie. Ich sehnte mich nach Liebe, das leugnete ich nicht, aber hier in New York war das Leben schnell, und Schnelligkeit war kein Tempo für Liebe. Liebe brauchte Zeit und Raum, um sich zu entwickeln.

Mein Leben war rasant genug, gefüllt mit meinen eigenen Bedürfnissen und meinem Job. Ich brauchte keinen Herzschmerz, davon hatte ich genug gehabt für ein ganzes Leben.

Während meiner Collegezeit hier in New York hatte ich manchmal einen alkoholmotivierten Versuch unternommen, einen Mann näher kennenzulernen. Ich schmunzelte. War »Mann« das richtige Wort für die unreifen Kerle, mit denen ich mich meist nur einmal getroffen hatte? Wohl eher nicht. Ich war auf der Suche gewesen nach etwas anderem, etwas Außergewöhnlichem, aber gefunden hatte ich weder das eine noch das andere.

Es blieben leere Begegnungen, die mir nichts gegeben hatten außer schlechten Sex und Enttäuschung. Nach einem Fehlgriff in die Männerschublade verkroch ich mich daheim mit dem festen Vorsatz, so etwas nie wieder zu tun. Ich leckte meine Wunden und aß Schokoladeneis in ungesunden Mengen.

Sarah war da komplett anders. Sie stürzte sich zur Ablenkung gleich ins nächste Abenteuer, denn sie war ein Stehaufmännchen und suchte mit Feuereifer nach dem Mann ihrer Träume. Diese Leidenschaft betrieb sie fast schon als Sport, und zwar seitdem wir uns auf dem College kennengelernt hatten; egal ob Blind Date, Speed Dating, Kontaktanzeige, Chatroom oder der Flirt an der Supermarktkasse – Sarah hatte nichts ausgelassen, um Mr. Perfect an die Angel zu bekommen.

Allerdings mit demselben mangelnden Erfolg, den ich zu verbuchen hatte. Obwohl: Reichlich Sex hatte sie schon, überlegte ich, während ich in die offene Küche hinüberschlenderte, um mir einen Tee zu kochen. Sie hatte reichlich Sex im Gegensatz zu mir, aber das war einfach, denn ich hatte gar keinen Sex mehr gehabt, seitdem ich das College verlassen hatte.

Wie auch, wenn ich nicht einmal mehr dazu bereit war, zu einem Date zu gehen? Wie lange war mein letztes Mal schon her? Ich überlegte eine ganze Weile, während ich Wasser aufsetzte und darauf wartete, dass es zu kochen begann. Das musste schon zwei Jahre her sein. Mein letztes Date hatte ich kurz vor meinen Abschlussprüfungen am College gehabt. Es mussten immer Männer mit blonden Haaren sein, diese Macke wurde ich nicht los, und daran hatte nur George Schuld. Doch der durchschnittlich schlechte Sex, den ich gehabt hatte, hatte mich ohnehin nicht dazu bewogen, mit auch nur einem meiner Verehrer ein weiteres Mal auszugehen.

Ich war zufrieden mit meinem Leben, warum sollte ich etwas ändern? Es gab keinen Grund. Allerdings hatte Sarah recht, der Job ließ wenig Platz, um noch irgendetwas anderes zu erleben, aber bisher hatte ich das nie als Mangel empfunden. Vielleicht sollte ich wieder einmal ein paar Tage in den Urlaub fahren, um auszuspannen, denn auf eine Affäre würde ich mich garantiert nicht noch einmal einlassen. Das war nur Zeitverschwendung.

Zufrieden mit meinem Plan goss ich das kochende Wasser in meine rote Lieblingstasse und wählte aus meiner Teesammlung einen Vanille-Rooibos-Tee aus.

Seitdem Olivia letztes Frühjahr neben Sarah und mir eingezogen war, hatten wir immer reichlich Tee im Haus. Wir liebten sie wie unsere kleine Schwester, und das, obwohl sie die Welt retten wollte, indem sie versuchte, uns alle zu Veganern zu machen. Ich hatte selten einen so durch und durch anständigen Menschen getroffen wie sie, der so konsequent für seine Überzeugung einstand.

Allerdings tat sie das nicht mit Hilfe von Gewalt oder aufdringlichen Aktionen, sondern sie wollte die Menschen mit Geduld und logischen Argumenten überzeugen. Das ging so weit, dass sie daraus einen Beruf gemacht und ein paar Straßen weiter einen eigenen Bioladen eröffnet hatte, von dem aus sie ihre Mitmenschen missionierte. Inzwischen konnte sie sich eine Wohnung in der Nähe des Central Parks leisten – so gut war sie darin. Sarah und ich kamen so immer in den Genuss der neuesten veganen Produkte, die Olivia ausprobierte.

Der Biotee roch gut und wärmte mich. Ich spürte, wie ich mich endlich entspannte. Das war der richtige Moment, um mit einem guten Buch ins Bett zu gehen.

KAPITEL 2

Unbarmherzig klingelte um sechs Uhr mein Wecker. Verschlafen stolperte ich in mein marineblaues Badezimmer, putzte mir gründlich die Zähne und zog meine Laufsachen an. Dieser morgendliche Ablauf war so routiniert, dass ich dabei nicht mehr nachdenken musste. Die Stadt begann zu erwachen, als ich durch die Straßen bummelte. Noch war alles ruhig, aber bald würden die Pendler einfallen und das stete Summen der Millionen Menschen an diesem Ort würde sich erst wieder beruhigen, wenn der Tag schon längst vorbei wäre.

Als ich in den Central Park einbog, waren schon reichlich Läufer unterwegs. Ich grüßte Betty, eine schwarzhaarige, drahtige Frau, die Sport zu ihrem Lebensmotto gemacht hatte und die, genauso wie ich, jeden Morgen die sechs Meilen lange Runde drehte.

Nach der Hälfte der Strecke war ich endlich richtig wach, gerade als mir mein Mitarbeiter Rick Charles entgegenkam. Ich grüßte freundlich, so wie jeden Morgen an derselben Stelle. Gleich würden wir uns im Büro wiedertreffen, aber jetzt war ich privat unterwegs, und privat war ich ein netter und friedliebender Mensch.

Im Büro würde ich anders sein, dort würde ich in die Rolle der knallharten Geschäftsfrau schlüpfen, und ich musste zugeben, ich liebte diese Rolle und spielte sie mit Hingabe. Sie gab mir Stabilität und Sicherheit wie ein schützender Kokon.

Die Sonne stand schon hoch am Himmel und schickte goldene Strahlen durch das helle Grün. Es war Mai, und New York war hell und warm. Im November würde ich morgens noch halb in der Dämmerung laufen und mir würden die Zehen einfrieren, wenn ich zu langsam war. Die Sonnentage musste ich mit aller Kraft genießen. Ich lief leicht in meinem Tempo und achtete auf meine Atmung. Am Ende der Runde steigerte ich noch einmal die Geschwindigkeit und verließ zufrieden mit meiner sportlichen Leistung den Central Park. Ich war schlank, aber ich würde nie eine athletische Figur bekommen, egal wie sehr ich mein sportliches Pensum noch steigern würde. Dennoch lief ich gern, denn das tägliche Training hielt mich fit und sorgte dafür, dass mein Bauch flach und mein Po halbwegs straff blieb.

Nach einer heißen Dusche und einer großen Tasse Kaffee war ich bereit für einen neuen Arbeitstag und schloss das Apartment hinter mir ab. Im langen Flur, der sich hoch über mir wölbte, traf ich Sarah.

»Guten Morgen, Anya.« Sarah gähnte unterdrückt.

»Guten Morgen«, erwiderte ich und drehte mich um. Sarah sah in ihrem Business-Look genauso umwerfend aus wie am Abend zuvor in dem Designerkleid.

»Wie war es im *Club 5?*« Erwartungsvoll sah ich sie an, denn ich hatte die dunklen Augenringe erkannt, die sie mit Make-up kaum verdecken konnte.

»Bombastisch! Der Club ist echt der Hammer. Ich bin heute Morgen erst um vier ins Bett. Die Musik ist Weltklasse, und die Leute sind wirklich erste Sahne. Ich bin auch nur reingekommen, weil ich eben ich bin. Sonst stehst du dir die Beine in den Bauch.«

Ja, ich wusste, wie Sarah sein konnte, wenn sie auf Beutezug ging. Dann war sie eben Sarah, und es gab keinen Türsteher, der ihrem Charme widerstehen konnte. Ich musterte sie. Sie sah nicht zufrieden genug aus für einen Abend in einem bombastischen Club.

»Was war los? Hast du dieses Mal kein Glück mit den Männern gehabt?«, fragte ich vorsichtig.

»Nein, das ist es nicht. Interessante Männer hätte es genug gegeben. Im *Club 5* gibt es drei private Lounges, und in eine von diesen bin ich nicht reingekommen. Stell dir das vor!« Sarah klang empört. »Es gab tatsächlich einen Türsteher, der Sarah Green nicht vorbeilassen wollte, und dabei habe ich alle Register gezogen. Das ist echt frustrierend. Es war die *Black Lounge*, dort muss es irgendetwas Sensationelles geben, und ich wüsste zu gern, was das ist.«

»Es gibt einen Türsteher, der dich nicht durchgelassen hat?« Erstaunt sah ich Sarah an. In diesem Moment ging die Tür neben uns auf.

»Guten Morgen.« Olivia betrat mit einem strahlenden Lächeln den Flur. Ihre rotblonden Haare hatte sie zu einem Zopf geflochten, der schwer auf ihrem gelben Leinenkleid aus ökologischer Baumwolle lag.

»Stell dir vor, es ist etwas Entsetzliches passiert«, sagte ich mit ernstem Blick.

»Gletscherschmelzen, Artensterben, Massentierhaltung? Gibt es einen neuen Skandal um Bioeier? Ich habe die Zeitung noch nicht gelesen.« Olivia sah mich gespannt an, während sie ihr Apartment abschloss.

»Nein. Es gibt einen Türsteher in New York, der Sarah Green nicht vorbeigelassen hat.«

»Ist nicht wahr!« Olivia spielte mit und sah Sarah entsetzt an, die leidgeprüft die Augen verdrehte.

»Ja, ja, aber dass ich einmal nicht reingekommen bin, heißt nicht, dass es das nächste Mal nicht klappen wird. Ich werde es wieder probieren, bis ich endlich weiß, was es in dieser Lounge zu erleben gibt. So, jetzt muss ich aber los. Ich habe heute wieder reichlich Bewerber, die sich Mühe geben werden, mich zu beeindrucken. Das wird meine Laune heben.« Sarah lächelte, und ihre angespannte Stimmung war schlagartig verflogen.

»Wenn ich deinen Job hätte, würde ich wahrscheinlich auch den ganzen Tag an Sex denken«, murmelte ich und klemmte mir meine Tasche unter den Arm.

»Anya, Süße, du musst erst einmal deinen strengen Look ablegen, sonst triffst du keine brauchbaren Männer, sondern nur ein paar Sonderlinge, die auf der Suche nach einer Domina sind.« Sarah winkte und ging.

Ich sah an mir herunter. Mein grauer Hosenanzug saß perfekt. Gut, die weiße Bluse musste ich nicht unbedingt bis ganz oben zuknöpfen, aber heute Morgen war es noch frisch gewesen im Park. Meine Haare hatte ich hochgesteckt, nicht weil diese Frisur besonders schön war, sondern weil sie praktisch war. Ich wollte arbeiten und nicht den ganzen Tag meine Haare im Gesicht haben, die mir die Sicht auf meinen Schreibtisch versperrten.

»Ist es so schlimm?«, fragte ich Olivia.

Sie zuckte mit den Schultern und zeigte auf ihr Kleid, das zugegebenermaßen nicht den Ansatz eines Schnitts hatte. »Da fragst du die Falsche, ich habe keine Ahnung von Mode, aber ja, ein wenig lockerer könntest du dich schon geben. Ich dachte immer, du musst so sein im Büro.« Olivia ging neben mir zum Aufzug.

»Muss ich auch, Trevor braucht einen Sklaventreiber, und den Job erledige ich.«

»Ich könnte das nicht.« Olivia seufzte.

»Das ist eine Einstellungsfrage, man kann alles lernen, wenn man nur entschlossen genug ist. Außerdem habe ich den Job schon seit zwei Jahren. Ich denke, ich eigne mich dafür.« Ich zuckte mit den Schultern, und Olivia blinzelte auf ihre Armbanduhr.

»Ich muss los, die Lieferung mit den veganen Schuhen kommt gleich. Ich bin ja schon so gespannt, wie die aussehen. Wir treffen uns heute Abend bei mir. Ich koche.« Mit diesen Worten flitzte sie ins Treppenhaus hinüber, während ich noch auf den Aufzug wartete.

Als ich im Büro ankam, wartete Trevor schon auf mich. Oh nein! Ich dachte, ich wäre die Erste im Büro. Ich hatte mich auf einen ruhigen Moment gefreut, um mein Postfach zu sortieren. Obwohl es noch nicht einmal acht Uhr war, hatte Trevor schon hektische, rote Flecken im Gesicht, die davon zeugten, dass er schon mindestens zwei Stunden hier saß. Als er mich sah, blitzten seine kleinen Schweinsäuglein zornig auf.

Hatte ich etwas vergessen? Etwas falsch gemacht? Während ich meine Tasche abstellte und möglichst gelassen zu ihm hinüberging, ließ ich alle Vorgänge, Bestellungen, Beschwerden und Meetings der letzten Woche Revue passieren. Da war nichts Ungewöhnliches.

»Guten Morgen, Trevor«, sagte ich knapp.

»Was soll an diesem Morgen schon gut sein?«, blaffte er mich mit mühsam unterdrückter Wut an.

»Was ist passiert?«, fragte ich, immer noch um einen sachlichen Tonfall bemüht. Ich kannte Trevor gut genug, um zu wissen, dass er gleich explodieren würde. Ich machte mich innerlich schon darauf gefasst, angeschrien zu werden.

»Anya, du hast deine Leute einfach nicht im Griff«, platzte er heraus, und meine Ohren schmerzten. Erstaunlich, wie laut so ein kleiner Mann brüllen konnte. »Es geht um deinen Assistenten, diesen Robert Trumell. Heute Nacht habe ich einen Anruf bekommen, dass die Stornierung der Bestellung in Brasilien viel zu spät angekommen ist und wir die ganze Ladung kaufen müssen, obwohl unser Käufer abgesprungen ist. Das ist ein Millionending! Es ist Roberts Job, dafür zu sorgen, dass so etwas sofort erledigt wird, und deiner, ihm auf die Finger zu schauen.« Trevor holte kurz Luft, und ich unterdrückte den Impuls, mich zu rechtfertigen. Erfahrungsgemäß dauerten Trevors Wutausbrüche dann noch länger.

Da musste mir etwas entgangen sein. Richtig, gestern Abend hatte ich die Stornierung der Bestellung noch abgesegnet und unterschrieben. Robert sollte sie einscannen und per E-Mail weiterschicken. Scheinbar hatte er das nicht getan. Trevor riss mich aus meinen Analysen.

»Du arbeitest hier in einem international agierenden Unternehmen, du hast Verantwortung und, verdammt noch mal, du musst deine Leute führen und anleiten, sonst gefährdest du die Firma, und Transatlantic Coffee ist nicht irgendeine Firma. TC beschäftigt Hunderte von Leuten und hat Milliardenumsätze, und mein Job ist es, dafür zu sorgen, dass das so bleibt. Also sorge du dafür, dass deine Leute ihren Job machen, sonst bist du deinen bald los.« Trevor schnaubte noch einmal wütend und entließ mich mit einer Handbewegung.

Na super! Der Tag fing ja toll an. Ich wusste, was das bedeutete und was Trevor von mir erwartete. Ich musste Robert öffentlich einen Kopf kürzer machen und dafür sorgen, dass wir eine neue Rösterei fanden, die die Kaffeeladung abnahm. In unseren Lagerhäusern war kein Platz, um eine neue Lieferung aufzunehmen. Der Tag würde verdammt lang werden und verdammt unangenehm. Ich ging zu meinem Schreibtisch und ließ mich in meinen Stuhl sinken. Das Großraumbüro war noch leer und sah friedlich aus. Die Wände waren mit riesigen Fototapeten von Kaffeeplantagen tapeziert. Am Anfang hatte ich den Blick gemocht. Nach zwei Jahren ging ich allerdings genauso desinteressiert an den bunten Wänden vorbei wie alle anderen auch.

Ich fuhr meinen Computer hoch und betrachtete währenddessen Trevor durch eine riesige Grünpflanze hindurch. Er redete hektisch in sein Telefon hinein und bohrte sich derweil in der Nase.

Ich ertrug Trevor, weil er mein Chef war, aber es war klar, dass ich ihn nicht mochte. Er war Mitte fünfzig, zum zweiten Mal geschieden und hatte zwei Kinder im Teenageralter, die er seit Jahren nicht mehr gesehen hatte. Obwohl er kleiner war als ich, eine allzeit schwitzige Halbglatze und einen penetranten Mundgeruch hatte, nahm er an, er wäre ein Segen für die Menschheit, na ja, zumindest für New York.

Was ich ihm zugutehalten musste, war, dass er den Laden mit manchmal beispiellosem Einsatz am Laufen hielt und immer dort war, wo es brannte. Problematisch war, dass er den gleichen selbstlosen Einsatz von all seinen Mitarbeitern verlangte und seinem Führungspersonal vorschrieb, dieselbe Peitschenstrategie anzuwenden, die auch er bevorzugte.

Tu es oder du wirst gefeuert! Diese zwei Möglichkeiten gab es bei Trevor Miles, und bisher hatte ich mich immer dafür entschieden zu tun, was er verlangte.

»Anya, komm her! Wir müssen den Tagesplan besprechen!«, schrie Trevor im harschen Befehlston durch den Raum.

Ich tauchte hinter der Grünpflanze auf, kramte meinen Terminplaner aus der Tasche und ging wieder hinüber zu Trevors Schreibtisch.

»Um zehn Uhr findet das monatliche Meeting mit den Führungskräften statt. Heute erwarte ich von dir eine hervorragende Präsentation der Quartalsergebnisse. Das letzte Mal war dein Auftritt dürftig.«

»Ja, Trevor«, erwiderte ich ruhig, ohne auf seinen Kommentar einzugehen. Die heutige Präsentation hatte ich fast zwei Wochen lang vorbereitet, und gestern Abend hatte ich noch bis acht Uhr im Büro gesessen und die aktuellsten Zahlen in die Grafiken eingefügt. Meine Präsentation war perfekt.

»Gut, wir werden heute einen Gast bei der Präsentation haben. Die Etage über mir hat Draper Consulting engagiert, um unsere Ergebnisse noch weiter zu optimieren und unser Unternehmen noch stärker den Bedürfnissen des Marktes anzupassen.«

»Draper Consulting? Wow!« Devon Draper war ein New Yorker Aufsteiger, der es schnell bis ganz nach oben gebracht hatte. Seine Firma hatte mittlerweile weltweit Niederlassungen und arbeitete nur für die ganz Großen.

»Richtig, die bringen jedes Unternehmen wieder auf die Spur, und sie werden unsere Struktur analysieren und alle Abteilungen auf ihre Notwendigkeit hin überprüfen. Jefferson geht mit Draper zu irgendeinem Sport, und deswegen kommt er heute persönlich vorbei, um unsere Schwachstellen auszuloten. Also mach keine Fehler, Anya. Hier ist kein Arbeitsplatz sicher, und deine Abteilung steht auf dem Prüfstand, genauso wie alle anderen.« Trevor vertiefte sich einen Moment in seinen Bildschirm.

Ich sah Jefferson Wilson selten, dafür war er zu weit über mir. Er war der Geschäftsführer von TC, und was er sagte, war Gesetz in dieser Firma. In mir wuchs Unruhe. Ich kannte das schon, denn hier bei TC stand ich ständig unter Strom.

Trotzdem war es heute etwas anderes, denn ich war zwar daran gewöhnt, dass Trevor mir mindestens dreimal am Tag damit drohte, mich zu feuern, doch es machte einen Unterschied, wenn dies ein anderer tat.

Ich kannte Devon Draper nicht und wusste nicht, wie er arbeitete, aber er war sicher nicht umsonst erfolgreich, und erfolgreich war man in dieser Stadt nur, wenn man knallhart war. Wer auf dem Kuschelkurs unterwegs war, wurde von den anderen Haien im Becken einfach aufgefressen. Die Unruhe würde sich noch in Panik steigern, das war mir klar, und dieses unangenehme Gefühl würde ich nicht so leicht loswerden.

»Gut, heute Nachmittag muss ich zur Börse, unsere Trader kontrollieren, du übernimmst in dieser Zeit meine Vertretung. Alles verstanden?« Trevor sah von seinem Computer auf und musterte mich.

»Ja, Trevor. Alles verstanden. Ich mach mich an die Arbeit«, erwiderte ich entschlossen. Ich klappte meinen Terminplaner zu und schritt zügig zurück an meinen Schreibtisch, wo ich meine Präsentation noch einmal durchgehen wollte.

Eine gute Vorbereitung war das beste Mittel, um die Panikwellen zu bekämpfen. Wenn die Abordnung von Draper Consulting da war, musste ich doppelt so gut sein wie sonst. Schon während ich meine Dateien öffnete, füllte sich das Büro.

Es war wie verhext. Obwohl ich es immer wieder versuchte, kam ich einfach nicht dazu, noch einen Blick in meine Unterlagen zu werfen. Jeder hatte eine dringende Frage, die noch schnell geklärt werden musste, und mein Telefon klingelte in einem fort.

Um die Lieferung Arabica-Kaffee, die schon mit dem Schiff unterwegs war, hatte ich mich immer noch nicht gekümmert, und auch Robert Trumell hatte ich noch nicht zu fassen bekommen, um die Sache mit dem Kopfabreißen endlich hinter mich zu bringen. Zwei Minuten vor zehn Uhr überließ ich mein Telefon und die Lieferung Arabica-Kaffee Rick Charles und verabschiedete mich mit einem schlechten Gefühl im Bauch in das Meeting.

KAPITEL 3

Als ich die Tür leise hinter mir schloss, waren alle schon vollzählig versammelt und starrten mich an. Ich schluckte, und die Panik ergriff endgültig Besitz von mir. Bleib ruhig, Anya, versuchte ich mir zuzureden, aber meine Finger zitterten verräterisch.

Meine Präsentation war die erste heute auf der Agenda, und das Meeting hatte schon überpünktlich begonnen. Verdammt! Offenbar hatte Trevor die Veranstaltung schon anmoderiert, denn er sah mich stechend an, was nur bedeuten konnte, dass ich viel zu spät dran war. Ging meine Uhr falsch, oder hatten sie den Beginn des Meetings vorgezogen? Egal, jetzt musste ich das Beste aus der Situation machen.

Ich eilte an Trevors Seite, ignorierte seinen strafenden Blick und gab unserem IT-Menschen Tom ein Zeichen, meine Präsentation zu starten. Erst als die erste Seite der vielen Tabellen an die Wand geworfen wurde, hob ich meinen Blick und sah ins Publikum. Meine Knie wurden weich, denn vor mir saßen, den Blick durchdringend auf mich gerichtet, nicht nur die Führungskräfte von TC New York, sondern auch die Führungskräfte von TC London. Dahinter erkannte ich Jefferson Wilson, den Geschäftsführer von TC, und neben ihm die Abordnung von Draper Consulting.

Der breitschultrige, junge Mann neben Jefferson Wilson musste Devon Draper sein. Verdutzt betrachtete ich ihn einen Moment. War er nicht viel zu jung, um Chef einer Unternehmensberatung zu sein? Und warum war er nur so braun gebrannt wie ein Surfer? Sollte er nicht blass sein wie ein Stück

Papier, weil er Tag und Nacht an seinem Schreibtisch verbrachte, um sein überdimensionales Arbeitspensum zu schaffen, genauso wie ich?

Interessant genug schien er meinen Vortrag jedenfalls nicht zu finden, denn er tippte die ganze Zeit gelangweilt auf seinem Smartphone herum. Ich ignorierte die Unhöflichkeit. Wenigstens hatte er nicht gemerkt, dass ich zu spät dran gewesen war. Ich konzentrierte mich auf meine Unterlagen. Das Zittern bekam ich jetzt in den Griff, und meine Stimme wurde ruhiger, während ich die Umsätze und die Kosten des vergangenen Quartals erläuterte. Glücklicherweise verhaspelte ich mich nicht, schließlich hatte ich meinen Vortrag so oft geübt, dass ich ihn auswendig konnte.

Als ich geendet hatte, zeigte mir Trevors selbstgefälliges Grinsen, dass er mit meinem Vortrag zufrieden war. Erleichtert lief ich zu einem freien Platz und gab das Wort an Trevor weiter, der nach vorne ging, um den nächsten Redner vorzustellen.

Gerade als ich mich setzen wollte, klopfte es an der Tür. Alle wandten sich überrascht um und Trevors Miene versteinerte regelrecht. Er hasste Unterbrechungen und öffnete den Mund, um den Störenfried, der nun die Türklinke nach unten drückte, mit einer gepfefferten Bemerkung zu empfangen.

Robert Trumell steckte seinen Kopf durch die Tür des Meetingraums. Ich schnappte nach Luft. Was wollte er denn jetzt hier? War er denn total verrückt geworden? Ich versuchte, ihm mit einem panischen Blick zu bedeuten, dass er schnellstens verschwinden musste, aber er verstand meine Geste nicht.

Ach, Robert, wie kannst du nur so dumm sein und dich den Löwen zum Fraß vorwerfen? Trevor Miles grinste hämisch, als Robert auf mich zutrat und mir einen Zettel reichte. Bevor ich nachsehen konnte, was darauf stand, war Trevor schon aufgestanden.

»Ihr habt noch etwas zu klären, oder?«, fragte er langsam, und sofort brach kalter Schweiß auf meiner Stirn aus.

Nein, das würde er nicht wagen, oder doch?

Er würde es nicht wagen und mich zwingen, hier vor allen Kollegen Robert zur Rechenschaft zu ziehen, nur um zu präsentieren, wie gut er seinen Laden im Griff hatte. Ich hatte noch nicht einmal mit Robert gesprochen, und seine Schuld an dem Vorfall war nicht eindeutig geklärt. Ich sah Trevor eine gefühlte Ewigkeit schockiert an. Sein Blick blieb hart, und mir war klar: Er würde es wagen.

Langsam und mit einem diabolischen Lächeln auf den Lippen nickte er mir zu. Wieder hatte ich keine Wahl: Wenn ich nicht gefeuert werden wollte, musste ich das tun, was er von mir verlangte. Alles in mir sträubte sich dagegen, doch ich atmete tief durch und setzte eine strenge Miene auf.

»Robert«, begann ich mit harscher Stimme, und Roberts erschrockener Gesichtsausdruck zeigte mir, dass ich den richtigen Ton getroffen hatte, »gestern ist durch Ihre Schuld ein Millionenschaden entstanden, den wir nur noch mit reichlich Glück abwenden können.« Ich steigerte meinen Zorn und meine Lautstärke, und Trevor grinste zufrieden. »Sie haben eine große Verantwortung in diesem Unternehmen, und ich muss mich auf Sie verlassen können. Dies ist die letzte Verwarnung. Sollten Sie noch einmal so einen gravierenden Fehler begehen, werde ich Sie feuern. In Zukunft erstatten Sie mir über jeden Ihrer Schritte unverzüglich Bericht. Haben Sie das verstanden?«

Robert stand wie ein begossener Pudel vor mir und nickte erschrocken.

»Gut, dann gehen Sie jetzt wieder an Ihren Arbeitsplatz«, beendete ich die öffentliche Demütigung, und Robert verschwand, so schnell er konnte, aus dem Meetingraum. Erschöpft ließ ich mich in einen Stuhl sinken.

Was tat ich hier nur? Das war nicht ich. Ich schrie keine Mitarbeiter an, um meinem Chef zu gefallen, der seinem Chef gefallen wollte. Es gab Grenzen, und die hatte ich eindeutig überschritten. Trevor hatte sie überschritten.

War mir mein Job das wirklich wert? Die Antwort konnte ich mir leicht selbst geben. Es hing so verdammt viel an diesem Job. Die teure Wohnung in Manhattan, meine besten Freundinnen, das Darlehen für das College, das ich noch abbezahlen musste, und der Stolz meiner Eltern, die auf ihrer Farm in Minnesota lebten und es immer noch nicht fassen konnten, dass ich in New York erfolgreich war.

Ich sah mich im Raum um und stellte erleichtert fest, dass mittlerweile alle dem Vortrag eines Kollegen aus London zuhörten. Wenn ich Glück hatte, hatten sie meine Vorstellung schon wieder vergessen oder waren an diesen Tonfall schon so sehr gewöhnt, dass er ihnen nicht mehr ungewöhnlich vorkam. Nun ja, nicht alle schienen sich so schnell wieder auf etwas anderes konzentrieren zu können.

Erschrocken nahm ich wahr, dass mich Devon Draper anstarrte. Er sah mich nicht nur zufällig an; nein, er durchbohrte mich regelrecht mit seinem Blick. Um seine Lippen spielte ein, wie es mir schien, leises, spöttisches Lächeln.

Erschrocken drehte ich mich wieder um. Na super, das war ja eine perfekte Vorstellung. Devon Draper hielt mich sicher für eine ausgemachte Cholerikerin. Hoffentlich sortierte er die nicht schon in der ersten Runde aus. Ich wurde nervös und versuchte mich auf die folgenden Vorträge zu konzentrieren, aber ich schaffte es nicht, diesen Blick einfach auszublenden.

Erst als Trevor aufstand und seine Erfolge des letzten Jahres präsentierte, gelang es mir wieder, zuzuhören. Was sollte ich auch machen? Ich musste damit leben, dass mich andere für eine Cholerikerin hielten, wenn ich diesen Job behalten wollte. Zumindest solange Trevor mein Chef war. Die Erkenntnis war nur ein schwacher Trost, und ich fühlte mich seltsam leer. Jefferson Wilson war jetzt nach vorn getreten, und ich riss mich zusammen, um seinen Worten zu folgen.

»Vielen Dank für die Ausführungen, Trevor. Mit den Ergebnissen des Quartals bin ich zufrieden, aber wir dürfen uns nicht darauf ausruhen. Im nächsten Geschäftsjahr rechnen wir mit einem Rückgang der weltweiten Nachfrage. Der Markt wird kleiner und heißer umkämpft. Wenn wir unseren Erfolgskurs fortsetzen wollen, müssen wir Marktanteile sichern. Die Mitarbeiter von Draper Consulting werden uns dabei unterstützen. Ich freue mich, Ihnen Devon Draper vorstellen zu können, der heute persönlich zu uns gekommen ist, um unser Unternehmen kennenzulernen.« Jefferson Wilson forderte den Ehrengast mit einer einladenden Geste auf, sich zu erheben.

»Danke, Jefferson.« Devon Drapers Stimme klang tief und melodisch durch den Raum, als er aufstand. In seiner Position war er es natürlich gewohnt, vor Publikum aufzutreten, denn ich konnte ihm keine Spur von Nervosität anmerken, obwohl er frei sprach. Im Gegenteil: Er bewegte sich souverän und lässig, als ob er nicht vor der Spitze eines Milliardenunternehmens sprechen, sondern auf dem Tennisplatz stehen würde, wo sich Devon Draper und Jefferson Wilson vermutlich auch kennengelernt hatten. »Ich freue mich auf diese Aufgabe. Transatlantic Coffee ist ein beispielloses Unternehmen, das eine große Zukunft vor sich hat. Um diese Zukunft genauso erfolgreich zu meistern wie die vergangenen fünfzig Jahre der

Unternehmensgeschichte, müssen wir TC fit machen für den Markt von morgen. Meine Mitarbeiter werden in den nächsten Wochen alle Prozesse im Unternehmen nach Schwachstellen durchleuchten und für alle Abteilungen Handlungsempfehlungen aussprechen. Unterstützen Sie die Mitarbeiter von Draper Consulting bei ihrem Job und halten Sie Ihre Mitarbeiter an, das ebenfalls zu tun! Wir brauchen taffe, kreative und entscheidungsfreudige Leute, die uns unterstützen, die TC unterstützen, um auch in Zukunft bestehen zu können. Denn das kann ich Ihnen schon heute versichern: Der Weg, der vor uns liegt, wird steinig werden, und nur diejenigen, die am besten vorbereitet sind, werden überleben.« Devon Draper nickte Jefferson Wilson zu, der sofort eifrig zu applaudieren begann. Seinem Beispiel folgend, fielen die anderen mit ein. Devon Draper winkte ab, doch ich sah ihm an, dass es ihm einen Moment lang gefiel, so frenetisch bejubelt zu werden.

Ich war froh, als Jefferson Wilson das Meeting beendete, nachdem der Applaus abgeklungen war und alle aufsprangen, um hochmotiviert an die Arbeit zurückzueilen. Mir fiel ein, dass ich den Zettel, den mir Robert gegeben hatte, immer noch in den Händen hielt. Ich faltete ihn auseinander und las: »Problem ist gelöst, Lieferung verkauft. Sorry, es war meine Schuld. Robert.«

Ungewollt traten mir Tränen in die Augen, während alle an mir vorbeieilten. Ich hatte Robert völlig umsonst zurechtgewiesen. Ich hatte ihn in dem Moment abgestraft, in dem er mir die Lösung des Problems gebracht hatte. Ich fühlte mich schlecht. Mein Magen verkrampfte sich, und ich kämpfte mit gesenktem Blick um Fassung. Was für ein miserabler Tag!

»Alles in Ordnung?« Eine dunkle Stimme riss mich aus meinen Gedanken.

Ich sah nach oben, und Devon Draper stand vor mir. Er trug einen teuren schwarzen Anzug, darunter ein weißes Hemd und einen blassgrauen Schlips. Diese Farbkombination ließ ihn beruhigend harmlos erscheinen, doch darauf sollte ich mich besser nicht verlassen. Mein Blick huschte weiter. Seine braunen Haare waren leicht gewellt und schimmerten golden im Licht, das durch die Fenster fiel.

Der Raum war mittlerweile leer. Ich hatte es gar nicht bemerkt. Schnell riss ich mich zusammen. Ich durfte keine Schwäche zeigen, denn dieser Mann hier vor mir würde darüber entscheiden, ob ich meinen Job behielt.

»Danke, Mr. Draper. Es ist alles in Ordnung.« Ich stand auf, um mich auf dieselbe Augenhöhe zu bringen. Überrascht stellte ich fest, dass ich es nicht schaffte. Obwohl ich nicht klein war und Absatzschuhe trug, war Draper noch um einiges größer als ich. Was sollte ich jetzt nur tun? Am besten engagiert und professionell wirken, beschloss ich.

»Kann ich Ihnen bei Ihren Analysen behilflich sein?« Ich bemühte mich, entgegenkommend zu lächeln, aber so schnell gelang es mir nicht, meine Emotionen in den Griff zu bekommen. Wenigstens war er nicht blond, dachte ich. Denn sonst hätte mir sein überraschendes Erscheinen definitiv die Konzentration geraubt, die ich nun dringend brauchte, um mich gegen diesen Kampf-Hai zu behaupten. Devon Draper grinste mich an. Sicher fand er mich und meine Ausbrüche unterhaltsam.

Ich sah zu ihm auf, eine ganz normale Reaktion, wie ich dachte. Für den Bruchteil einer Sekunde verschlug es mir allerdings den Atem. Seine blauen Augen leuchteten so hell wie der Himmel in Minnesota an einem frühen Sommermorgen. Devon Draper sah gut aus, daran gab es keinen Zweifel, viel zu gut, aber das war es nicht, was mich aus dem Konzept brachte. Oberflächliche Schönheit traf ich in New York an jeder Straßenecke, dagegen war ich mittlerweile immun. Doch dieses Blau spülte tausend Kindheitserinnerungen in mir herauf, die durch meine im Moment durchlässige emotionale Schutzdecke sickerten. Aber da war noch mehr, was ich in diesen Augen sah, eine Leidenschaft, die fast schon an Besessenheit grenzte. Ich musste schlucken und wich seinem Blick verunsichert aus.

»Danke für Ihr Angebot, Ms. Summers, aber die Recherchen übernehmen meine Mitarbeiter. Allerdings …« Seine Stimme war durchdringend, dunkel und trotzdem schwang ein belustigter Unterton mit. Offenbar war ihm meine kurzzeitige Verwirrung nicht entgangen. Verdammt, war das peinlich. Ich sah auf, um ihm mit festem Blick zu begegnen, damit er gar nicht erst auf die Idee kam, dass ich kampflos meinen Posten räumen würde. Er betrachtete mich eingehend, und ich fühlte mich unter seinem Blick wie in einem Flughafenscanner. Er legte den Kopf schief, als ob er über etwas Wichtiges nachdenken würde, während ich zu meiner selbstbewussten Charakterrolle der bürotauglichen Anya Summers zurückzufinden versuchte. »Allerdings könnte ich mir vorstellen, dass wir uns an anderer Stelle wiedertreffen könnten. Ich denke, Sie passen an diesen Ort.« Devon Draper drückte mir eine kleine schwarze Karte in die Hand. »Ihr Temperament hat mich beeindruckt.«

»Ähm, danke«, erwiderte ich und starrte sie einen Moment unentschlossen an.

Mein Temperament? War das die höfliche Art zu sagen, dass ich mich nicht zu benehmen wusste? Ich ließ die Karte ungelesen und möglichst lässig in meiner Hosentasche verschwinden, während sich in meinem Kopf die Gedanken überschlugen.

Was sollte das nur? Warum wollte er mich wiedertreffen? War das beruflich oder privat? Da ich eine private Einladung schon aus Prinzip nicht in Erwägung zog, konnte es sich hier nur um eine berufliche Sache handeln. Er hatte mir garantiert ein Coaching empfohlen, wahrscheinlich so eine Art Benimm-Lehrgang, in dem man beigebracht bekam, wie man seine Ausbrüche zügelte.

Ich schluckte nervös und sah wieder auf. Genau in diesem Moment strich sich Devon Draper langsam durch die braunen Haare, und ich folgte unwillkürlich seiner Geste, bis ich mich dabei ertappte, dass ich ihn anstarrte.

»Wenn Sie keine Fragen mehr haben, darf ich mich entschuldigen. Meine Mitarbeiter brauchen mich«, sagte ich kühl. Was war nur los mit mir? Warum brachte mich dieser Mann so durcheinander? Seit George war ich immun gewesen gegen männliche Avancen.

»Das habe ich gemerkt. Einen schönen Tag noch, Ms. Summers.« Er musterte mich ein paar Sekunden neugierig, wahrscheinlich wartete er auf den nächsten Ausbruch.

Doch ich würde mich nicht noch einmal danebenbenehmen. Ich lächelte gefasst und straffte meine Schultern.

Schließlich nickte er mir zu und ging an mir vorbei. Ich fluchte unterdrückt und wartete, bis er gegangen war. Dann atmete ich tief durch und versuchte, wieder zu mir zu kommen. Es vergingen gute fünf Minuten, bis ich bereit war, an meinen Schreibtisch zurückzukehren. Männer brachten mich nicht durcheinander, schon seit Jahren hatte ich mir das verboten.

Seit George war dazu auch nicht viel nötig, denn bisher hatte ich keine Probleme gehabt, mich zu zügeln. Ehrlich gesagt nahm ich es schon gar nicht mehr wahr, wenn ein Mann einen Flirt mit mir beginnen wollte.

Warum brachte mich Devon Draper dann durcheinander? Sicher war es nur, weil ich so aufgewühlt gewesen war wegen Robert. Ich sollte das nicht überbewerten. Stattdessen sollte ich mich lieber darum kümmern, die Sache mit Robert in Ordnung zu bringen, dachte ich, und ging entschlossen an meinen Arbeitsplatz.

Ich sah mich im Büro um, konnte ihn aber nirgendwo entdecken. In diesem Moment klingelte mein Telefon, und ich nahm ab.

»Gehen wir heute zum Lunch?« Sarahs warme Stimme klang fröhlich und verlockend leicht nach Abwechslung.

»Ich kann nicht«, seufzte ich und schloss kurz die Augen. »Ich habe den ganzen Vormittag in einem Meeting gesessen, und auf meinem Schreibtisch türmt sich die Arbeit. Ich muss noch was machen, tut mir leid.«

»Du musst dich nicht entschuldigen. Ich frage einfach Jules, der kann es kaum erwarten, mich auszuführen.«

»Wer ist Jules?«, fragte ich.

»Jules ist Franzose, knackig, jung, dynamisch und voller Träume. Er ist gestern aus Paris gekommen und hat sich heute bei uns vorgestellt.« Sarah klang begeistert.

»Du weißt, dass du die armen Kerle ausnutzt?«, fragte ich spöttisch.

»Ich weiß, aber ich kann nicht anders. Es ist, als würde ich am Rand einer Pralinenschachtel sitzen. Ich muss einfach immer wieder zugreifen. Das ist schon zwanghaft.«

»Aha. Ich wünschte, ich hätte deine Probleme«, stöhnte ich.

»Was ist passiert?« Sarah klang sofort besorgt.

»Wir reden heute Abend, Olivia kocht.«

»Danke für die Warnung, dann bringe ich ein paar Chips mit und esse unterwegs noch einen Hotdog. Bis später.«

»Bis später.« Mit einem Lächeln legte ich auf. Sarah war so herrlich unkompliziert. Das war eigentlich genau das, was ich jetzt brauchen konnte, aber ich hatte zu tun. Die Abwechslung musste bis heute Abend warten.

Ich stand auf, um mir einen Kaffee zu holen, und dann begann ich, den riesigen Berg E-Mails durchzuarbeiten, der sich in meiner Abwesenheit angesammelt hatte.

KAPITEL 4

Das Büro war längst leer, als ich um acht Uhr meinen Computer wieder herunterfuhr. Olivia wartete bestimmt schon mit dem Essen. Ich verließ das Büro und legte den Weg zu meinem Apartment im Laufschritt zurück.

Als ich den Flur betrat, roch es schon würzig nach Knoblauch und fremden Gewürzen. Ich schloss mein Apartment auf und ging direkt ins Schlafzimmer, um mich umzuziehen. Ich war froh, den Hosenanzug und die Bluse loszuwerden und in Jeans und ein bequemes T-Shirt zu schlüpfen.

Als ich das Schlafzimmer verlassen wollte, fiel mir eine kleine schwarze Karte auf, die auf dem Boden lag. Sie musste mir aus der Hosentasche gefallen sein, als ich mich ausgezogen hatte. Ich bückte mich, um sie aufzuheben. Sie war aus festem, edlem Papier und schimmerte in einem matten Schwarz. Nachdenklich drehte ich die Karte herum, und mir stockte der Atem. In schlichten silberfarbenen Buchstaben stand auf der Karte:

Persönliche Einladung Nr. 9
in die Black Lounge des Club 5

Devon Draper hatte mir keinen Benimm-Lehrgang verpasst, sondern eine der heiß begehrten Einladungen für die *Black Lounge* des *Club 5* gegeben. Sarah würde ausflippen, wenn sie davon erfuhr. Aber warum hatte er gerade mich eingeladen, die Cholerikerin? Wir kannten uns doch kaum. Genau genommen kannten wir uns gar nicht.

Das Einzige, was er bis jetzt von mir erlebt hatte, war meine irre Seite, und die war nur Fassade. Aber vielleicht mochte Devon Draper ja solche Frauen, die ohne Anstand und Gewissen im Haifischbecken um sich bissen?

Sarahs Warnung vom Morgen fiel mir wieder ein. Er war hoffentlich nicht auf der Suche nach einer Domina, denn da war er bei mir an der vollkommen falschen Adresse. Mein Magen knurrte plötzlich, und ich stand auf, um zu Olivia hinüberzugehen. Nachdenklich klopfte ich an ihre Tür.

»Ich komme gleich«, flötete sie.

»Bin ich zu spät?«, fragte Sarah hinter mir, die scheinbar aus dem Nichts aufgetaucht war. Erschrocken fuhr ich herum.

»Alles okay, ich bin auch gerade erst aus dem Büro gekommen«, entgegnete ich und betrachtete neugierig ihre rosigen Wangen. »Stimmt alles mit dir?«

»Wieso?« Sie schlug unschuldig die Augen auf und zu.

»Du hast den Nachmittag mit dem Franzosen verbracht?«, mutmaßte ich.

»Woher weißt du das?«, fragte Sarah überrascht.

Ich zuckte mit den Schultern. Ich konnte ihr ja schlecht sagen, dass man ihr das schon von weitem ansah. Diese rosigen Wangen, das selige Lächeln und der verträumte Blick zeugten eindeutig von gutem Sex.

Sarah sah öfter so aus, worum ich sie ernsthaft beneidete. Allerdings beneidete ich sie nicht genug, um mir die Strapazen der Männersuche anzutun, die sie dafür auf sich nahm.

»Im Büro war nicht viel zu tun, und Jules hat mich gebeten, ihm die Stadt zu zeigen, und das habe ich getan.« Sie lächelte.

»Du hast ihm nur die Stadt gezeigt?« Ich konnte nicht glauben, dass man davon so einen glücklichen Gesichtsausdruck bekam, sonst würde ich öfter mal eine Sightseeing-Tour machen.

»Na ja, nicht nur. Ich habe ihm auch gezeigt, dass Amerikanerinnen sehr leidenschaftlich sein können.«

»Aha.« Sie konnte nicht mich meinen. Ich trug höchstens dazu bei, den Durchschnitt zu senken.

In diesem Moment öffnete Olivia die Tür. »Kommt rein! Ich habe indisch gekocht. Es ist alles fertig.«

»Mmh, klingt gut, aber ich weiß nicht, ob ich viel schaffe«, sagte Sarah gedehnt, während wir Olivias Apartment betraten und in ihren Farbrausch aus ungefähr zwanzig verschiedenen Grüntönen eintauchten.

»Du musst dich nicht entschuldigen, wenn du mein Essen nicht magst. Aber du kannst es ja erst einmal probieren, bevor du dich entscheidest, ob du es essen möchtest oder nicht«, erwiderte Olivia zerknirscht und ging in die Küche.

Gong!

Die nächste Runde im Streit zwischen überzeugtem Veganer und überzeugtem Fleischesser war eingeläutet.

»Wo ist Tom heute?«, fragte ich, um das Thema zu wechseln.

»Mein Freund Tom verbringt den Abend heute in seinem Apartment und veranstaltet einen Männerabend«, verkündete Olivia mit missmutigem Unterton, den ich kaum ignorieren konnte.

Offenbar hatte er ihr gestern an ihrem fünften Jahrestag immer noch keinen Heiratsantrag gemacht, und sein Apartment hatte er auch nicht gekündigt. Eindeutig das falsche Thema für einen entspannten Mädchenabend.

Ich wollte schon nach ihren neuen veganen Schuhen fragen, aber Olivia hatte bereits Fahrt aufgenommen: »Der Abend gestern war eine Katastrophe. Es war einfach miserabel. Tom hat unser Jubiläum komplett vergessen und war stattdessen unten in Bens Pub. Als er endlich nach Hause gekommen ist, hatte ich das Kichererbsen-Curry schon wieder abgeräumt und war ins Bett gegangen. Allein natürlich!« Olivia stellte die vollen Teller lautstark auf den großen Esstisch.

»Kichererbsen-Curry?«, fragte Sarah mit einem angewiderten Unterton. Dankenswerterweise verkniff sie sich den Kommentar, dass die Auswahl des Hauptgerichtes der Grund für Toms Wegbleiben gewesen sein könnte.

»Du hast es echt nicht leicht mit Tom«, seufzte ich mitfühlend, doch Olivia winkte ab.

»Weißt du, es ist meine Schuld. Ich kenne Tom eigentlich gut genug, um zu wissen, dass er sich solche Jubiläen nicht merken kann und dass sie ihm auch nicht ansatzweise so wichtig sind wie mir. Aber ich erwische mich immer wieder dabei, dass ich auf eine Überraschung warte. Na ja, ich warte ehrlich gesagt darauf, dass er merkt, wie wichtig ich ihm bin, und dass er es mir zeigen möchte. Ich wünsche mir eben, er würde ein bisschen aus sich herauskommen und sich öffnen.«

»Du wartest auf ein Wunder. Tom ist eine Schlaftablette! Bevor der seine Gefühle zeigt, wird sich die Sonne um die Erde drehen«, sagte Sarah trocken.

»Vielleicht hast du recht«, murmelte Olivia niedergeschlagen.

»Jules war jedenfalls keine Schlaftablette«, sagte Sarah grinsend. »Jules war ein Vulkan!«

»Wer ist Jules? Habe ich etwas verpasst?« Olivia sah mich fragend an.

»Jules ist Sarahs neuer Bewerber«, erklärte ich in Olivias Richtung. »Während wir uns jeden Dollar hart verdienen, vergnügt sich Sarah und wird auch noch großzügig dafür bezahlt.«

»Da täuschst du dich. Meine Bezahlung ist nur durchschnittlich. Wie du weißt, verdanke ich meine finanzielle Unabhängigkeit meinen Eltern und ihrem Geschick beim Immobilienkauf. Außerdem ist es im Büro im Moment wirklich ruhig, und da kann man es auch mal einen Tag locker angehen lassen. Wenn die Fashion Week im September läuft, bin ich wieder rund um die Uhr im Einsatz.«

»Weiß ich doch!« Olivia grinste versöhnlich und griff zu ihrem Löffel. »Lasst es euch schmecken.«

Das Knurren meines Magens konnte ich nun nicht länger ignorieren. Während Sarah lustlos in dem Gericht aus Reis und Gemüse herumstocherte, schaufelte ich zügig meinen Teller leer. Erst jetzt wurde mir bewusst, dass ich den ganzen Tag nichts gegessen hatte.

»Siehst du, Sarah, Anya schmeckt mein Essen.« Olivia lächelte glücklich. »Alles bio und fair gehandelt.« Sie nickte mir wohlwollend zu.

Ich verkniff mir den Kommentar, dass ich heute Abend alles gegessen hätte, was halbwegs genießbar war. Sarahs Meinung hätte mein Urteil ohnehin nicht geändert, denn Sarah misstraute allen Hauptspeisen, die keinen tierischen Anteil hatten. Für sie war das minderwertige Nahrung.

»Wie war es im Büro?«, fragte Sarah, während sie mit großen Augen dabei zusah, wie Olivia mir den Teller erneut füllte.

»Katastrophal«, sagte ich zwischen zwei Bissen. »Aber ehrlich gesagt will ich es jetzt einfach nur vergessen. Die nächsten Wochen werden stressig genug, wenn die Leute von Draper Consulting unsere Firma auf den Kopf stellen.«

»Draper?« Sarah sah mich neugierig an. »Devon Draper?«

»Genau der. Ich habe ihn heute kennengelernt«, sagte ich und stellte dabei erstaunt fest, wie sich Sarahs Augen weiteten.

»Und wie ist er so?«, fragte sie gespannt.

Hatte sie ihn etwa auf ihrer Liste potenzieller Bewerber?

»Wie soll er schon sein? Groß, gut aussehend, breitschultrig und überheblich«, erwiderte ich schnell; zu schnell, um Sarah zu täuschen. Ich sah, wie ihre Augen funkelten. Aber wie sonst sollte ich sein seltsames Verhalten an diesem Tag beschreiben? Ich mochte nicht laut zugeben, wie sehr mich Devon Draper durcheinandergebracht hatte. Warum auch immer das passiert war!

»Überheblich? Ach so«, murmelte sie nachdenklich und versuchte, aus meiner Miene schlau zu werden.

Ich sah konzentriert auf meinen Teller und tat so, als ob ich mich besonders für die Erbsen interessieren würde.

»Ich glaube nicht, dass er überheblich ist. Er ist einer der heißbegehrtesten Junggesellen der Stadt. Schön, reich, erfolgreich und selten anzutreffen – diese Kombination kommt nicht oft vor, wenn man unter dreißig ist.« Sarah stützte nachdenklich den Kopf auf ihre Hände.

»Mag sein, ich begehre ihn jedenfalls nicht«, erwiderte ich entschlossen.

Warum sollte ich ihn auch begehren? Sollte Sarah mit ihrer Prophezeiung recht behalten und Devon Draper wollte die Anya aus dem Büro treffen, dann war er bei mir ohnehin an der falschen Adresse, denn diese Anya zog ich mit dem Hosenanzug am Abend wieder aus.

»Was hat er gesagt? Was hat er getan?« Sarah ließ sich in ihrer Begeisterung nicht bremsen.

Ich seufzte und griff in meine Hosentasche. »Er hat mir das hier gegeben.« Ich zog das schwarze Kärtchen hervor und gab es Sarah.

»Ist nicht wahr!«, hauchte sie entsetzt, und die rosige Färbung ihrer Wangen war schlagartig verschwunden. »Du musst da hingehen und mir erzählen, was dort los ist.«

»Nein«, erwiderte ich, »das kommt nicht in Frage.«

»Das ist die Gelegenheit, dass wir endlich erfahren, was in der *Black Lounge* passiert. Bitte!« Sarah sah mich flehend an.

»Nein.«

»Ich borge dir eines meiner Kleider. In dem himbeerfarbenen Cocktailkleid siehst du atemberaubend aus. Ich komme mit, wir machen uns einen schönen Abend.«

»Ich kann nicht.« Ich würde diesem eitlen, selbstgefälligen Unternehmensberater zuliebe bestimmt nichts tun.

»Warum nicht? Dieser Club ist für umwerfende Frauen wie uns einfach geschaffen.«

»Ich will einfach nicht, Sarah«, erwiderte ich und überhörte ihre Schmeicheleien. Ich war zwar keine klassische Schönheit wie Sarah, aber ich wusste selbst, dass ich nicht schlecht aussah, aber ob umwerfend das richtige Wort war?

Meine schwarzen Haare und mein heller Teint ließen mich eher verträumt wirken wie Schneewittchen, die immer noch bei den sieben Zwergen lebte und dort auf ihren Traumprinzen wartete, der längst mit der heißen Blondine über alle Berge war.

»Hast du eine Ahnung, was Devon Draper von dir will?«, fragte Olivia.

»Nein«, erwiderte ich. Er hatte nicht gewirkt, als ob ihn mein Aussehen so sehr beeindruckt hätte. »Ich habe auch keine Ahnung von diesem Club, und ich habe auch keine Ahnung, was in dieser Lounge passiert. Aber ich weiß hundertprozentig, dass ich keine Lust habe, dorthin zu gehen.« Ich nickte entschlossen.

»Ich schon, wenn du nicht willst, dann gib sie mir«, bat Sarah und sah die Einladung an wie ein Verdurstender ein Glas Wasser.

»Das wird wohl schlecht gehen, so gern ich dir die Einladung schenken würde, aber da steht drauf: Persönliche Einladung Nr. 9. Da gibt es sicher eine Gästeliste, auf der ich jetzt stehe.«

»Worauf du wetten kannst.« Olivia beugte sich hinüber, um einen Blick auf die Karte zu werfen. »Sieht edel aus.«

»Der ganze Club ist edel«, meinte Sarah nachdenklich. Sie machte sicher einen Schlachtplan, um an so eine Einladung zu kommen. »Triffst du dich noch einmal mit Devon Draper?«

»Wahrscheinlich nicht, die Arbeit erledigen jetzt seine Angestellten. Ich werde ihn erst in ein paar Monaten wiedersehen, wenn er die Ergebnisse präsentiert. Wenn ich Pech habe, wird er vorschlagen, mich rauszuschmeißen oder meine Abteilung aufzulösen.«

»Aber das ist ja nichts Neues.« Olivia stand auf und räumte die Teller ab. »Wie oft hat Trevor dir bereits damit gedroht, dir zu kündigen?«

»Ach, Tausende Male.« Ich winkte ab. »Aber dieses Mal entscheidet es eben nicht Trevor, sondern Devon Draper, und so begeistert, wie Jefferson Wilson von ihm ist, wird er jeden seiner Ratschläge sofort in die Tat umsetzen.«

»Mag sein, aber er wird dich schon nicht feuern. Du bist gut, und das weißt du auch«, tröstete mich Sarah, und ich versuchte zu nicken.

»Ich weiß, aber trotzdem beschäftigt es mich«, entgegnete ich.

»Also in meinem Job sind wir sehr nett zueinander.« Sarah grinste in meine apokalyptische Stimmung hinein.

»Du bist eine absolute Ausnahme, aber du hast auch keinen Job, du hast deine Berufung gefunden«, murmelte ich.

»Stimmt ganz genau«, bestätigte Sarah und grinste wieder.

»Ich will meinen Job auch nicht mehr tauschen.« Olivia stand mit einer dampfenden Kanne Tee am Tisch und goss die Tassen voll.

»Richtig, du hast das perfekte Instrument gefunden, um Tag für Tag einen New Yorker nach dem anderen zum Veganer zu machen«, sagte ich, und Olivia lächelte siegessicher.

»Mich wirst du nie bekehren!« Sarah hob drohend einen Finger.

»Stimmt, aus dir mach ich eher eine Nonne als eine Veganerin.«

»Mmh, stimmt nicht. Ich würde eher auf Fleisch verzichten als auf guten Sex.« Sarah fuhr sich nachdenklich durch die Haare.

Waren sie heute Morgen nicht länger gewesen? Wie hatte Sarah nur Zeit finden können, heute noch zum Friseur zu gehen? Ich hatte nicht einmal Zeit gehabt, um einen Bagel zu essen.

»Du hast ja gleich auf beides verzichtet, auf guten Sex und auf gutes Essen«, setzte Sarah noch eins drauf, und Olivia lief rot an.

»Sarah«, ermahnte ich sie, »sei nicht so taktlos!«

»Wieso? Das stimmt doch. Ich kann mir nicht vorstellen, dass Tom im Bett wie ein Vulkan ist, oder?« Sarah sah Olivia fragend an, doch die rang noch immer um Worte.

»Wir kommen schon zurecht«, murmelte sie schließlich.

»Glaub ich nicht«, sagte Sarah.

»Lass sie in Ruhe! Du merkst doch, dass Olivia nicht darüber reden möchte«, sprang ich für sie in die Bresche.

Zu meiner Überraschung winkte Olivia ab. »Ist schon gut. Sarah hat recht.«

»Hattest du jemals mit Tom einen Orgasmus?«, fragte Sarah, und jetzt lief ich rot an.

Ich schielte zu Olivia hinüber, die nachdenklich an ihrer Tasse nippte.

»Nein«, sagte sie schließlich.

Erstaunt sah ich sie an. Das hatte ich nicht erwartet. Olivia war mit Tom immerhin schon seit fünf Jahren zusammen. Da sollte man doch meinen, sie hätten sich aufeinander eingespielt. Bisher hielt ich meine Einstellung zu Beziehungen immer für die Ursache meiner mangelnden Libido, aber die Länge einer Beziehung schien kein Garant für ein funktionierendes Liebesleben zu sein.

»Du brauchst mal einen Mann, der sich ein bisschen mehr Mühe gibt, dich glücklich zu machen; der fantasievoll und aufmerksam ist, der sich für deine Bedürfnisse und deine Wünsche interessiert.« Sarah redete sich in Stimmung. Bei ihrem Lieblingsthema war das kein Problem für sie.

Olivia stöhnte genervt. »Hör auf, Sarah! Ich weiß doch selber nicht genau, was ich möchte. Wie soll ich Tom sagen, was er machen soll, wenn ich selbst nicht weiß, was mir gefällt. Außerdem ist Sex in einer Beziehung ja auch nicht alles und nach fünf Jahren längst nicht mehr das Wichtigste. Zwischen uns gibt es andere Dinge, die wichtig sind. Wir vertrauen einander und können uns auf den anderen verlassen. Wir haben dieselben Wünsche und Ziele im Leben. Das wiegt doch viel mehr als die Verliebtheit und der leidenschaftliche Sex. Das sind vergängliche Sachen. Doch die Verlässlichkeit, das ist etwas, was bleibt.«

»Bei Tom ist es wohl eher die Bequemlichkeit«, warf Sarah ein und grinste.

»Darüber diskutieren wir erst, wenn du mal eine Beziehung hast, die länger als zwei Wochen dauert und nicht auf Sex basiert«, erwiderte Olivia.

»Du denkst wohl, ich würde das nicht schaffen.« Sarah hob argwöhnisch die Augenbrauen.

»Ganz ehrlich, ich glaube nicht, dass du das hinbekommst. Was denkst du, Anya?« Olivia sah mich fragend an.

»Da fragst du die Falsche. Ich hatte schon lange keine funktionierende Beziehung mehr. Genau genommen hatte ich nur eine, aber ich weiß nicht, ob man meine zweijährige Highschool-Liebe mit Sarahs Obsession vergleichen kann. Und die Dates, die ich in meiner Collegezeit hatte, waren ehrlich gesagt auch alles andere als befriedigend.«

»Du auch nicht?« Sarah sah mich schockiert an.

»Das meinte ich nicht«, sagte Olivia. »Ich wollte wissen, ob du glaubst, dass es Sarah schafft, zwei Wochen einen Typen zu daten, ohne mit ihm im Bett zu landen.«

»Es muss ja nicht das Bett sein, es gibt noch Aufzüge, Umkleidekabinen, Waschräume, Abstellkammern und Büros.« Sarah grinste.

Olivia schnappte nach Luft. »Sarah, das ist nicht dein Ernst.«

»Du weißt doch, dass Sarah das ganz locker sieht. Sie wurde in New York geboren und hat die Stadtgrenze gefühlte zwei Mal verlassen. Wir Landeier aus Minnesota sind da eben etwas prüder. Aber nein, ich glaube nicht, dass Sarah das schafft.« Seitdem ich Sarah kannte, hatte sie sich dem Reiz einer schnellen Affäre noch nie entziehen können, denn mit jedem Mann war für sie die Hoffnung verbunden gewesen, dass es die große Liebe sein könnte.

»Prüde? Ja, das glaube ich auch.« Sarah schüttelte den Kopf. »Lasst uns wetten! Wenn ich es nächsten Monat nicht schaffe, zwei Wochen mit einem Mann auszugehen, ohne mit ihm im Bett oder wo auch immer zu landen, dann ernähre ich mich zwei Wochen lang vegan.«

An Olivias Blick konnte ich sehen, dass sie die Sache interessierte.

»Wenn ich es allerdings schaffe …«, sagte Sarah siegesgewiss, »dann gehst du mit mir zwei Wochen lang jeden Abend in ein Steakhaus, und ich suche aus, was du isst.«

»Zwei Wochen lang täglich Fleisch?« Olivia kniff angewidert die Augen zu.

»Zwei Wochen lang kein Fleisch ist viel ungesünder«, konterte Sarah, und ich konnte mir ein Lächeln nicht verkneifen.

Nachdenklich sah Olivia Sarah eine Weile an, schließlich räusperte sie sich, und ihre Augen hatten einen entschlossenen Ausdruck bekommen. »Einverstanden, ich glaube ohnehin nicht daran, dass du es schaffst, und das Risiko ist es mir wert. So bekomme ich die einmalige Gelegenheit, dich davon zu überzeugen, dass ein Leben ohne tierisches Eiweiß viel lebenswerter ist. Tofuschnitzel und Sellerieburger, ich kann es kaum erwarten.« Olivia grinste zufrieden, doch Sarah schien ihre eigenen Worte mittlerweile zu bereuen, als sie hörte, welche Nahrungsmittel auf sie warteten.

»Glaubst du nicht an dich?«, fragte ich.

»Das Risiko ist wirklich hoch.« Sarah legte die Stirn in Falten.

»Na gut«, sagte Olivia. »Ich merke schon, wie schwer es dir fällt. Als Bonus zu unserer Wette verpflichte ich mich, im nächsten Monat mein Sexleben noch einmal umzukrempeln und neue Sachen auszuprobieren.«

Sarahs Gesicht begann zu strahlen. »Nur wenn du neue Sachen ausprobierst, kannst du herausfinden, was du magst. Wie wäre es zum Beispiel mal mit schöner Unterwäsche?«

»Mmh.« Olivia dachte über diesen Vorschlag nach. »Das mit dem Ausprobieren sehe ich auch so. Besonders, was das vegane Essen angeht. Das mit der Unterwäsche kommt allerdings nicht in Frage, die ist bestimmt nicht aus Biobaumwolle. Da bevorzuge ich lieber meine neuen veganen Schuhe.« Sie sah zu ihren Füßen hinab, die in einem Paar sehr bequem aussehender Latschen steckten.

»Wie du meinst.« Sarah beäugte Olivias neue Schuhe kritisch. »Da finden wir bestimmt noch etwas anderes, was ihr ausprobieren könnt.«

»Also gut, die Wette gilt!« Sarah hielt Olivia ihre ausgestreckte rechte Hand hin und Olivia schlug grinsend ein.

»Das wird eine sexuelle Revolution, Tom wird staunen. Darauf müssen wir anstoßen.« Sarah zauberte aus ihrer Tasche eine Flasche Champagner hervor, und unter den empörten Augen von Olivia nahm sie drei handgetöpferte Becher aus dem Schrank und goss den Champagner hinein.

KAPITEL 5

Ich kam am nächsten Morgen weit nach acht Uhr und damit viel zu spät im Büro an. Ich hatte immer noch leichte Kopfschmerzen. Die Runde durch den Central Park hatte zwar das schlimmste Pochen verschwinden lassen, aber der Abend war eindeutig zu lang für mich gewesen.

Außerdem vertrug ich offenbar nicht mehr so viel wie zu Collegezeiten. Die zweite Flasche Champagner war definitiv zu viel gewesen. Glücklicherweise war Trevor heute den ganzen Tag mit den beiden Anzugträgern von Draper Consulting beschäftigt und hatte keine Zeit, meinen desolaten Zustand zu bemerken.

Ich duckte mich hinter der riesigen Grünpflanze vor meinem Schreibtisch und machte einen beschäftigten Eindruck, während Trevor mit dem Tross von Draper Consulting vorbeieilte. Glück gehabt! Sie waren in ein Gespräch vertieft und schienen mich nicht einmal bemerkt zu haben. Mit ihren schwarzen Anzügen sahen sie aus wie eine Pinguin-Parade. Ich sah ihnen grinsend nach und fuhr meinen Computer hoch.

Bis zum Lunch blieb mein Telefon, bis auf wenige Ausnahmen, still. Ich nahm an, dass die Pinguine von Draper Consulting auch alle anderen Abteilungen mit ihren Untersuchungen lahmgelegt hatten und der übliche Geschäftsverkehr ruhte.

Selbst meine eigenen Leute suchten Unterlagen und Papiere zusammen, sodass ich sie nicht mit neuen Aufgaben betrauen musste. Was für eine Premiere. Ich hatte einen ruhigen Tag im Büro! Ich beschloss, die seltene Gelegenheit zu nutzen und zum Lunch zu gehen. Mein Magen knurrte, denn ein Frühstück hatte ich heute Morgen noch nicht herunterbekommen.

»Robert!«, rief ich, und Robert zuckte zwei Plätze neben mir zusammen. Seit gestern war er mir ständig aus dem Weg gegangen, und es war höchste Zeit, meinen Ausreißer vom Vortag zu erklären. »Wir gehen zum Lunch. Ich lade dich ein.«

»Natürlich, Ms. Summers«, beeilte er sich zu sagen. Seit wann war ich wieder Ms. Summers?

»Robert, die Sache von gestern tut mir leid!«, sagte ich, als wir einen Block weiter im Café Rom saßen und Pasta aßen. »Ich kläre solche Sachen auch lieber in Ruhe, aber du kennst ja Trevor.«

Robert nickte und sah mich erwartungsvoll an. Ja, ich weiß. Ich war diejenige, die ihn vor der gesamten Führungsriege angebrüllt hatte, und nicht Trevor.

»War nicht so gemeint. Ich mach es wieder gut und versuche, bei Trevor eine Gehaltserhöhung für dich rauszuschlagen. Einverstanden?« Ich sah Robert an. Seine Miene und seine Schultern entspannten sich endlich, und er lächelte.

»Einverstanden, Ms. Summers.«

»Gut, nenn mich bitte wieder Anya, und das nächste Mal, wenn etwas schiefgeht, rufst du mich am besten noch nachts an. Dann können wir solche Situationen in Zukunft vermeiden.«

»In Ordnung.« Robert lächelte und begann seine Pasta zu essen. Ich wusste, dass ich mit diesem Gespräch Trevor und unsere unausgesprochene Vereinbarung hinterging, dass mit Mitarbeitern nur im Befehlston gesprochen werden sollte, aber vielleicht war es an der Zeit für ein wenig zivilen Ungehorsam.

Als ich eine halbe Stunde später mit für einen Arbeitstag bei TC ungewöhnlich guter Laune an meinen Schreibtisch zurückkehrte, lag dort ein kleines Paket, kaum größer als eine Zigarettenschachtel. Verwundert hielt ich inne. Ich bekam nie Pakete an meinen Schreibtisch.

Wir hatten eine Poststelle, die Briefe und Pakete in Empfang nahm und an die Mitarbeiter verteilte, doch die Post war heute schon durch. Also konnte das hier nur etwas Persönliches sein.

Das Paket war in grünes Seidenpapier eingeschlagen und trug keinen Absender. Genau genommen stand nichts auf dem Paket, kein einziger Buchstabe, der einen Hinweis auf den Inhalt oder seinen Absender hätte geben können.

»Samantha, weißt du, wer dieses Paket geliefert hat?«, fragte ich meine Qualitätsbeauftragte, die am Schreibtisch vor mir saß. Sie zuckte zusammen, genauso wie Robert. In Momenten wie diesem hasste ich meinen Job. Was war das Geld schon wert, wenn mich keiner meiner Kollegen leiden konnte. Im Gegensatz zu Devon Draper, dem das vermutlich völlig egal war, versetzten mir diese Momente immer wieder einen schmerzhaften Stich. Noch ein paar Jahre, dann hätte ich genug Geld zusammengespart, um all das hinter mir zu lassen. Ich seufzte lautlos.

»Nein, ich war zum Lunch und bin gerade erst zurückgekommen«, erwiderte sie schnell. Ich sah, wie sie überlegte, was sie falsch gemacht hatte, und nickte ihr beruhigend zu. Dann betrachtete ich wieder das Paket in meinen Händen.

Sollte ich den Sicherheitsdienst rufen? Mmh, es sah ungefährlich aus, eher wie ein Geschenk, eine kleine Aufmerksamkeit. Ich mochte Überraschungen, dieses aufgeregte Kribbeln der Vorfreude versetzte mich immer wieder in Ekstase, weswegen Geburtstage eindeutig zu meinen Lieblingsfeierlichkeiten gehörten.

Langsam hob ich den Deckel und lugte in das Paket hinein. Ich lief knallrot an und schloss das Paket, so schnell es meine zittrigen Finger erlaubten.

Frechheit! Wer wagte es, mir so etwas zu schicken? Einen String! Einen durchsichtigen winzigen, nichts verhüllenden String. So etwas hatte ich nicht in meinem Kleiderschrank, und ich beabsichtigte auch nicht, daran etwas zu ändern.

Nachdem ich den ersten Schock überwunden hatte, atmete ich tief durch und machte mich auf die Suche nach einem Absender dieses üblen Scherzes.

Tatsächlich! Unter dem String klemmte ein kleiner Zettel. Ich zog ihn hervor. »Mit besten Grüßen. D.D.«, stand darauf.

Ich starrte die wenigen Buchstaben eine gefühlte Ewigkeit an. Warum tat er das? Was führte Devon Draper im Sinn? Die Antwort war einfach, denn es gab nur einen Grund, warum man einer Frau Reizwäsche schickte. Wie hatte ich nur so naiv sein können anzunehmen, dass Devon Draper mich in die *Black Lounge* eingeladen hatte, um mit mir ganz unschuldig einen Cocktail zu trinken und über die Entwicklung des Kaffeemarktes zu plaudern.

Er war auf der Suche nach einer neuen Affäre, nicht mehr und nicht weniger. Ich versuchte angewidert zu sein, aber irgendwie gelang es mir nicht. Entsetzt registrierte ich, dass ich mich sogar geschmeichelt fühlte. Wie konnte das nur sein? Vielleicht hatte meine zweijährige Abstinenz von jeglichen sexuellen Aktivitäten daran Schuld, dass ich einen Moment in Versuchung geriet?

Ich atmete tief durch und versuchte meinen Verstand wieder einzuschalten.

Nein! Was Devon Draper getan hatte, ging eindeutig einen Schritt zu weit. Ich ließ das Päckchen in meiner Handtasche verschwinden und gab mir Mühe, den Rest des Tages nicht mehr daran zu denken.

Als ich am Abend mein Apartment betrat, war ich stark in Versuchung, mich einfach ins Bett zu legen und einzuschlafen. Doch wenn ich zur Ruhe kam, war mir klar, dass ich mich in dem Gedanken verlieren würde, wie mir Devon Draper diesen kleinen String mit seinen Zähnen von den Hüften ziehen würde. Das durfte ich nicht zulassen. Allein so etwas zu denken stand außer Frage. Doch obwohl mir das durchaus bewusst war, hatte ich mir das im Laufe des Tages immer wieder vorgestellt.

Ich durfte mich erst in mein Bett legen, wenn ich tatsächlich so müde war, dass ich augenblicklich einschlief. Also würde ich heute ausgehen, wenigstens in Bens Pub. Ich zog mir Jeans und T-Shirt an und ließ das Bett hinter mir. Dann klopfte ich an Sarahs Apartment, aber sie öffnete nicht.

Wahrscheinlich war sie schon wieder auf Männerjagd, oder sie war auf der aussichtslosen Suche nach einem Mann, mit dem sie sich zwei Wochen rein platonisch beschäftigen konnte. Als sich der Aufzug öffnete, kam mir Olivia entgegengestürzt, die Sicht durch zwei große Tüten Lebensmittel versperrt.

»Brauchst du Hilfe?«, fragte ich und wich ihr gerade noch in letzter Sekunde aus.

»Huch!«, quiekte sie erschrocken und stellte die Tüten ab. »Oh, hallo, Anya, hab dich gar nicht gesehen.«

»Was hast du vor? Gibt es Lieferengpässe bei den Biolebensmitteln?« Ich nahm eine der Tüten und trug sie zu ihrer Wohnungstür.

»Nein, nein, keine Sorge. Stell dir vor, Tom hat sich gestern Abend bei mir entschuldigt, dass er unseren Jahrestag vergessen hat, und er will das heute nachholen. Ich koche noch einmal, und wir wollen einen ganz romantischen Abend miteinander verbringen.« Olivia strahlte über das ganze Gesicht.

»Klingt toll, Olivia, ich freu mich für dich.«

»Vielleicht brauche ich Sarahs Tipps doch nicht, um mein lahmes Liebesleben in Schwung zu bringen. Heute Abend wird ein totaler Erfolg, das habe ich im Gefühl.«

»Na, dann viel Spaß!«

»Den werde ich haben, verlass dich drauf.« Olivia nickte glückselig und verschwand in ihrem Apartment. Nachdenklich ging ich zum Aufzug zurück. Sarah hatte Spaß und Olivia offenbar auch. Auf einmal fühlte ich mich einsam. Ein fremdes Gefühl, das mich schon lange nicht mehr übermannt hatte. Ich war in den letzten Monaten zu beschäftigt gewesen, um mich einsam zu fühlen und außer meinen Nachbarinnen noch andere Menschen in New York kennenzulernen. Neben Sarah und Olivia hatten sich meine Kontakte in dieser Stadt auf meine Mitarbeiter beschränkt, die mich nicht mochten, so wie ich Trevor nicht mochte. Der Aufzug hielt im Erdgeschoss, und ich ging hinaus in den warmen Sommerabend.

Während ich die wenigen Schritte zu Bens Pub hinüberlief, musste ich lächeln. Ben würde mir gleich mein Lieblingsbier mit Kirschgeschmack reichen und mir schon an der Nasenspitze ansehen, dass ich heute nicht glücklich war.

Er war in den Fünfzigern; ein großer, verlässlicher Mann mit runden, gemütlichen Gesichtszügen unter schwarzem Haar, das mit grauen Strähnen durchzogen war. Er erinnerte mich an meinen Vater, und wahrscheinlich war ich deswegen so gern in seiner Bar.

»Was ist los?«, würde er sagen. »Gibt dir New York heute nicht das, was du brauchst?« Er war nicht nur ein hervorragender Wirt, sondern auch ein patenter Hobbypsychologe. Einer, der die Menschen kannte und in ihren Gesichtern lesen konnte. »Du kennst doch mittlerweile die Stadt, Anya. An einem Tag beschenkt sie dich reich, und am nächsten tritt sie dich in den Arsch.«

Er würde recht behalten, so wie immer. Wegen ein paar schlechten Tagen musste ich noch längst nicht alles hinschmeißen. Minnesota lief mir nicht davon. Auf die Farm meiner Eltern konnte ich jederzeit zurückkehren, aber jetzt noch nicht. New York war mir noch etwas schuldig.

KAPITEL 6

Das schmale Kleid lag eng an meinem Körper an. Ein ungewöhnliches Gefühl, denn normalerweise trug ich keine Kleider. Erst recht nicht so ein gewagtes wie dieses nachtblaue Designer-Exemplar aus Sarahs Kleiderschrank, das sie mir aufgedrängt hatte, damit ich nicht wagte, in einem meiner Hosenanzüge zu erscheinen.

Ich fühlte mich ungewohnt weiblich, und der langsame, wiegende Gang, zu dem mich die hohen Schuhe zwangen, tat sein Übriges, um diesen Eindruck zu verstärken.

Um mich nicht zu nackt zu fühlen, hatte ich einen Blazer übergeworfen, der mein Dekolleté ausreichend verbarg.

Ich mochte diese riesigen Veranstaltungen nicht, auf die mich Sarah regelmäßig schleppte, aber ich hatte ihr versprochen, am Samstagabend auszugehen. Nun waren wir hier, auf einer Wohltätigkeitsveranstaltung, zu der Sarah Karten von ihrer Chefin bekommen hatte, verbunden mit der Auflage, Perfect Male Model wieder einmal würdig zu vertreten. Sarah tat dies auch mit der ihr eigenen Beflissenheit.

»Bei diesen Veranstaltungen, Anya, gibt es massenweise gutaussehende, finanzkräftige Männer, die so viel Geld übrig haben, dass sie es sogar verschenken. Der ideale Ort also, um Bekanntschaften zu schließen und zu vertiefen«, hatte sie mir erklärt, bevor wir das New York Palace betreten hatten, um uns der exklusiven Runde anzuschließen. Nachdem mich Sarah einigen ihrer Geschäftspartner vorgestellt hatte, war sie dann auch relativ schnell mit einem attraktiven Mann verschwunden, und ich hatte sie schon seit einer geraumen Weile nicht mehr gesehen.

Gelangweilt sah ich mich um. Ich kannte hier niemanden, und ich war definitiv nicht der Typ, der sich gern Fremden mit einem Gespräch aufdrängte. Ich spürte die Blicke der Männer auf meinem Körper, und trotzdem konnte ich nicht zurücklächeln, als mir ein gutaussehender, blonder Mann zuzwinkerte.

»Sehen wir uns heute Abend noch im *Club 5*?« Eine dunkle Stimme strich an meinem Ohr vorbei, und in meinem Inneren vibrierte etwas. Erschrocken über meine Reaktion fuhr ich herum.

»Sie? Hier?«, stieß ich hervor, bevor ich mich an meine Umgangsformen erinnern konnte. Devon Draper stand vor mir, gekleidet in einen eleganten Smoking, als wenn er das Aushängeschild von Perfect Male Model wäre, und ich konnte meine Überraschung über dieses Treffen einfach nicht verbergen.

»Warum sollte ich nicht hier sein? Meine Firma spendet einen respektablen Betrag für den Schutz der Umwelt. Warum sind Sie hier?« Er lächelte provokativ, und ich fühlte mich enttarnt.

»Ich begleite eine Freundin«, erwiderte ich, bemüht um einen sachlichen Tonfall.

»Offenbar hat Sie diese Freundin im Stich gelassen, oder täusche ich mich?« Er musterte mich mit einem erwartungsvollen Grinsen, und ich überlegte fieberhaft, was ich sagen sollte. Wenn ich seine Frage bejahte, würde es zwangsläufig bedeuten, dass ich jetzt Zeit hätte und seine Einladung in den *Club 5* annehmen könnte.

Er schien regelrecht darauf zu warten, doch den Gefallen würde ich ihm nicht tun. Mit ihm in diesen Club zu gehen würde bedeuten, dass wir eine Art Date hätten und ich mich bereit erklärte, seine neueste Eroberung zu werden. Das kam unter keinen Umständen und schon aus Prinzip nicht in Frage. Keine gebrochenen Herzen in New York und zeit- und energieraubende Affären erst recht nicht!

Während ich in Windeseile nach einer Antwort suchte, verriet mich mein Unterbewusstsein auf hinterhältigste Weise und ließ eine Sekunde dem Gedanken freien Lauf, was wohl unter diesem Anzug stecken könnte. Devons Anziehungskraft war verwirrend. Er schien zu glühen wie die fleischgewordene Verlockung. Ich musste mich schnell aus seiner Sogwirkung befreien, bevor er mich wie ein schwarzes Loch verschlingen würde.

Doch das war nicht so einfach. Bei allem durfte ich nicht vergessen, dass er noch eine Entscheidung über meine berufliche und damit auch private Zukunft fällen würde, und das wiederum schloss aus, dass ich allzu direkte Worte der Ablehnung wählen durfte.

»Danke, Mr. Draper, meine Begleitung wird jeden Moment wieder hier sein«, sagte ich schließlich betont höflich und sah ihm direkt in die Augen. Ich musste schlucken. Wie konnte man nur so tiefgründige Augen haben? »Im Übrigen verbitte ich mir solche geschmacklosen Präsente an meinem Arbeitsplatz.«

»Tragen Sie den String heute?« Er sah mich an, als ob er nach dem Wetter gefragt hätte.

»Niemals!«, zischte ich empört.

»Dann tragen Sie also nichts unter Ihrem Kleid?«, fragte er grinsend und sah an mir herab.

Ich war kurz davor zu explodieren. Das Einzige, was mich in diesem Moment davon abhielt, die Beherrschung zu verlieren, war meine Verwirrung darüber, dass in mir ein unerträglich süßes Ziehen erwachte, als Devon genau meine Hüften musterte.

Ich schloss eine Sekunde die Augen und holte tief Luft, während ich versuchte, mir vorzustellen, wie meine Antwort lauten würde, wenn ich in einem Hosenanzug stecken würde und nicht in diesem Femme-fatale-Kostüm.

»Mäßigen Sie sich, Mr. Draper«, sagte ich beherrscht. »Was ich unter diesem Kleid trage, geht Sie nichts an, und Sie werden es auch niemals erfahren.«

»Mäßigung ist mir schon immer schwergefallen, besonders wenn ich einer so exquisiten Verlockung ausgesetzt bin. Nennen Sie mich doch Devon!«, bat er mit einem vorwitzigen Funkeln in den strahlenden Augen.

»Das ist sehr nett, aber ich bevorzuge es, wenn wir weiter auf einer weniger persönlichen Ebene miteinander kommunizieren«, erwiderte ich mit demselben freundlichen Lächeln. Ich war sachlich und trotzdem noch halbwegs höflich. Einen Moment hielt Devon inne. Sein Blick verriet jetzt seine langsam wachsende Überraschung.

Offenbar hatte er nicht damit gerechnet, dass ich nicht einmal sein Angebot, ihn zu duzen, annehmen wollte. Sofort erschrak ich. Ich durfte es mir aber nicht völlig mit ihm verderben, denn wir würden uns definitiv bei TC noch einige Male wiedersehen. Ich musste irgendetwas Unverfängliches sagen.

»Vielleicht komme ich bei Gelegenheit auf Ihre Einladung in den *Club 5* zurück«, erwiderte ich und versuchte mich an einem aufmunternden Lächeln.

Das hieß nicht ja und auch nicht nein, doch er war mit meiner Antwort alles andere als zufrieden, das sah ich ihm an. Er hatte seine Stirn in Falten gelegt. Sein Blick machte mich nervös, und dann trat er plötzlich und überraschend nah an mich heran. Viel zu nah! Ich spürte seinen Körper, der mich leicht streifte. Sein warmer Atem strich an meinem Ohr entlang und jagte einen erregenden Schauer über meinen Nacken. Erregend?

Nein, das durfte doch nicht wahr sein! Verließ mich meine Selbstbeherrschung jetzt vollends? Ich riss mich mühsam zusammen, nicht den Arm um seinen Nacken zu legen und ihn stürmisch zu küssen. Mein Atem ging unwillkürlich schneller. Der Blick seiner hellen, strahlenden Augen bohrte sich in meine, und einen Moment lang verlor ich, gefesselt von der Intensität dieses Momentes, gänzlich die Beherrschung und atmete tief seinen berauschenden Duft ein.

»Komm mit in die *Black Lounge*, Anya! Ich weiß, es wird dir gefallen. Du bist die Richtige dafür«, flüsterte er. Erschrocken trat ich einen Schritt zurück, bevor ich alle meine guten Vorsätze über Bord werfen würde. Er hatte mich völlig aus dem Konzept gebracht. Wofür war ich die Richtige?

»Nein!«, keuchte ich, immer noch zu verwirrt von seiner plötzlichen Nähe und meiner Reaktion darauf. »Ich will nicht in diesen Club.«

»Warum nicht?« Devon sah mich überrascht an. Er war es eindeutig nicht gewohnt, dass jemand seine Angebote so vehement ablehnte.

»Warum nehmen Sie denn nicht eine Ihrer vielen Freundinnen hier?«, fragte ich mittlerweile sichtlich genervt. Meine guten Umgangsformen waren mir plötzlich egal. »Hier gibt es doch bestimmt genug Frauen, die nicht eine Sekunde zögern würden, um mit Ihnen überall hinzugehen, oder nicht?« Ich sah ihn herausfordernd an. Doch er schien sich von meiner Empörung nicht beeindrucken zu lassen.

»Ich mag deine Leidenschaft«, sagte er einfach. »Wer investiert schon so viel Energie in die Abstrafung eines Mitarbeiters. Ich will wissen, ob noch mehr von diesem Feuer in dir steckt.« Er war wieder ein Stück näher gekommen, was ich beunruhigt zur Kenntnis nahm, denn ich fühlte mich immer stärker zu ihm hingezogen. »Außerdem passt dein Äußeres so ganz und gar nicht zu deinem Verhalten.« Er nahm eine Strähne meines Haares zwischen seine Finger. »Schwarz wie Ebenholz.« Er strich mit einem Finger zart an meiner Wange entlang. »Weiß wie Schnee.« Unter dem hypnotisierenden Klang seiner Stimme war ich erstarrt. »Und rot wie Blut.« Nur mit seiner Fingerspitze berührte er zart meine Lippen. Ein Schauer wie ein zarter Regen schien auf meiner Haut niederzugehen. »Du siehst so sanft und liebevoll aus, und dann wieder bist du so streng und unnachgiebig. Du bist schön, und doch gibst du dir so viel Mühe, es zu verbergen. Warum wehrst du dich gegen mich?« Er war so nah gekommen, dass ich seinen Körper beinahe überall spüren konnte. Seine Knie streiften mein Bein, seine Hüfte berührte meine und sogar seine Arme waren so nah, dass sie beinahe meine Brüste berührten. Der zarte Schauer war zu einem glühenden Starkregen geworden, und dieses Gefühl schockierte mich so sehr, dass mich mit einem Mal eine unglaubliche Angst vor mir selbst überkam. Ich kam mir plötzlich vor wie die Maus in der Falle, die von der Katze in die Enge getrieben worden war. Ich musste hier weg.

»Weil ich Ihre Spielchen nicht mitspielen will«, erwiderte ich kalt, obwohl in mir alles brannte. Ich staunte selbst, wie ich es geschafft hatte, ohne ein einziges Zittern in der Stimme zu sprechen. Ich trat schnell einen großen Schritt zurück. Es war mir alles zu viel in diesem Moment. Die fremden Menschen um mich herum, Devon, der mich bedrängte, und am allermeisten meine intensive Reaktion auf ihn, die ich absolut nicht unter Kontrolle hatte. Meine Worte schienen endlich ihre Wirkung zu entfalten.

Devon sah mich regelrecht erschrocken an. Ich war nicht übermäßig höflich gewesen, doch er reagierte so heftig, als ob ich ihm ein Schimpfwort an den Kopf geworfen hätte.

War ich etwa die erste Frau, die ihm nicht aus Dankbarkeit für eine Einladung in diese Lounge um den Hals gefallen war? Wahrscheinlich. Die Tatsache, dass es eine Frau gab, die nein zu ihm gesagt hatte, schien ihn aus dem Konzept zu bringen. Bevor ich seine Miene jedoch weiter studieren konnte, trat Sarah neben mich, und ich war unendlich froh darüber, sie zu sehen. Sie war meine Gelegenheit zur Flucht.

»Anya, sei doch so nett und stelle mich kurz vor.« Ihr Jagdblick streifte Devon.

Ich seufzte. Sarah wusste genau, wer er war, und ihr Ziel war eine Einladung in die *Black Lounge* oder noch besser eine Einladung in sein Bett, das konnte ich schon an dem Klang ihrer Stimme hören. Ich sah auf, ob Devon Sarah schon bemerkt hatte, aber sein Blick hing immer noch nachdenklich an mir. Er strich sich durch das braune Haar, das im Schein der matten Beleuchtung dunkler wirkte als im Büro. Der goldene Schimmer war nicht zu sehen.

»Mr. Draper, das ist Sarah Green von Perfect Male Model. Sarah, das ist Devon Draper, der Chef von Draper Consulting«, erklärte ich schnell. Devons Blick folgte mir noch immer still wie ein Löwe, der eine Antilope an der Wasserstelle beobachtete, kurz bevor er zum tödlichen Sprung ansetzte. Mein Hals war trocken, und ich schluckte nervös.

»Es ist mir eine große Freude, Sie endlich kennenzulernen«, flötete Sarah und setzte ihren verführerischen Blick auf.

»Entschuldigt mich«, flüsterte ich und nutzte die Gelegenheit, dass Sarah gerade versuchte, Devon in ein Gespräch zu verwickeln. Wenn er nicht alle geltenden Regeln der Etikette verletzen wollte, konnte er mir jetzt nicht folgen. Ich mied seinen Blick und visierte die Bar an. Ich brauchte dringend etwas zu trinken. Ich bestellte einen Bourbon und ließ mich auf den Barhocker sinken.

»Der Typ ist eiskalt«, sagte Sarah kurz darauf und nahm neben mir Platz.

»Wieso?«, fragte ich erstaunt. Ich hatte ernsthaft erwartet, dass Sarah mit einer Einladung als Trophäe auftauchen würde.

»Der hat mich einfach abblitzen lassen. Es gibt keine Einladung für Sarah Green. Es ist einfach unfassbar!« Sarah bestellte ein Glas Martini und trank es in einem Zug leer.

Eiskalt? Ich hatte eher das Gefühl, Devon brannte lichterloh.

»Lass uns gehen«, bat ich. Ich hatte genug von diesem Abend.

»Ich kann nicht, ich muss noch bis Mitternacht bleiben. Das habe ich Monica versprochen.«

»Das ist noch über eine Stunde hin. So lange halte ich es hier nicht mehr aus.« Ich stöhnte genervt. Noch über eine Stunde in der Nähe von Devon würde ich nicht schaffen. Bis dahin hatte er sicherlich eine neue Gelegenheit gefunden, mich in die Enge zu treiben, und noch einmal würde ich es nicht schaffen, ihm zu widerstehen. Seine fordernde Art, seine berauschende Nähe weckten irgendeine verbotene dunkle Leidenschaft in mir, die mir völlig fremd vorkam. Das war nicht ich, und das waren nicht meine Gedanken, die immer wieder unkontrolliert durch meinen Kopf schossen. Ich brauchte Ruhe, um wieder zu mir zu kommen.

»Ist es wegen ihm?« Sarah blinzelte in die andere Ecke des Raumes, wo Devon mit einer hinreißenden dunkelhaarigen Frau stand, die alles andere als abgeneigt schien, Einladungen jeglicher Art von ihm anzunehmen. Sie berührte rein zufällig seine Hand, während sie laut lachte. Dann strich sie mit ihrer Schulter an seinem Oberarm entlang, und er schien diesen verführerischen Gesten nicht abgeneigt zu sein. Devon war eindeutig ein Frauenheld, der es genoss, von seinen Verehrerinnen umschwärmt zu werden.

Ich beobachtete ihn eine Weile, wie er durch den Raum ging, lächelte, grüßte und hier und dort eine kleine Unterhaltung führte. Er umgab sich ausnahmslos nur mit den schönsten Frauen. Und nicht eine benahm sich so kratzbürstig wie ich. Sie schienen ihm alle wohlgesinnt. Sollten sie nur. Ich hatte seit über zwei Jahren keine Dates mehr gehabt und auch nicht das Bedürfnis, daran etwas zu ändern. In diesem Moment blickte Devon auf und sah mich an, wieder neugierig, wieder prüfend und forschend. Ich sah schnell weg.

»Ja«, seufzte ich. »Ich weiß nicht, was ich von ihm halten soll, Sarah. Ich kenne ihn kaum, und er lädt mich in diese geheimnisvolle Lounge ein und schickt mir unverschämte Päckchen. Seine Leute gehen bei mir im Büro ein und aus, und er wird mit darüber entscheiden, ob meine Abteilung in Zukunft weiter bestehen bleibt oder nicht. Er ist so schwer zu begreifen, verstehst du, und er bringt mich total durcheinander«, gab ich zu.

»Das klingt doch, als ob du dir deine Meinung schon gebildet hast.« Sarah drehte sich eine Locke um ihren Finger.

»Keine Ahnung«, stöhnte ich, winkte dem Barkeeper und bestellte ein Glas Champagner.

»Weißt du, wonach das für mich klingt?«

»Nein.« Ich sah Sarah fragend an.

»Siehst du es wirklich nicht?« Sie riss ihre dunklen Augen auf, als ob ich das Naheliegende nicht begriff.

»Nein, was meinst du?«, fragte ich, während ich aus den Augenwinkeln Devon beobachtete. Er musste gerade einen außergewöhnlich guten Witz erzählt haben, denn die drei langbeinigen Blondinen, die ihn umringten, kicherten so laut, dass sich die Leute verdutzt umsahen.

Ich stöhnte gequält.

»Lass dir noch ein bisschen Zeit, und wenn ich Devon Draper richtig einschätze – und für Männer habe ich mittlerweile ein gutes Gespür –, wird er nicht so schnell lockerlassen, wenn er sich einmal etwas in den Kopf gesetzt hat.«

»Du redest in Rätseln oder ich habe heute Abend schon zu viel Champagner getrunken, um deine Gedankengänge noch zu begreifen.« Vielleicht war auch der Bourbon schuld, der mir gerade in den Kopf stieg. »Ich glaube, ich gehe besser ins Bett. Ich nehme mir ein Taxi. Wir sehen uns morgen.« Ich trank mein Glas in einem Zug leer und rutschte von meinem Stuhl. Dabei bemühte ich mich angestrengt, nicht zu den gackernden Blondinen hinüberzustarren.

»Schlaf gut, Anya!« Sarah grinste.

Ich verließ den großen Raum, legte noch eine dringend nötige Pause auf der Damentoilette ein und schlenderte dann zum Ausgang.

Die Luft war immer noch warm, als ich auf die Straße trat. Sie hatte diesen speziellen Geruch nach Abgasen, Asphalt, dem Grün der Bäume und der Lust auf Leben. Es roch nach New York, und ich atmete tief ein. Hier draußen ging es mir sofort besser. Ich überlegte kurz, den Weg nach Hause zu laufen, um wieder einen klaren Kopf zu bekommen, und schlenderte ein paar Schritte die Straße entlang. Ich spürte sofort, dass ich dafür die falschen Schuhe trug, und trat an den Straßenrand, um mir ein Taxi zu rufen.

Bevor ich jedoch den Arm heben konnte, rollte ein schwarzer Wagen an den Bürgersteig und hielt genau vor mir an. Ich sprang zurück und fluchte unterdrückt. Im Viertel der Reichen musste man wohl oder übel damit rechnen, von einer gepanzerten Limousine überrollt zu werden. Ehe ich weitergehen konnte, tauchte ein dunkler Schatten neben mir auf.

Es war Devon! Wie kam er nur so schnell hierher? War er nicht eben noch in ein Gespräch vertieft gewesen?

»Haben Sie beschlossen, mich bis nach Hause zu verfolgen, um Ihrer Einladung noch mehr Nachdruck zu verleihen, Mr. Draper?«, fragte ich schnippisch. Er sollte sich nur nicht einbilden, dass ich ihn genauso anhimmeln würde wie diese hemmungslosen Blondinen, die ihm am liebsten auf den Schoß gesprungen wären.

»Ich bringe dich nach Hause, Anya. Eine schöne Frau wie du sollte nachts nicht allein in New York unterwegs sein. Steig ein«, forderte er mich in einem Tonfall auf, als ob ich seine Sklavin wäre.

»Wie bitte?« Ich sah ihn einen Moment schockiert an. Wie konnte er nur so mit mir sprechen? Oder sollte das seine Interpretation von Höflichkeit sein? Sein Blick war verlockend. Meine nicht emanzipierte Seite war seinem Angebot schon längst erlegen.

»Steig ein, Anya«, wiederholte er ruhiger und sah mich jetzt sanft an. Nein, ich konnte nicht. Wenn ich in der Enge seines Wagens sitzen würde und er wieder dieses Spielchen mit mir spielte, dann würde ich allem zustimmen, was er mir vorschlug.

»Danke für Ihr Angebot, Mr. Draper. Ich ziehe es vor, ein Taxi zu nehmen«, erwiderte ich kühl. Die Geschäftsfrau in mir hatte wieder das Ruder übernommen, anders war ich nicht in der Lage, dieser Situation Herr zu werden.

Was hatte Sarah gesagt? Er würde nicht so schnell lockerlassen, wenn er sich einmal etwas in den Kopf gesetzt hatte. Gut, dann müsste er bei mir auf Granit beißen. Das war der einzige Weg, um mich vor einem gebrochenen Herzen zu schützen. Vor langer Zeit hatte ich einen Entschluss gefasst: Keine Beziehungen in New York. Ich wäre ohnehin nur die

Nächste seiner unzähligen Eroberungen, vermutlich würde er mich schneller wieder abservieren, als ich guten Morgen sagen konnte. Daher nahm ich mir fest vor, mich nicht beirren zu lassen, und begegnete Devons Blick. Diesmal hielt ich ihm stand.

»Guten Abend, Mr. Draper«, grüßte ich, wandte mich ab und ging weiter die Straße entlang, wo schon ein Taxi wartete. Ich stieg schnell ein und nannte dem Fahrer hastig meine Adresse, bevor ich es mir anders überlegen konnte.

Als das Taxi anfuhr, sah ich nicht aus dem Fenster. Ich war mir sicher, dass er noch auf dem Bürgersteig stand und mir nachsah. Sein Blick verfolgte mich, sobald ich die Augen schloss, sein brennender, gieriger Blick, der Leidenschaft verriet und Stolz, viel zu viel Stolz.

KAPITEL 7

Anya, steh auf! Ich muss raus aus der Stadt.« Ich blinzelte müde in den Morgen. Sarah stand vor meinem Bett, mit vor der Brust verschränkten Armen und blitzenden Augen. Wie war sie nur hier reingekommen? Mein müdes Gehirn versuchte die Situation zu begreifen.

Richtig! Ich hatte meinen Reserveschlüssel bei Sarah für den Notfall deponiert und sie ihren bei mir. Das hier war aber kein Notfall! Weder ich noch Sarah schwebten in Lebensgefahr, und ich konnte auch keinen Rauch riechen. Es war alles normal, und es war Sonntagmorgen, der einzige Tag, an dem ich auf das Joggen im Central Park verzichtete und ausschlief. Normalerweise!

»Warum musst du raus aus der Stadt?«, lallte ich müde.

»Ich bin gestern Nacht nicht einmal mehr in den *Club 5* reingekommen. Es war voll, und die Türsteher haben alle abgewiesen, auch mich. Die Sternstunden von Sarah Green sind endgültig vorbei. Ich bin erst fünfundzwanzig und gehöre schon zum alten Eisen. New York liebt mich nicht mehr. Ich muss raus.« Sarah seufzte theatralisch, und ich zog mir ein Kissen über den Kopf.

»Pack deine Badesachen ein, wir fahren in die Hamptons!«

»Wie bitte?« Ich nahm das Kissen wieder von meinem Kopf.

»Du hast richtig gehört. Monica hat mir den Schlüssel zu ihrem Strandhaus gegeben. Als Dankeschön, weil ich gestern für sie bei dieser Wohltätigkeitsveranstaltung eingesprungen bin, und da will ich jetzt hin. Also los, steh auf!«

»Nimm doch Olivia mit! Ich will schlafen«, murmelte ich, noch immer nicht bereit, das Bett zu verlassen.

»Olivia verbringt ein romantisches Wochenende mit Tom, offenbar hat sie sich meine Worte endlich zu Herzen genommen.«

»Kaffee?«, fragte ich müde, denn ohne war ich nicht bereit, das Haus zu verlassen.

»Hier!« Sarah hob einen großen Thermobecher. »Wir frühstücken auf der Terrasse, ich habe alles dabei.«

Wann war Sarah aufgestanden, um alles vorzubereiten, oder war es schon so spät? Ich blinzelte zu meinem Wecker hinüber. Es war noch nicht einmal acht Uhr. Mühsam rappelte ich mich auf.

Eigentlich war Sarahs Idee gar nicht so schlecht. Ich rollte mich aus dem Bett, zog mir ein luftiges Sommerkleid über und machte mich auf die Suche nach meinem Badeanzug, einem gewagten roten Einteiler, den ich nur selten trug. Während ich meinen Badeanzug aus der hintersten Ecke eines Regals fischte, bekam ich immer mehr Lust auf Sonne, Sand und den salzigen Geruch des Meeres, das Schäumen der Gischt und das schrille Schreien der Möwen. Vielleicht war es wirklich eine gute Idee, die Stadt für einen Tag zu verlassen und den Kopf wieder freizubekommen.

Reichlich drei Stunden später saß ich auf der Terrasse von Monicas Strandhaus und blickte auf das Meer. Sarahs kleiner Flitzer stand in der Garage, und mir zitterten immer noch die Knie von ihrem Fahrstil. Meine spontane Urlaubslaune war verflogen, und mir war einfach nur noch übel.

»Magst du ein Croissant?«, fragte Sarah gut gelaunt. Die Geschwindigkeit hatte sie berauscht, und ihre schlechte Laune vom Morgen war verflogen.

»Ich warte noch darauf, dass mein Magen wieder an seinen Platz zurückkehrt«, erwiderte ich frostig. Sarah hatte meine Bitte, langsam zu fahren, permanent ignoriert, und ans Steuer lassen wollte sie mich auch nicht.

»Du bist total unentspannt!«

»Bin ich nicht! Du überfällst mich mitten in der Nacht, schleppst mich in deinen Sportwagen und dann donnerst du mit mir in Überschallgeschwindigkeit in die Hamptons. Da wäre jeder angespannt, der nicht gerade Rennfahrer von Beruf ist oder seinen Selbstmord plant.«

»Ich sag doch, du bist total unentspannt. Nach dem Frühstück schwimmen wir eine Runde im Meer. Das wird dir guttun, außerdem kannst du ja heute Abend mit dem Zug zurückfahren, wenn dir mein Fahrstil zu gefährlich ist.« Sarah setzte ihre Sonnenbrille auf und grinste zufrieden. Ich murrte unmutig und nippte an einem Glas Wasser. Je länger die Welt um mich herum stillstand, umso mehr verschwand die Übelkeit. Wenn ich Glück hatte, würde ich zum Mittagessen wieder etwas bei mir behalten können.

»Wie läuft eigentlich deine Wette mit Olivia?«, fragte ich, um mich von dem Gedanken abzulenken, dass ich heute Abend mit Sarah und ihrem Sportflitzer wieder nach Hause fahren musste. Der Vorschlag mit dem Zug klang eigentlich ganz gut.

»Ehrlich gesagt war ich seit meinem Treffen mit Jules abstinent.« Sarah winkte ab.

»Weil du nur noch die *Black Lounge* im Kopf hast und keinen Blick mehr auf die Männer werfen konntest?«

»Erinnere mich bloß nicht daran!« Sarah seufzte. »Ich will eine Einladung und bekomme keine, und du willst keine Einladung und besitzt eine, und was noch viel seltsamer ist, ist Devon Draper. Er lädt dich in den Club ein, und du gehst nicht hin.« Sarah schob ihre Sonnenbrille wieder in die Haare hinauf und sah mich forschend an.

»Devon Draper ist nicht seltsam, Sarah. Devon Draper ist ein reicher und überheblicher Typ, der es nicht gewohnt ist, dass seine Wünsche nicht sofort erfüllt werden. Das ist alles«, erwiderte ich.

»Das klang aber gestern Abend noch ganz anders«, bemerkte Sarah.

»Das ist vorbei.« Ich nickte entschlossen. Gestern Abend hatte mich Devon überrascht. Ein schwacher Moment, in dem ich mich nicht im Griff gehabt hatte und einen flüchtigen Augenblick lang seiner Anziehungskraft nicht gewachsen war. Aber jetzt war der Moment weit weg, und in meinem Kopf und in meinem Herzen herrschte wieder Klarheit. Er hielt mich für eines dieser Mädchen, die ihm hinterherliefen und nur darauf warteten, ihm seine Wünsche von den Augen abzulesen, doch da war er bei mir an der falschen Adresse.

»Na gut. Du erinnerst mich nicht mehr an den *Club 5*, und ich erinnere dich nicht mehr an Devon Draper«, schlug Sarah vor, und ich nickte zustimmend. »Jetzt vergessen wir alle Probleme. Jetzt ist es an der Zeit, Southampton zu genießen. Kommst du mit an den Strand?« Sarah war aufgesprungen und hatte ihr Handtuch über die Schulter geschwungen.

»Geh schon mal vor, ich brauche noch eine halbe Stunde, bis ich wieder richtig fit bin.«

»In Ordnung!« Sarah lief leichtfüßig zum Strand hinab und ich lehnte mich im Liegestuhl zurück. Die Aussicht auf das Meer war atemberaubend. Am Strand tummelten sich einige Windsurfer mit ihren bunten Brettern, und am Horizont verschwanden weiße Segel in den watteweichen Wolken.

KAPITEL 8

Die Sonne stand hoch am Himmel und hatte die Terrasse aufgeheizt wie einen Backofen. Panisch öffnete ich die Augen und sah mich verwirrt um.

Oh nein! Ich war einfach eingeschlafen, und das mitten am Tag. Zu allem Übel war ich durchgeschwitzt wie nach einem einstündigen Saunagang. Wo war nur Sarah hin? Ich setzte mich auf und streckte meine trägen Glieder. Dabei fiel mein Blick auf den Frühstückstisch, wo unter der Zuckerdose ein eng beschriebener Zettel klemmte. Ich zog ihn hervor, längst ahnend, dass Sarah ihre Pläne für den heutigen Tag über den Haufen geworfen hatte und ich nicht mehr darin vorkam.

Liebe Anya,
Du schläfst so süß, und ich wollte Dich nicht wecken. Bin zum Lunch mit Pierre und bald zurück.
Sarah
PS: Verrate Olivia nichts von Pierre! Nach ihm versuche ich wirklich eine platonische Beziehung, versprochen. (Aber er ist so unglaublich muskulös!)

Das war typisch Sarah. Sie würde garantiert auch den Nachmittag mit dem muskulösen Pierre in einer Düne verbringen, und ich war allein. Hoffentlich würden wir heute Abend pünktlich nach Hause kommen. Trevor würde mich vierteilen lassen, wenn ich morgen zu spät kam, und noch einmal würde ich nicht so viel Glück haben, dass er es nicht mitbekam.

Diese Hitze war unerträglich. Ich musste mich dringend abkühlen. Verschlafen hievte ich mich aus dem Liegestuhl und tapste über die hübschen, rot marmorierten Fliesen ins kühle Haus. Mein Badeanzug lag gleich obenauf, und in Windeseile zog ich mich um. Ich schnappte mir ein Handtuch und machte mich auf den Weg in Richtung Meer. Ein Sprung ins kalte Wasser war genau das, was ich jetzt brauchte.

Der weiche Sand war warm von der Sonne, und ich atmete tief den Duft des Atlantiks ein. Kein Lufterfrischer war so inspirierend wie diese Mischung aus Salz, Wasser, Algen und heißem Sand. Ein Lächeln schlich sich auf meine Lippen, und ich hatte die Einsamkeit längst vergessen, in der mich Sarah hier zurückgelassen hatte.

Eigentlich war es sogar schön, einmal allein zu sein. Der Strand gehörte nur mir, weit und breit war keine Menschenseele zu sehen. Wir waren noch in der Vorsaison, und wenn ich an die vollen Straßen von Manhattan zurückdachte, beflügelte dieser extreme Kontrast meine gute Laune noch mehr.

Endlich berührten meine Füße das kühle Nass. Meine Zehen steckten im weichen, nassen Sand, der sanft unter mir nachgab.

Die Kälte tat mir gut, sie vertrieb das Glühen von meiner Haut. Langsam ging ich tiefer in das Wasser, bis es meine Knie berührte, meine Oberschenkel und meinen Bauch. Mit einem kleinen Jauchzer, den ich mir nur erlaubte, weil ich sicher war, dass ich keine Zuhörer hatte, tauchte ich gänzlich unter und schwamm ein paar Züge in das tiefe Wasser hinein. Es war kühl, und endlich war das unangenehme Glühen auf meiner Haut völlig verschwunden.

Das Wasser trug mich leicht, und ich machte einige kräftige Züge am Ufer entlang. Der Himmel spannte sich makellos blau über mir, und ich fühlte mich so frei und unbeschwert wie schon seit langem nicht mehr.

Als meine Arme begannen, schwer zu werden, und ich anfing zu frieren, wollte ich zum Ufer zurückkehren. Ich ließ einen Fuß nach unten sinken, um den Meeresboden zu berühren, aber da war nichts; nur kühles, fast schon kaltes Wasser, das an meinen Zehen zog. Verdammt! War ich doch zu weit hinausgeschwommen?

Scheinbar hatte mich die Strömung vom Ufer weggetrieben. Ich konnte den Strand sehen, er war nicht weit weg. Ich begab mich wieder in Schwimmposition und steuerte das Ufer an.

Obwohl ich kräftige Züge machte, hatte ich nicht das Gefühl, dass das Ufer näher kam. Ich geriet leicht in Panik und begann, noch kräftiger zu rudern. Plötzlich verfluchte ich die Einsamkeit dieses Strandabschnittes. Was vom sicheren Ufer aus sehr inspirierend ausgesehen hatte, war von der Wasserseite aus betrachtet lebensgefährlich.

Ein stechender Schmerz durchfuhr mit einem Mal meine Wade. Ich hatte einen Krampf! Nein! Nicht jetzt, nicht hier! Der Schmerz lähmte mich und ich kam nicht mehr vorwärts.

»Hilfe!«, schrie ich panisch in der aussichtslosen Hoffnung, dass vielleicht doch ein ruhesuchender Spaziergänger in Hörweite war. Ich sah mich hektisch um, doch am Strand tummelte sich nur eine Schar Möwen, die sich um einen toten Fisch stritten.

In diesem Moment hob mich eine Welle hoch und schlug über meinem Kopf zusammen. Salziges Wasser strömte in meinen weit geöffneten Mund und mein zweiter Hilfeschrei ging in einem einzigen Gurgeln unter.

Hustend versuchte ich, wieder an die Wasseroberfläche zu kommen, doch dabei verschluckte ich noch mehr Wasser. Mit weit aufgerissenen Augen kämpfte ich gegen die kalte Flut.

Der Schmerz brannte in meiner Wade, in meinem Hals und in meinen Augen. Ich wollte nur eins, weg von dem nassen Grab. Gerade als ich die Wasseroberfläche erreicht hatte, schlug eine weitere Welle über mir zusammen und drückte mich wieder weit unter Wasser.

Mein Bein war noch immer in beißendem Schmerz verkrampft, und die Kälte des Wassers war unbarmherzig in meine Glieder gekrochen. Ich sank, obwohl ich nach wie vor mit aller Kraft um mich schlug. Doch meine Bewegungen waren so unproduktiv wie das verzweifelte Strampeln eines kleinen Käfers in einem riesigen Pool. Die Luft strömte aus meiner Lunge, und ich riss die Augen noch weiter auf. Silberne Blasen verließen mich, und es wurde immer stiller und dunkler um mich herum.

Sollte es das gewesen sein? War es jetzt so weit, dass mein Leben zu Ende ging? Für meine Eltern würde eine Welt zusammenbrechen, wenn ich nicht wieder zurück nach Minnesota kam. Ich hatte ihnen versprochen heimzukommen, wenn ich in New York genug erlebt hatte.

Unvermittelt berührten meine Füße den Grund. Ich dachte fest an meine Eltern und an die endlosen Maisfelder, die die Farm umgaben. Dorthin musste ich zurückkehren, koste es, was es wolle.

Mit letzter Kraft stieß ich mich ab, um wieder an die Wasseroberfläche zu kommen. Mein Bein protestierte, doch ich schoss nach oben, während ich mir ein letztes Mal den blauen Sommerhimmel meiner Heimat ins Gedächtnis rief. Der Sommerhimmel, der so blau und tief war wie die Augen von Devon. Obwohl ich keine Kraft mehr in meinen Gliedern spürte, bewegte ich mich immer noch nach oben. Verwundert stellte ich fest, dass es schnell ging; zu schnell, um es aus eigener Kraft geschafft zu haben.

Und da spürte ich es. Etwas zerrte an meinem Arm. Eine Hand war da. Jetzt waren es zwei Hände, die mich nach oben rissen. Halb ohnmächtig nahm ich wahr, wie ich die Wasseroberfläche durchbrach und gierig Luft einsog. Dann wurde alles dunkel.

KAPITEL 9

Ich schlug die Augen auf und starrte an eine weiße Decke. Da waren keine Zuckerwattewolken, die um ein goldenes Tor schwebten, und auch keine Engel mit Trompeten, die mich am Himmelstor musikalisch empfingen.

Ich lebte, und das mit schmerzhafter Gewissheit. Mein Hals brannte, als ob ich eine Woche mit reinem Wodka gegurgelt hätte, und mein rechtes Bein fühlte sich so seltsam taub an, als ob ich einem Hai in die Quere gekommen wäre. Panisch sah ich an mir herab und atmete erleichtert auf. Alle Körperteile waren noch an ihrer Stelle.

»Sie kommt wieder zu sich«, sagte eine mir völlig unbekannte Männerstimme. Erleichtert von der Gewissheit, dass mein Körper noch komplett war, wandte ich mich der Stimme zu. »Das ist ein gutes Zeichen.« Ein von weißem Haar umrandetes Gesicht schob sich in mein Blickfeld.

»Können Sie mich hören, Ms. Summers?«, fragte der freundliche ältere Herr.

Ich nickte. Er sah aus wie der Weihnachtsmann, und dieser Gedanke beruhigte mich so sehr, dass ich ihn ganz vertraut anlächelte.

»Wissen Sie, wo Sie sind?«, fragte er.

»In den Hamptons«, krächzte ich und versuchte, mich aufzurichten.

Doch der nette Herr schüttelte den Kopf und drückte mich sanft zurück in die weichen Kissen.

»Sie sollten noch ein wenig liegen bleiben, bis Sie sich wieder besser fühlen. Ich bin Dr. Hausmann.«

»Danke, dass Sie mich aus dem Wasser gezogen haben«, sagte ich heiser.

Dr. Hausmann lächelte. »Das war nicht ich. Da müssen Sie sich bei jemand anderem bedanken, aber das hat Zeit. Erst einmal sorgen wir dafür, dass Sie wieder auf die Beine kommen. Warum sind Sie unter Wasser geraten? Sind Sie Nichtschwimmer?«

»Ich kann schwimmen«, protestierte ich matt. Zwar nicht besonders gut, aber ich hatte nie vorgehabt, von Kuba bis nach Florida zu schwimmen. »Ich hatte einen Krampf in der Wade.«

»Das kommt häufig vor, wenn das Wasser noch kalt ist. Haben Sie heute genug gegessen? Ein Krampf deutet oft auf einen Magnesiummangel hin«, erklärte er mir mit geduldiger Stimme.

Ich überlegte.

»Ich habe heute noch nichts gegessen«, sagte ich. Heute Morgen war mir verdammt übel gewesen.

Dr. Hausmann packte ein Blutdruckmessgerät aus und legte es mir an. Routiniert maß er meinen Blutdruck und sah mich dann an. »Ihr Blutdruck ist in Ordnung, und auch sonst scheinen Sie keinen Schaden genommen zu haben. Ich lasse Ihnen ein Magnesiumpräparat da. Das nehmen Sie bitte heute und morgen ein. Wenn Sie sich kräftig genug fühlen, um aufzustehen, essen und trinken Sie bitte etwas, damit Ihr Kreislauf wieder in Schwung kommt. Falls noch Beschwerden auftreten, fahren Sie bitte unverzüglich in das nächste Krankenhaus.« Dr. Hausmann packte seine Sachen in eine schwarze Ledertasche und stellte mir ein Röhrchen mit Tabletten auf den Tisch vor dem Sofa. »Gute Besserung!«, wünschte er mir und stand auf. Seine braunen Augen strahlten eine Freundlichkeit aus, der ich mich gern noch ein wenig hingegeben hätte.

»Danke«, erwiderte ich.

Er nickte mir zu und verschwand dann aus meinem eingeschränkten Blickfeld. Ich hörte, wie die Tür in das Schloss fiel, und atmete einmal tief durch.

Wo war ich nur? Ich schob mich in eine aufrechte Position und wartete, bis der Schwindel nachließ. Dann sah ich mich in dem Zimmer um, in dem ich lag. Es war weitläufig und großzügig eingerichtet. Die Wände waren in kühlen Blautönen gestrichen. Trotz der ungewöhnlichen Farbe war der Raum nicht ungemütlich, sondern strahlte mit seinem weißen Kamin und den hellen Möbeln eine heitere Eleganz aus. Durch die hohen Fenster sah ich den Strand und dahinter das Meer. Ich musste immer noch in der Nähe von Monicas Strandhaus sein, schlussfolgerte ich. In diesem Moment öffnete sich die Tür, und ich fuhr herum.

Hatte Dr. Hausmann etwas vergessen? Was ich dann sah, sorgte allerdings dafür, dass mir das Blut in mein Gesicht schoss und meine Wangen glühten, als ob ich ein frischverliebter Teenager wäre und keine erwachsene Frau.

Devon stand vor mir, groß, breitschultrig und mit nacktem Oberkörper. Das Erstaunlichste an seiner Erscheinung war aber nicht sein atemberaubender Körperbau, dem ich versuchte möglichst wenig Aufmerksamkeit zu schenken, sondern der besorgte Blick, der in seinen Augen lag und der eindeutig mir galt.

»Was machst du hier, Devon?«, stotterte ich heiser, als ich mich wieder halbwegs gefasst hatte.

Devon trug eine Jeans und seine Haare waren feucht. Mein Gehirn kombinierte diese Details in Zeitlupe, und die Erkenntnis schlug ein wie ein Blitz. Er musste es gewesen sein, der mich aus dem Wasser gezogen hatte.

Warum gerade er?

»Du musst also fast sterben, um mich endlich bei meinem Vornamen zu nennen?« Er kam ein paar Schritte auf mich zu. »Die Frage könnte ich dir genauso stellen. Was, um Himmels willen, machst du hier?«, fragte er. Seine Augen blitzten wie die eines ungezähmten Hengstes. »Für Nichtschwimmer ist dieser Strand zu dieser Jahreszeit nicht geeignet.«

»Ich bin kein Nichtschwimmer!«, protestierte ich und hustete.

»Das sah gerade anders aus«, entgegnete er kühl.

»Na gut, ich kann nicht gut schwimmen, aber schwimmen kann ich. Wo sind wir überhaupt?«, fragte ich.

»Du bist in meinem Haus«, erwiderte er und nahm mir gegenüber in einem Sessel Platz.

Devon hatte ein Haus in den Hamptons? Natürlich, wer sonst?

»Ich habe dich hierhergebracht, nachdem ich dich aus dem Wasser gezogen habe. Glücklicherweise hat uns Dr. Hausmann gesehen, er ist mein Nachbar. Er ist gleich zu mir gekommen und hat Erste Hilfe geleistet.« Er legte seine Stirn in Falten, während ich ganz langsam zu begreifen begann, was soeben passiert war.

»Danke«, flüsterte ich erschüttert. Meine Finger zitterten, und ich musste schlucken. Ich wäre beinahe gestorben. Der Gedanke löste schlagartig Übelkeit aus, und zwar in einem Maße, dass mir die Autofahrt mit Sarah wie eine Runde mit dem Bobbycar vorkam.

»Ja, ein Dankeschön ist wohl angemessen«, sagte Devon langsam und musterte mich mit durchdringendem Blick. »Du schuldest mir etwas, aber darüber diskutieren wir später, wenn du wieder eine gesunde Gesichtsfarbe hast. Zieh deinen Badeanzug aus!«

Ich spürte, wie mir die zarte Röte meiner Wangen schlagartig wieder abhandenkam, und starrte Devon entsetzt an.

Selbstverständlich hatte er recht. Das wusste ich, denn mir kroch die Kälte immer weiter in die Glieder, und wenn ich nicht bald etwas unternahm, würde ich vermutlich blau anlaufen.

»Zieh deine nassen Sachen aus! Ich hole dir etwas Trockenes zum Anziehen. Du musst dich wieder aufwärmen«, erklärte er jetzt sichtlich genervt, was seiner Stimme einen noch tieferen Klang gab.

Wahrscheinlich war er es gewohnt, dass sich die Frauen begeistert ihre Kleider vom Leib rissen, wenn er sie darum bat. Als ich mich trotz seines vor Ungeduld brennenden Blickes nicht bewegte, stand er auf und verließ seufzend den Raum.

So schnell es meine kalten Finger und mein schwacher Kreislauf erlaubten, schälte ich mich aus meinem roten Badeanzug. Dann wickelte ich mich wieder in das Handtuch. Ich hatte mich keinen Augenblick zu früh bedeckt, als er schon hinter mir stand.

»Hier, zieh das an«, sagte er und reichte mir ein T-Shirt und eine Hose.

Ich spürte seinen warmen Atem auf meinem Nacken, und die Wärme wanderte prickelnd durch meinen ganzen Körper. »Ja«, murmelte ich verwirrt. Warum erregte mich Devon sogar, wenn ich in diesem desolaten Zustand war?

»Ich geh kurz raus«, sagte er mit Blick auf die Kleidung neben mir. »Du scheinst doch eher der schüchterne Typ zu sein.«

Wie bitte? Ich sah ihm verwirrt nach. Wofür hatte er mich denn gehalten? Ich wollte gar nicht wissen, mit welcher Art von Frauen er sich normalerweise in diesem Strandhaus umgab. Es war der perfekte Platz für ausgedehnte Partys, die dann mehr oder weniger bekleidet im Whirlpool auf der Terrasse endeten.

Doch meine Nacktheit war eine höchst private Angelegenheit. Wahrscheinlich umgab er sich sonst mit den Covergirls diverser Hochglanzmagazine, für die es eine Selbstverständlichkeit war, auf Anweisung ihre Kleidung abzulegen.

Wenigstens war er so sensibel, dass er den Unterschied bemerkte. Während ich mir das T-Shirt überstreifte, spürte ich, wie meine Finger langsam wieder auftauten. Das Anziehen fiel mir leichter. Die Sachen waren viel zu groß, stellte ich fest, als ich in die Hose schlüpfte. Aber sie waren trocken und wärmten mich, und allein das zählte. Den unwiderstehlich guten Geruch betrachtete ich als Bonusmaterial.

Als ich fertig war, setzte ich mich auf und stellte dabei erleichtert fest, dass ich mich beinahe wieder normal fühlte; zumindest insoweit normal, wie es die Umstände erlaubten. Ich atmete erleichtert aus. Noch ein paar Minuten, und ich wäre wieder fit genug, um in Monicas Strandhaus hinüberzugehen.

»Du siehst besser aus, deine Wangen haben Farbe bekommen.« Devon stand neben mir, immer noch in Jeans und mit nacktem Oberkörper. Ob ich wollte oder nicht, ich konnte seine perfekt definierten Muskeln einfach nur anstarren, während ich mich dafür verfluchte, dass mich diese oberflächlichen Reize ansprachen.

Ich schloss die Augen und atmete tief durch. Woher hatte er nur diese Muskeln? Sollte er nicht weich und bleich sein, so wie es sich für einen Schlipsträger gehörte? Doch sein muskulöser, braun gebrannter Oberkörper verriet, dass er weniger Zeit im Büro zu verbringen schien, als er sollte.

»Warum warst du am Strand?«, fragte er und musterte mich. Ich öffnete die Augen und starrte einen Moment auf seine Finger, die er ruhig vor seinem Körper verschränkte. Sie waren lang und elegant, und trotzdem machten sie einen so kräftigen Eindruck, dass er damit nicht nur Kugelschreiber halten und Computertastaturen bedienen konnte.

»Ich bin mit Sarah hier. Wir wollten den Tag in den Hamptons verbringen. Dummerweise bin ich auf der Terrasse eingeschlafen.« Ich zögerte kurz.

»Eingeschlafen?«, fragte er. »Mitten am Tag und ohne Grund?«

Ich ignorierte seine hochgezogenen Augenbrauen. »Mir war heiß, als ich aufgewacht bin. Da dachte ich mir, eine kleine Abkühlung im Meer würde mir guttun.«

»Im Prinzip ist das auch absolut richtig, solange man kein Nichtschwimmer ist. Du wärst besser unter die Dusche gegangen.«

»Ich kann schwimmen«, erwiderte ich mittlerweile ziemlich ungeduldig. Seine Arroganz war unbegreiflich. »Ich hatte einen Wadenkrampf. So etwas ist mir bisher auch noch nie passiert.«

»Es gibt für alles ein erstes Mal«, sagte er tiefsinnig, dann veränderte sich sein Gesichtsausdruck, als ob ihm plötzlich wieder seine guten Manieren eingefallen wären. »Geht es dir wirklich gut?«, fragte er mit eindringlicher Sorge im Blick.

Überrascht von seiner plötzlichen Sinneswandlung sah ich ihn verblüfft an. Er meinte es ernst und wollte tatsächlich wissen, wie ich mich fühlte.

»Es geht schon«, erwiderte ich halbherzig und hatte plötzlich das Gefühl, dass ich ganz ehrlich zu ihm sein konnte, ohne dass er mich auslachen oder verspotten würde. »Du hast recht, ich kann nicht gut schwimmen. Ich habe die Gefahr völlig falsch eingeschätzt. Selbst wenn ich keinen Wadenkrampf gehabt hätte, würde ich noch immer völlig entkräftet da draußen im Meer paddeln, ohne dem Ufer näher zu kommen.« Ich spürte, wie die Angst in mir emporkroch, sobald ich den Gedanken an das kalte Meer zuließ. Die Panik steckte mir noch in den Knochen, und so leicht würde ich sie nicht loswerden.

In Devons Augen spiegelte sich Überraschung über meine Offenheit. Was hatte er erwartet? Dachte er wirklich, dass ich seine Frage mit ein paar leeren Belanglosigkeiten abtun würde?

»Wo ist deine Freundin Sarah jetzt?«, fragte er immer noch sanft.

»Sie ist mit Pierre unterwegs«, erwiderte ich ganz selbstverständlich, als wenn ich Pierre schon seit Jahren kennen würde.

»Pierre?« Devon spitzte die Lippen.

»Ja, Pierre«, bestätigte ich. »Sarah ist sicher bald zurück. Wir müssen heute Abend wieder nach Manhattan. Du weißt ja, ich habe einen Job bei TC und muss morgen früh pünktlich im Büro erscheinen. Schließlich will ich noch ein paar Berichte für dich schreiben.« Ich lächelte. Als ich das Gespräch auf meinen Job gebracht hatte, fühlte ich mich auf einmal, als ob ich wieder auf festem Boden stehen würde.

»Richtig!« Anscheinend erheiterte ihn mein Ton, denn Devon sah mich belustigt an.

Wahrscheinlich sah ich nur albern aus. Ich lag erschöpft und mit nassen Haaren auf seinem Sofa und steckte in seiner viel zu großen Kleidung. Dabei versuchte ich cool zu sein, als ob ich ein Meeting in der Vorstandsetage moderieren würde. Es war lachhaft. Ich ließ mich wieder ins Sofa sinken.

»Alles okay?«, fragte er und musterte mich.

»Ja, ich bin nur erschöpft. Ich ertrinke nicht jeden Tag, weißt du? Ehrlich gesagt war es das Schlimmste, was ich bisher erlebt habe. Ich bereue schon, dass ich mich heute Morgen von Sarah habe überreden lassen, in die Hamptons zu fahren.«

»Warum?« Er sah mich überrascht an.

»Warum?« War das nicht klar? »Wenn ich nicht gefahren wäre, würde ich noch immer gemütlich in meinem Apartment sitzen und es mir gutgehen lassen. Sonntag ist der perfekte Tag, um zu lesen und zu relaxen.«

Seine hellen blauen Augen ruhten auf mir, und mir entging ihr neugieriger und forschender Blick nicht.

»Was ist?« Ich flüsterte die Worte fast und sah ihn an.

»Du bist mir ein Rätsel«, erwiderte er jetzt nachdenklich. Seine Finger strichen an seiner Oberlippe entlang. Eine kleine Geste, der ich gefesselt folgte.

»Ich?« Was war an mir ein Rätsel?

»Ja, du! Wer bist du, Anya?« Er sah mich an und durchbohrte mich regelrecht mit seinem neugierigen Blick. Als ob er versuchte, mein Wesen mit einem Wimpernschlag zu begreifen. Ganz plötzlich fühlte ich mich Devon ganz nah. Wir berührten uns nicht, und dennoch war dieser Moment, in dem sich unsere Blicke trafen, intimer, als wenn wir uns in den Armen gehalten hätten.

»Ich bin ich, Devon«, murmelte ich.

»Und wenn ich wissen will, wer du bist, werde ich dich kennenlernen müssen«, vollendete er meinen Gedanken. Ich schluckte nervös.

»Wahrscheinlich musst du das«, erwiderte ich, ohne den Blick von seinen Augen zu lassen. Devon sprang auf und trat ein paar Schritte zurück, als ob er sich an einem Feuer verbrannt hätte. Ich sah ihm erschrocken nach.

Diese Reaktion hatte ich nicht erwartet. Ich hatte damit gerechnet, dass er die Gelegenheit nutzen und mich küssen würde, darauf hatte er es in den letzten Tagen immer wieder angelegt. Jetzt saß ich hier, zu schwach und wehrlos, um ihm etwas entgegensetzen zu können, und er brachte Distanz zwischen uns, anstatt die Nähe zu vertiefen. Vielleicht hatte ich mich ja doch in ihm getäuscht, und er war anständiger, als ich vermutet hatte?

Seine Zurückweisung versetzte mir einen Stich, und gleichzeitig war ich wütend auf mich selbst, weil ich enttäuscht war und tatsächlich gehofft hatte, dass er mich küssen würde. Ich steckte das Röhrchen mit den Magnesiumtabletten ein und stand vorsichtig auf.

»Wo willst du hin?«, fragte Devon sofort.

»Ich gehe zurück zu Sarah. Dr. Hausmann war zufrieden mit meinem Zustand.« Ich zeigte mit dem Daumen in Richtung des Nachbarhauses.

»Ich bringe dich hin.« Sofort war er wieder der weltgewandte Gentleman. Wenn hier jemand ein Rätsel war, dann bestimmt nicht ich. Ich musterte ihn aus den Augenwinkeln, als ich die Stufen zum Strand hinabstieg und dann Kurs auf Monicas Strandhaus nahm.

Er sah nachdenklich aus. In der Sonne schimmerte sein braunes Haar wieder in dem weichen goldenen Ton, den ich schon kannte. Er sah jünger aus in seinen Jeans als in den Anzügen, in denen ich ihn bisher erlebt hatte. Als ich die wenigen Treppen hinaufsah, die ich zur Terrasse erklimmen musste, zögerte ich kurz. Die Sonne schien mittlerweile heiß vom Himmel, und der Sand brannte unter meinen Füßen. Ich war von den wenigen Schritten schon ganz außer Atem. Devon hielt mir seinen Arm hin, und ich ergriff ihn dankbar. Er zog mich mehr die Treppe nach oben, als dass ich lief. Hier lag alles noch so unberührt da, wie ich es kurz zuvor verlassen hatte. Sarah war noch nicht von ihrem Ausflug mit Pierre zurück.

»Wo ist deine Freundin?«, fragte Devon, dem die Abwesenheit von Sarah ebenfalls nicht entgangen war.

Ich zuckte mit den Schultern und kramte in meiner Handtasche nach meinem Smartphone. Vielleicht hatte Sarah ja eine Nachricht hinterlassen. »Verdammt!« Ich starrte auf das Display.

»Was ist passiert?«

»Sarah hat mir eine Nachricht geschickt. Sie bleibt noch eine Nacht hier und ist nun mit Pierre unterwegs. Sie bittet mich, mit dem Zug nach Hause zu fahren.« Was sollte ich jetzt machen? Ja, ich hatte heute Morgen mit Sarah darüber gesprochen, dass ich mit dem Zug nach Hause fahren könnte. Aber da war ich noch nicht beinahe ertrunken. Im Moment fühlte ich mich nicht fit genug, um bis zum nächsten Bahnhof zu laufen. »Ich kann nicht hierbleiben. Trevor bringt mich um, wenn ich morgen nicht pünktlich im Büro erscheine«, stieß ich unruhig hervor.

»Ich sorge dafür, dass er das nicht tut«, erwiderte Devon ruhig.

»Wie willst du das anstellen?«, fragte ich mit hochgezogenen Augenbrauen.

»Ich gehe mit Jefferson zum Paragliding, wusstest du das nicht?« Devon grinste.

»Nein, ich hatte vermutet, ihr habt euch auf dem Tennisplatz kennengelernt.«

»Tennis? Wie langweilig.« Devon zog die Nase kraus.

Ich musste dringend das Thema wechseln. Exklusive oder gar extreme Sportarten gehörten weder zu meinen bevorzugten Tätigkeiten noch zu meinen Gesprächsthemen.

»Und was tust du dann hier?«, fragte ich. »Wohnst du etwa in den Hamptons?« Obwohl ich seine Vorliebe für abenteuerliche Hobbys nicht teilte, faszinierte mich sein extravaganter Lebensstil.

»Nein, das Haus besuche ich nur an den Wochenenden, wenn ich Lust auf Windsurfen habe, aber eigentlich wohne ich in New York, in der Nähe meines Büros.«

»Ach so«, erwiderte ich gelassen, als wenn es ganz normal wäre, dass man millionenteure Häuser für die Wochenendausflüge besaß. Und ich war stolz auf mein kleines Apartment in Manhattan, wie lächerlich. Ich ging in das Haus. Im Wohnzimmer schlüpfte ich schnell wieder in meine eigene Kleidung, während ich Devon durch die Fenster beobachtete, der immer noch auf der Terrasse stand und keine Anstalten machte zu gehen.

In meinem Sommerkleid fühlte ich mich sofort besser. Devon wandte sich mir zu, als ich auf die Terrasse zurückkam. Ich spürte seinen Blick auf meinem Körper, und das Gefühl war nicht unangenehm.

»Danke für die Leihgabe.« Ich reichte ihm sein T-Shirt und seine Hose, während er immer noch an mir herabsah.

»Keine Ursache. Das Kleid steht dir ohnehin viel besser.« Er lächelte mich an. »Du solltest auch noch etwas essen, hat Dr. Hausmann gesagt. Hast du etwas hier?«, fragte er.

Ich sah auf den Frühstückstisch hinüber. Da lag nichts mehr. Um mein Croissant hatten sich scheinbar die Möwen gekümmert. Das war nicht gut. Es gab nichts Essbares in diesem Haus, und ich wusste nicht, wie ich heute noch nach Manhattan kommen sollte. »Nein«, erwiderte ich, und eine leise Verzweiflung beschlich mich, die ich nicht verbergen konnte. Devon würde gleich gehen, und dann war ich allein hier mit meinen Problemen.

Die Panik kam ganz plötzlich, und ich spürte, wie es mir immer schwerer fiel, mich gegen sie zu wehren. Sie schluckte meinen äußeren Schutzschild und meine Beherrschung vollends auf. Die Angst, die schon seit geraumer Weile in mir lauerte, brach sich ihren Weg. Devon sah mich besorgt an, und dann passierte es.

Es war einfach alles zu viel gewesen. Die letzten Tage mit Trevor im Büro, die Anspannung, die Devon in mir ausgelöst hatte und die meine Gefühle kopfstehen ließ, und heute auch noch der Tod, den ich getroffen hatte und dem ich nur knapp entkommen war. Ich konnte plötzlich nicht mehr stark sein und begann zu weinen.

Die Tränen liefen mir unaufhaltsam die Wangen hinunter. Ich versuchte, sie aufzuhalten und zu verbergen, aber es war, als ob sich alle meine Emotionen, die ich in der letzten Zeit zurückgedrängt hatte, auf einen Schlag Bahn brachen. Ich schluchzte und versuchte mein Gesicht in meinen Händen zu verbergen.

»Anya?« Devons Stimme drang kaum zu mir hindurch.

Nein, ich wollte nicht mehr und schüttelte den Kopf. Ich brauchte eine Auszeit. Konnte er nicht einfach gehen und mich meinem Selbstmitleid überlassen? Ich wollte mich umdrehen und ins Haus zurückgehen, um die demütigende Situation für uns beide zu beenden, aber ich kam nicht weit. Denn plötzlich spürte ich, wie Devon seine Arme um mich legte und mich an sich drückte.

Ich spürte die Wärme seines Körpers, und in mir kämpfte die Versuchung, einfach weiter schwach zu sein, mit meinem eigenen Stolz. Ich hatte mir selten erlaubt, Schwäche zu zeigen, denn Schwäche bedeutete, dem Feind seinen wunden Punkt zu präsentieren. Doch im Moment war ich einfach nur schwach, und diese banale Wahrheit hatte auch Devon erkannt.

»Ich lade dich zum Essen ein, und danach fahren wir zurück nach New York. Einverstanden?«, schlug er leise vor, nachdem er mich eine Weile gehalten hatte und ich mich nach und nach beruhigte.

»Ich komm schon zurecht«, protestierte ich schwach.

»Keine Widerrede«, sagte er streng. »Nimm deine Tasche, wir gehen was essen.«

»Devon, ich schaff das schon«, sagte ich, und meine Stimme war wieder halbwegs fest.

»Nein, ich kann nicht verantworten, dass du hier ganz allein bleibst, und das in diesem Zustand.« Devon klang so entschlossen, dass ich es unterließ, noch weiter zu protestieren. Was sollte ich auch sagen? Er sah nicht so aus, als ob er sich von seinem Vorsatz abbringen lassen würde, und ich hatte keine Kraft mehr zu kämpfen, nicht jetzt. Wortlos suchte ich meine Sachen zusammen, nahm meine Tasche und verriegelte das Strandhaus.

KAPITEL 10

In der Garage von Devons Strandhaus stand nicht die schwarze Limousine, die ich am Vorabend vor dem New York Palace gesehen hatte, sondern ein silberner Sportwagen, der dem von Sarah sehr ähnelte. Als Devon den Motor aufheulen ließ, wurde mir allerdings klar, dass unter dieser Motorhaube ein ganz anderer Motor versteckt war als unter der von Sarahs Wagen. Mit einem Grinsen im Gesicht fuhr Devon das leise grollende Untier aus der Garage und bog in den Straßenverkehr ein.

»Ich neige zu Übelkeit bei rasanten Autofahrten«, warnte ich ihn und dachte mit Unbehagen an die morgendliche Fahrt mit Sarah zurück.

»Ich werde es mir merken.« Er schmunzelte. »Im Übrigen kann ich sehr rücksichtsvoll fahren, wenn ich will.«

»Wie beruhigend«, erwiderte ich. Wie lange würde es wohl dauern, bis er auf das Gaspedal trat und mein Magen rebellierte? »Was ist?«, fragte ich, denn ich spürte seinen forschenden Blick auf mir.

»Du hast mich wirkungsvoll getäuscht«, sagte er plötzlich und wandte sich dann zu meiner Beruhigung wieder dem Straßenverkehr zu.

»Wie bitte?«, fragte ich. »Wieso habe ich dich getäuscht?« Ich hatte keine Ahnung, wovon er sprach.

»Du bist nicht die knallharte Geschäftsfrau, die du mir vorgespielt hast. Du bist ein völlig anderer Mensch, wenn du diese unerotischen Hosenanzüge ausgezogen hast.«

Ich schnappte nach Luft. Nur weil ich einmal die Fassung verloren hatte, hatte ich ihn nicht gleich getäuscht. »Ich habe dir gar nichts vorgespielt. Im Büro muss ich einfach anders sein, aber jetzt bin ich nicht im Büro«, erklärte ich ruhig.

Er schwieg. Wahrscheinlich stand er auf solche knallharten Frauen und war enttäuscht, dass ich nicht so war. Natürlich! Das würde erklären, warum er mich so schnell in den *Club 5* eingeladen hatte. Der erste Eindruck von mir als Biest hatte ihn also überzeugt, und diese Sorte Frau war es vermutlich auch, die Devon bevorzugte.

»Wer spielt denn wem etwas vor?«, erwiderte ich. Er war es doch, der mich immer wieder verunsicherte und versuchte, mich wie eine Marionette nach seinem Willen tanzen zu lassen. »Ich weiß, welche Spielchen du mit Frauen spielst«, sagte ich trotzig, denn anders schaffte ich es nicht, auf seine drängende Art zu reagieren. Ein wenig mehr Höflichkeit wäre meinem Lebensretter gegenüber angebracht, das war mir klar, aber im Moment war ich alles andere als in diplomatischer Stimmung.

Ich sah Devon an, und sein Gesichtsausdruck irritierte mich. Er wirkte erschrocken und starrte angestrengt geradeaus. Ich erinnerte mich an den gestrigen Abend, an dem er schon einmal so reagiert hatte. Er mochte es offenbar nicht, wenn ich ihn kritisierte und sein Verhalten analysierte. Männer waren manchmal so, das wusste ich von Sarah. Man sollte ihnen die Illusion lassen, dass man ihre Überzeugungstaktiken nicht durchschaute.

»Was weißt du?« Eiskalt hingen seine geflüsterten Worte zwischen uns.

Oje, ich war wirklich zu weit gegangen. Er sah aus, als ob ich ihn bei einem Mord ertappt hätte. Verdammt, ich hatte einfach kein Geschick, den richtigen Ton zu treffen. Was sollte ich jetzt nur antworten?

»Sag ich nicht«, erwiderte ich lächelnd. Ein Spaß war immer gut, um eine angespannte Situation aufzulockern.

»Wie bitte?«, stieß er entsetzt hervor, und bei seinem Tonfall rechnete ich fest damit, dass er eine Vollbremsung machen und mich an der nächsten Bushaltestelle absetzen würde. Das war eindeutig keine gute Idee gewesen. Vielleicht war er nicht der humorvolle Typ?

Doch zu meiner Überraschung fuhr er ruhig weiter, und ich atmete auf. Seine Gesichtszüge entspannten sich nach und nach.

»Anya, du bringst mich um den Verstand«, sagte er schließlich.

»Glaub ich nicht«, antwortete ich erleichtert. »Ich glaube, du bist es nur nicht gewohnt, dass jemand nicht sofort das tut, was du sagst.«

»Denkst du das?«, murmelte Devon halb in sich hinein, und nun glitt ein zartes Lächeln über seine Lippen.

Meine Augen blieben an seinem unergründlichen Gesichtsausdruck hängen, und ich spürte nur weit entfernt, dass das Auto langsamer fuhr und schließlich stehen blieb.

Wir befanden uns auf einem von Bäumen gesäumten Parkplatz neben einem kleinen, eleganten Restaurant. Devon schaltete den Motor aus und wandte sich mir zu. Seine Augen glühten, als er meinen Blick suchte. Oh nein! Was hatte er vor?

»Was meinst du damit, dass du weißt, welche Spielchen ich mit Frauen spiele?«, fragte er eindringlich und beugte sich zu mir herüber.

Es passierte schon wieder. Ich konnte mich nicht dagegen wehren. Seine Nähe elektrisierte mich, und ich sah Devon nur mit großen Augen an, während ich versuchte, nicht aus der Fassung zu geraten. Er spielt nur mit dir, weil er eine Antwort aus dir herauskitzeln möchte, erinnerte ich mich entfernt, aber mein Körper wollte etwas ganz anderes.

Verwirrt nahm ich wahr, dass ich mich plötzlich nach seiner Berührung sehnte. Ich wollte, dass er näher kam, diese lächerliche Distanz überwand und mich küsste. Was gingen mir nur für Gedanken durch den Kopf? Ich musste raus, bevor ich noch etwas Unüberlegtes tat oder sagte.

»Also?«, fragte Devon und seine dunkle Stimme klang verführerisch.

Er wusste, was er tat, das wurde mir mit einem Schlag klar, und er tat es mit Absicht. Er spielte mit mir, schon wieder.

Ich riss die Autotür auf und obwohl sich alles in mir dagegen sträubte, stieg ich aus. Eine Minute länger in diesem Wagen und ich hätte ihm meine Seele verkauft. Er war gut, verdammt gut.

Ich atmete tief die frische Luft ein. Sie roch noch immer nach dem Meer, es konnte nicht weit weg sein. Es dauerte einen Moment, bis Devon ebenfalls ausstieg. Er musterte mich nachdenklich, während er an dem niedrigen Sportwagen lehnte und der Wind durch seine Haare fuhr. Er sah mich einfach nur an. Dieser Blick war hypnotisierend, was würde ich dafür geben, wenn er voll echter Liebe wäre.

Ich seufzte. Nach all der Zeit, in der ich mir keinen Gedanken an eine Beziehung erlaubt hatte, wollte ich plötzlich, dass Devon ernste Gefühle für mich hegte? Ich hatte vorhin gespürt, dass da mehr in ihm steckte. Doch diese sensible Seite hatte er sehr schnell wieder hinter seiner Fassade verschwinden lassen.

»Komm! Ich habe Hunger«, sagte er von einer plötzlichen Ungeduld ergriffen.

Ich schrak zusammen, riss mich aus meinen Tagträumen und folgte ihm zügig.

Er öffnete die Tür des kleinen Restaurants, das französische Küche versprach, und als ich an ihm vorbeiging, blähte ein Windhauch mein Kleid. Sein Blick streifte meinen Körper und verweilte auf meinem Gesicht wie eine zarte Berührung.

Ich atmete tief durch und hoffte, dass er von meiner Verwirrung nichts spürte.

»Ich sollte dich schnellstmöglich nach Hause bringen«, murmelte er stattdessen unerwartet und so leise, dass ich es kaum hörte.

Wollte er mich nicht eben noch in seinem Auto zu einem Geständnis verführen? Jetzt bereute er wohl schon, dass er sich auf einen langweiligen Nachmittag mit mir eingelassen hatte.

Eine Kellnerin eilte in diesem Moment herbei. Ein Nicken von Devon reichte, und sie führte uns zu einem kleinen Tisch. Ihr dunkles Haar hatte sie zu einem komplizierten Zopf geflochten, den ich jetzt anstarrte, während ich ihr mit Devon folgte. Sahen wir aus wie eines der neureichen Paare, die hier täglich ein und aus gingen? Vermutlich taten wir das, und es fühlte sich verboten gut an.

»Darf ich euch schon etwas bringen?«, fragte sie und gab uns die Speisekarten in die Hand.

Devon nickte mir zu, und ich bestellte einen Eistee.

»Für mich ein Wasser«, murmelte er und vertiefte sich in die Karte.

Ich tat es ihm gleich, und als kurz darauf die Kellnerin mit den Getränken kam, hatte ich mich für Fisch entschieden.

Ich sah auf, als sie gegangen war, und betrachtete Devon in Ruhe, während er einen Moment lang nachdenklich aus dem Fenster sah. Er lehnte lässig in seinem Stuhl, das Haar fiel ihm leicht in die sonnengebräunte Stirn und jetzt sah er wirklich aus wie ein Surfer, nicht wie ein erfolgreicher Unternehmer.

Er hatte feine Gesichtszüge, eine schmale Nase und sinnliche Lippen. Trotzdem wirkte er männlich, was sicher auch an seinen breiten Schultern und seinem durchtrainierten Körper lag. Als wenn er spürte, dass sich meine Gedanken nur um ihn drehten, fuhr er herum und musterte mich.

»Wir haben noch eine Frage zu klären«, stellte er jetzt fest, und ich erschrak.

»Ich komme natürlich für die Unannehmlichkeiten auf, die du meinetwegen hattest. Sag mir einfach, was du dafür bekommst. Ich meine das Essen und die Fahrt ...«

»Das meine ich nicht, und Geld will ich mit Sicherheit keines von dir«, unterbrach er mich in einem leicht verärgerten Tonfall.

»Was willst du dann von mir?« Ich sah ihn erwartungsvoll an, und sein Gesichtsausdruck entspannte sich wieder. Dann lehnte er sich nach vorn, sein Gesicht nah an meinem. Ein leichtes Kribbeln in meinem Bauch ließ mir eine zarte Röte in die Wangen steigen.

»Wir machen einen Deal.« Er schlang seine Finger ineinander, eine Geste, die ganz typisch für ihn zu sein schien. »Du verrätst mir, was du über meine Spielchen mit Frauen weißt, und ich verrate dir, was ich von dir will.«

Ich musterte ihn neugierig. Warum war ihm diese Sache so wichtig? Er wusste doch selbst genau, was er mit den Frauen tat, um sie um den Finger zu wickeln, aber bitte, wenn er so viel Wert darauf legte. Für mich war das ein guter Deal.

»Einverstanden«, sagte ich, und Devon sah mich zufrieden an. Ich mochte diesen entspannten Ausdruck auf seinem Gesicht. Er wirkte dann so normal. In diesem Moment trat die Kellnerin an den Tisch und servierte das Essen. Konzentriert sah ich auf meinen Teller.

»Nach dem Essen reden wir. Ich habe Dr. Hausmann versprochen, dafür zu sorgen, dass deine Batterien wieder aufgeladen werden, und meine Versprechen halte ich.« Devon lächelte zufrieden, und ich griff nach meinem Besteck. Der Fisch sah gut aus, und ich begann hungrig zu essen.

KAPITEL 11

Also?«, fragte er ungeduldig, als mein Teller leer war und die Kellnerin das Geschirr abräumte.

Ich ließ meinen Blick aus dem Fenster schweifen, während ich mir meine Worte gut überlegte. Es war sicher besser, die Karten schnell auf den Tisch zu legen, bevor er wieder im Auto diese Hypnose-Nummer an mir ausprobierte, und das nächste Mal war er sicher so schlau, die Türen zu verriegeln.

»Also gut«, sagte ich schließlich und sah ihn wieder an. »Mit deinen Spielchen meine ich die Art und Weise, wie du Frauen um den Finger wickelst.«

Zu meiner Überraschung war er nicht entsetzt, dass ich seine offensichtliche Methode aufgedeckt hatte, nein, seine Augen blitzten belustigt. Verstand er etwa nicht, was ich meinte?

»Ich meine, dass du sie wie Marionetten tanzen lässt, damit sie tun, was du möchtest.« Ich lehnte mich zu Devon hinüber, um sein Verhalten zu imitieren. Ich rückte ganz nah an sein Gesicht heran, sodass er mich hätte küssen können, wenn er gewollt hätte. Dann sah ich ihm fest in die Augen. Seine Nähe erzeugte ein Prickeln auf meiner Haut, doch dieses Mal zog ich mich nicht zurück.

»Sag mir, was du von mir willst, Devon«, flüsterte ich mit rauchiger Stimme und fixierte seinen Blick, ohne ihn zu berühren.

Er sah mich erstaunt an. »Sehr beeindruckend«, erwiderte er und strich ganz langsam mit einem Finger an meinem Wangenknochen entlang. Sein Blick bohrte sich in meinen, und mir verschlug es die Sprache. In meinem Bauch setzte sich ein süßes Ziehen in Bewegung und wanderte weiter nach unten. Ich konnte ein Keuchen nicht unterdrücken. »Aber ich glaube, ich beherrsche dieses Spiel weitaus besser als du.« Seine Stimme war ein knisternder Lockruf, und ich vergaß tatsächlich, Luft zu holen. Ich lehnte mich schnell zurück, um seiner Berührung zu entkommen. Was tat dieser Mann nur mit mir? Ich schob mein halbvolles Glas in die Mitte des Tisches, um irgendetwas zu tun, was meine Verwirrung überspielte.

»Ich habe deine Frage beantwortet«, sagte ich. »Jetzt verrate mir, was du von mir möchtest.«

Er musterte mich eine Weile, als ob er noch überlegen müsste, ob er meine Anfrage bewilligte oder ablehnte.

»Also?«, fragte ich ungeduldig.

Devon grinste.

»Ich weiß nicht, was ich von dir will«, sagte er schließlich langsam, ohne seinen Blick von mir zu nehmen.

»Wie bitte?« Ich sah ihn entgeistert an. Was für eine deprimierende Antwort!

»Das ist ungewöhnlich, ich weiß. Normalerweise ist mir von Anfang an klar, was ich von einer Frau möchte oder eben nicht, aber bei dir ist das anders. Ich weiß nicht genau, warum ich hier sitze. Ehrlich gesagt bin ich neugierig auf dich. Ja, das ist es wohl. Ich bin neugierig, was du für ein Mensch bist.« Langsam beugte er sich zu mir herüber. »Das ist eine ganz interessante Empfindung, aber ich bin immer begeistert davon, etwas Neues auszuprobieren. Ich war noch nie mit einer Frau essen, ohne dass wir nachher ein Geschäft abgeschlossen haben, egal ob es geschäftlicher oder sexueller Natur war.«

»Das ist nicht dein Ernst.« Ich sah Devon mit großen Augen an.

Geschäfte sexueller Natur?

Was war das denn bitte schön? Mr. Perfect war noch nie mit einer Frau einfach nur essen gegangen, um sie kennenzulernen? Was hatte er sonst mit ihnen getan? Wahrscheinlich hatte er sich nie mit einem ausgiebigen Vorspiel aufgehalten, sondern war gleich zur Sache gekommen. Sehr effizient! Nein, plötzlich verstand ich es.

»Du hattest noch nie eine Beziehung?«, fragte ich schockiert.

Devon stockte einen Moment. »Nein, das ist so nicht richtig. Ich hatte Beziehungen, aber vielleicht keine im klassischen Sinne, so wie du dir das vorstellst«, sagte er langsam und musterte mich, gespannt auf meine Reaktion. »Keine Liebesschwüre bei Kerzenschein und auch kein langweiliger Sex nach dem immer gleichen Schema. Das Leben bedeutet Veränderung, und eine Beziehung bietet dir nur den Schein von Kontinuität. Sie ist eine Lüge und blockiert dich in deiner Entwicklung.«

»Das glaubst du wirklich?«, fragte ich erstaunt.

»Entweder das, oder vielleicht bin ich auch einfach nicht der Typ für eine Beziehung.« Seine Worte klangen kühl, fest und unverrückbar, und das unangenehme Gefühl in meiner Magengegend erinnerte mich daran, dass ich schon wieder enttäuscht war.

Siehst du, sagte ich mir, das hast du davon, wenn du Gefühle für einen Mann hegst, der aus New York kommt. War das eine selbsterfüllende Prophezeiung? Bevor ich in pathetische Gedanken abgleiten konnte, rief ich mich zur Ordnung. Eine Enttäuschung war immer eine nicht erfüllte Erwartung. Hatte ich tatsächlich tief in mir die Hoffnung gehegt, Devon würde mit mir eine Beziehung haben wollen? Mein Blick irrte suchend im Restaurant umher. Es war unmöglich, auch wenn er in den letzten Stunden alle Qualitäten meines potenziellen Traummannes an den Tag gelegt hatte. Doch diese sanfte Seite von Devon schien nur den winzigsten Teil seines Charakters auszumachen.

»Ach so«, erwiderte ich bemüht locker und betrachtete das Tischtuch vor mir eingehend.

»Und was tun wir jetzt?«, fragte er.

Ich sah in sein erwartungsvolles Gesicht. Sein durchdringender Blick fesselte mich wieder und ließ in meinem Kopf tausend Fantasien frei werden. Fantasien von Dingen, die ich selbst niemals getan hatte, aber die ich mit Devon sofort tun wollte.

Geschäfte sexueller Natur?

Was war das überhaupt? Eine Formulierung, die alles möglich machte. Ich spielte hier mit dem Feuer, das war mir klar, doch seltsamerweise machte mir das keine Angst. Im Gegenteil: Ich spürte, dass mich der Gedanke verlockte.

»Ich weiß es nicht«, flüsterte ich schließlich mit dem erfolglosen Versuch, wieder Klang in meine Stimme zu bringen.

»Wir fahren weiter. Trink aus!«, sagte er und winkte der Kellnerin.

Ich nickte. Ja, das war das Beste. Wir sollten diese gemeinsame Fahrt, zu der uns der Zufall gezwungen hatte, wie vernünftige und erwachsene Menschen hinter uns bringen. Es gab keinen Grund, falsche Hoffnungen zu hegen oder sich unrealistischen Zukunftsträumen hinzugeben.

In Kürze würde jeder von uns wieder seiner Wege gehen und alles wäre wie vorher. Wir würden unser unfreiwilliges, privates Zusammentreffen in die Abstellkammer unseres Langzeitgedächtnisses verbannen, wo die Erinnerung daran langsam verrotten würde. Ein phänomenaler Plan. Ein Plan mit einem verdammt herben Beigeschmack.

Devon hielt mir die Beifahrertür auf, ich ließ mich in den tiefen Ledersitz sinken und zog dann ein Bein nach dem anderen in das Auto. Einen Moment zu lang sah er mir dabei zu und schloss schließlich seufzend die Autotür.

Als er einstieg, sah er konzentriert geradeaus und startete den Motor. Wir verließen den Parkplatz, und ich schloss die Augen. Vor uns lagen mindestens drei Stunden Fahrt in einem viel zu engen Wagen.

»Müde?«, fragte Devon.

»Ja, ich bin erschöpft. Es war ein anstrengender Tag«, gab ich zu.

»Schließ die Augen. Ich bringe dich nach Hause.« Der warme, tröstende Klang seiner Stimme überraschte mich. Devon überraschte mich, aber ich konnte mich nicht gegen das Gefühl wehren, das seine Worte in mir auslösten. Ich fühlte mich in seiner Nähe sicher und konnte loslassen, und genau das tat ich. Ich war plötzlich müde; so müde wie schon lange nicht mehr, und diese Müdigkeit zog bleiern an meinen Augenlidern.

KAPITEL 12

Funkelnde Lichter rasten an mir vorbei wie ein Sternschnuppenregen. Noch halb in den Fängen des Schlafes begriff ich nur langsam, wo ich mich befand. Doch als ich verstand, dass ich noch immer in Devons Auto saß, war ich fast schlagartig wach. Ich blinzelte aus dem Fenster und erkannte, dass wir Queens erreicht hatten. Dann sah ich zu Devon hinüber, um mich zu vergewissern, dass der heutige Tag kein Traum gewesen war.

»Gut geschlafen?«, fragte er mit einem unergründlichen Lächeln auf den Lippen.

»Ähm, ja, danke«, murmelte ich und streckte meine Beine aus, so gut es ging. Dafür, dass ich in einem Sportwagen geschlafen hatte, fühlte ich mich erstaunlich fit. Oh, verdammt, wie lange hatte ich geschlafen? Wir waren gleich in Manhattan, und ich hatte die gesamte Zeit verpasst, die ich mit Devon hätte nutzen können.

»Unter meinem wachsamen Blick scheinst du ruhig schlafen zu können. Das war heute schon das zweite Mal«, sagte er leise und musterte mich dabei.

Das zweite Mal? Hatte er mich bei meinem Nickerchen auf der Terrasse von Monicas Strandhaus etwa beobachtet? Warum?

Plötzlich dämmerte es mir. Er hatte mich die ganze Zeit beobachtet, auch wie ich zum Schwimmen an den Strand gegangen war. Nein, er musste mir sogar gefolgt sein, denn wie sonst hätte er es geschafft, so schnell bei mir zu sein und mich aus dem kalten Wasser zu ziehen?

»Hattest du Alpträume?«, fragte er und musterte meinen überraschten Gesichtsausdruck.

»Wieso Alpträume?«, fragte ich, während ich versuchte zu verstehen, warum mir Devon bis an den Strand gefolgt war.

»Du wärst heute beinahe ertrunken, Anya. Es gibt Menschen, die solche Nahtoderlebnisse schocken.«

»Nein, ich hatte keine Alpträume. Ich schlafe immer gut. Meine Nahtoderlebnisse verarbeite ich in der Regel im wachen Zustand.« Außerdem hatte ich das schon erfolgreich verdrängt. Jetzt waren andere Dinge viel wichtiger. Devon war wichtiger, denn so wie es aussah, würde mir, trotz der Erkenntnis, dass er meine Nähe suchte, außer diesem zufälligen Treffen des heutigen Tages nicht viel mehr von ihm bleiben.

»Das ist gut.« Er grinste, und mir gefiel sein entspanntes und spitzbübisches Lachen. Ich wollte unser Gespräch am Laufen halten, wollte mehr von ihm erfahren und fragte, was mir als Erstes einfiel: »Bist du oft in deinem Haus in den Hamptons?«

»Nur, wenn starker Wind angesagt ist.« Er klang begeistert.

»Warum nur dann?«

»Ich liebe es, wenn der Atlantik wild und rauh ist. Wenn mich der Wind über das Wasser treibt, fühle ich mich frei.« Devon sah in die anbrechende Nacht hinaus. Ein friedlicher Ausdruck lag auf seinem Gesicht und veränderte ihn. Der arrogante, überhebliche Devon, den ich im Büro kennengelernt hatte, war nur eine Maskerade, genauso wie die Anya im Hosenanzug, die er bei TC kennengelernt hatte. Er erlaubte mir einen Blick auf den Mann hinter der Fassade, und dieser Mann war sensibel und stand offenbar auf Nahtoderlebnisse. Meines hatte mich heute nicht so beglückt, dass ich das unbedingt wiederholen müsste.

»Gibt es noch mehr Dinge, die du liebst?«, fragte ich vorsichtig. Devon zog seine Augenbrauen zusammen. Oje, diese Frage ging eindeutig zu weit.

»Ja, die gibt es, Anya«, sagte er schließlich, und sein Gesicht verschloss sich. Ich verzichtete darauf, weiterzufragen. Offenbar wollte er nicht mit mir darüber sprechen und mich auch nicht näher an sich heranlassen.

»Wo genau wohnst du?«, fragte er nach einer Weile, und ich schilderte ihm den Weg zu meinem Apartment.

»Wir sind da«, sagte er wenig später, schaltete den Motor aus, und ich sah aus dem Fenster.

Tatsächlich, wir standen vor meinem Haus, und um uns herum leuchtete und blinkte New York, als lachte es über die Ruhe der Hamptons.

»Danke, dass du mir das Leben gerettet hast, und danke, dass du mich mit nach Hause genommen hast«, sagte ich zum Abschied.

»Keine Ursache, es war mir ein Vergnügen«, sagte er galant und distanziert.

Sein Verhalten ließ keine Hoffnung auf mehr zu. Er war wieder Mr. Draper, und wir waren zurück in New York. Der Zauber der Hamptons war verflogen.

»Gut, dann bis bald.« Ich öffnete langsam die Autotür und nahm meine Tasche.

»Ja, bis bald.« Devon startete den fauchenden Motor und sah noch einmal zu mir hoch. »Pass auf dich auf!«, sagte er mit jäh aufflackernder Sorge in seinem Blick.

Ich nickte verwirrt und schlug die Tür zu. Dann heulte der Motor auf und Devon raste davon. Ich sah ihm nachdenklich hinterher, bis sein Wagen im Straßenverkehr verschwand.

KAPITEL 13

Er kam im Halbdunkel langsam auf mich zu, sein Blick hungrig auf meinen nackten Körper fixiert. Meine Haut brannte an den Stellen, an denen er mich berührte. Ich wollte meine Arme um seinen Körper schlingen, aber ich konnte nicht. Devon hatte mich mit ledernen Riemen an mein Bettgestell gefesselt. Ich konnte mich nicht mehr bewegen und war ihm völlig ausgeliefert.

Die Lust brannte in mir und ich atmete rauh ein und aus, während seine Finger quälend langsam meine Beine emporwanderten und die Innenseite meiner Oberschenkel streiften. Das Prickeln, das seine Berührung auslöste, war köstlich.

Er beugte sich über mich, ohne mich zu berühren, und küsste meine Brustwarzen, erst liebevoll und zärtlich, dann sog er heftig daran, und als ich mein Stöhnen nicht mehr unterdrücken konnte, biss er zu und der Schmerz durchzuckte meine Lust und peitschte sie weiter an. Schließlich erhob er sich und trat zurück. Nein, mach weiter, bitte, flehte ich still. Er nickte in den Schatten hinter sich, und ein Mann trat hervor.

Genauso wie Devon war er groß und strahlte eine unbändige Kraft aus. Seine Gesichtszüge waren gröber, und auch das schwarze Haar unterschied ihn deutlich von Devon. Erst jetzt bemerkte ich, dass er nackt war – und erregt.

Die Überraschung über sein Erscheinen war mir ins Gesicht geschrieben und mit einem überlegenen Lächeln registrierte er es.

Ich sah, wie Devon auf einem Lehnstuhl Platz nahm. Er beobachtete genau, wie der Unbekannte auf mich zukam, wie sich sein muskulöser Körper über mich beugte und er mit seinen kräftigen Händen meine Brüste knetete. Mein Atem ging schneller, während heiße Schauer über meine Haut rollten.

Dann wanderte seine Hand nach unten, glitt über meinen Bauch und berührte mich an meiner intimsten Stelle. Lust durchzuckte mich erneut; stärkere Lust als zuvor. Es erregte mich, dass ich Devons Fantasien ausgeliefert war. Ich sah zu ihm hinüber; sah, wie er mich angrinste. Unvermittelt stieß der Unbekannte zu und füllte mich aus, bewegte sich erst langsam, dann immer schneller auf mir und in mir. Ich fühlte mich wie in einem Rausch, als mich die Lust wie eine Naturgewalt überkam. Ich bäumte mich auf, riss den Kopf nach hinten, um ihm noch näher zu sein und noch mehr von dieser süßen Droge aufzusaugen.

Keuchend gab ich mich seinem Rhythmus hin, bis er spürte, dass ich beinahe kam. Er verlangsamte seine Bewegungen, und ich stöhnte sehnsuchtsvoll auf. Flehend sah ich zu Devon hinüber.

Devons Gesichtsausdruck veränderte sich. Jetzt sah ich einen Hunger und eine Gier nach Lust in seinen Augen, die mich erwartungsvoll grinsen ließ. In einer fließenden Bewegung erhob er sich und tippte dem Unbekannten auf die Schulter. Der glitt aus mir heraus und verschwand wieder im Halbdunkel.

Endlich war Devon über mir. Ich spürte sein Gewicht auf meinem Körper, seine Wärme brannte auf meiner überempfindlichen Haut. Er küsste mich erst zärtlich, dann wurde sein Kuss fordernder, wilder und ungeduldiger. Ich spürte seine Erregung an meinem Bauch und riss die Augen auf. Sein Blick schien nur noch aus Feuer zu bestehen. Feuer, das alles verbrannte.

Mit einem kräftigen Ruck drang er in mich ein. Ich versuchte, mich ihm entgegenzudrängen, denn das Gefühl war so berauschend, dass ich mehr davon haben musste. Sein

Rhythmus wurde schneller, und er stieß fester zu. Die schmerzende Lust peitschte mich weiter. Devon seufzte leise meinen Namen, und zu wissen, dass er mich begehrte, dass es mein Körper war, der ihn erregte, war berauschend. Das süße Prickeln schwoll immer weiter an und wurde so unerträglich schön, dass ich laut aufschrie.

Mit aller Gewalt entlud sich diese Anspannung, mein ganzer Körper bebte in brennenden Wellen. Selbst in den Fingerspitzen spürte ich seine Ausläufer. Lachend und keuchend zugleich rief ich Devons Namen.

Ein monotones Piepsen mischte sich in meinen Schrei, störte meine Lust und wurde immer aufdringlicher und lauter. Ich schlug verwirrt die Augen auf. Verdammt! Es war Montagmorgen, sechs Uhr, und ich hatte soeben meinen ersten Orgasmus gehabt.

Das war krank! Nein, das war gigantisch! Ich konnte mich nicht entscheiden, wahrscheinlich war es beides. Was hatte ich nur Abartiges geträumt? Das durfte man weder jemandem erzählen noch überhaupt denken. Obwohl: Eigentlich erregte mich allein dieser Traum von Devon mehr, als es jemals der Sex mit einem meiner wenigen Verehrer zu Collegezeiten vermocht hatte. Außerdem musste ich es ja niemandem erzählen. Konnte ich Devon jemals wieder unter die Augen treten, ohne rot zu werden?

Vermutlich nicht, aber wenn ich ihn richtig verstanden hatte, würden wir uns ohnehin nicht mehr wiedersehen. Ich konnte also in aller Ruhe in meinen Träumen schwelgen, denn mehr würde mir von Devon nicht bleiben.

Was für ein wahnsinniges Gefühl. In meinem Unterleib machte sich eine warme Zufriedenheit breit, und ein Lächeln schlich sich unbemerkt in mein Gesicht. Jetzt war mir klar, warum Sarah süchtig nach Sex war.

Warum hatte das bisher nur noch nie bei mir geklappt, und was würde erst passieren, wenn ich tatsächlich Sex mit Devon hätte? Ein genauso erregender wie aussichtsloser Gedanke. Ich stand auf und zog meine Laufsachen an. Gelöst lief ich die sechs Meilen lange Strecke durch den Central Park und grinste dabei wahrscheinlich sogar die Eichhörnchen an.

Nach einer erfrischenden Dusche und einer großen Tasse Kaffee fühlte ich mich wieder normal genug, um ins Büro zu gehen. Meine Laune war immer noch hervorragend, und selbst Trevor würde mir den Tag heute nicht verderben können.

Kurze Zeit später nahm ich an meinem Schreibtisch Platz. Während mein Computer hochfuhr, blätterte ich durch meinen übervollen Terminkalender, um mir einen Überblick über die Meetings zu verschaffen. Ich öffnete mein Outlook und stellte begeistert fest, dass Trevor gestern kurzfristig mit den Pinguinen von Draper Consulting nach London geflogen war und alle Meetings für Montag, Dienstag und Mittwoch abgesagt hatte.

Das war gut, sogar sehr gut. Nun hatte ich die Möglichkeit, in Ruhe die Berichte zu schreiben, die ich noch für Draper Consulting abgeben musste. Sie waren so umfangreich, dass ich damit locker den ganzen Tag beschäftigt war. So ganz nebenbei musste ich noch meinen eigentlichen Aufgaben nachgehen und dafür sorgen, dass genug Kaffee in die Tassen kam.

»Guten Morgen, Anya.« Robert Trumell stand um elf Uhr vor meinem Schreibtisch, und als ich aufsah, bemerkte ich seine zerknirschte Miene.

»Guten Morgen. Was ist passiert?« Ich sah ihn erwartungsvoll an. Seinem Blick nach zu urteilen war wieder etwas schiefgegangen.

»Ich habe da ein Problem mit einer Bestellung.« Er zögerte und sah angestrengt nach unten.

»Ja?«, erwiderte ich und stand auf. Ich machte mich auf das Schlimmste gefasst. Glücklicherweise war Trevor nicht da.

»Ich habe beim Übertragen der Zahlen einen Fehler gemacht«, sagte er stockend.

»Aha.«

»Anstatt einer Tonne Arabica-Bohnen habe ich in Chile einhundert Tonnen bestellt.«

»Wie bitte?«, schrie ich.

Robert zog den Kopf ein. TC würde ruiniert sein; ich wäre meinen Job los, meine Wohnung, mein Leben.

»Wie kannst du so dämlich sein? Du hast doch keinen schweren Job! Wie kann man nur bei einer so einfachen Aufgabe so fundamentale Fehler machen. Das mit der Gehaltserhöhung kannst du vergessen, Robert. Du kannst froh sein, wenn wir alle morgen noch unseren Job haben. Hol mir die Chilenen ans Telefon, und zwar sofort!« Meine Stimme überschlug sich fast, und wutentbrannt starrte ich Robert an. Ich musste es nicht spielen. Ich war sauer; richtig sauer. Hatte er nichts aus seinem Fehler der vergangenen Woche gelernt? Robert flitzte zu seinem Tisch und begann hektisch zu telefonieren.

»Sehr beeindruckend, Ms. Summers.« Eine dunkle Stimme streichelte mein Ohr, meinen Nacken, und ich kannte sie schon viel zu gut.

Ich fuhr herum, und da stand er direkt hinter mir: Devon Draper. Mein Herz raste, und ich war mir sicher, dass man mir meine Verlegenheit ansah. Er trug einen gut geschnittenen Anzug und sah atemberaubend aus, seriös und unnahbar. Nur das wilde Funkeln in seinen Augen verriet seine Belustigung. Mein Verhalten amüsierte ihn also. Na wunderbar! Einverstanden, Devon, ich würde mit dir spielen, aber nicht, um zu verlieren.

»Mr. Draper? Ich hatte Sie erst in ein paar Wochen wieder hier erwartet, wenn Sie die Ergebnisse Ihrer Analysen präsentieren«, erwiderte ich kühl und bemühte mich um einen stählernen Blick.

Devon hob die Augenbrauen und beugte sich zu meinem Ohr hinunter, während er so tat, als ob er ein Dokument auf meinem Schreibtisch betrachtete. Ein Schauer lief meinen Nacken entlang, und ich musste mühsam den Impuls unterdrücken, ihn an mich zu ziehen.

»Eine perfekte Täuschung, Anya«, flüsterte er.

»Woher weißt du, dass es eine Täuschung ist? Vielleicht bin ich ja wirklich so?«, raunte ich ihm zu.

»Mich kannst du nicht mehr irreführen!« Er schmunzelte.

Wahrscheinlich nicht, dachte ich. In diesem Moment fiel mir mein Traum von vergangener Nacht wieder ein, und schlagartig färbten sich meine Wangen rot. Nein, das durfte er weder wissen noch überhaupt ahnen.

»Ich habe zu tun, Mr. Draper. Haben Sie noch eine Frage?«, sagte ich distanziert.

Devon sah mich misstrauisch an. In diesem Moment klingelte mein Telefon, und dankbar nahm ich den Hörer in die Hand. Es waren die Chilenen, und ich begann eine endlose Diskussion mit der Verkaufsabteilung.

Ich sah erleichtert zu, wie Devon ging, ohne noch einmal zurückzuschauen. Doch irgendwie beschlich mich ein leichtes Unbehagen. Er interessierte sich doch offenbar für mich, aber ich schaffte es einfach nicht, die widerspruchslose und unterhaltsame Begleitung zu mimen, die er sich wünschte.

Sein Verhalten erregte Trotz in mir. Es könnte alles ganz einfach sein. Devon würde sich sicher auf eine leidenschaftliche

Nacht mit mir einlassen, und seit heute Nacht war mir klar geworden, dass ich nichts dagegen hatte. Aber ich spürte auch, dass da Gefühle im Spiel waren, und ich hatte mir das Versprechen gegeben, mich in New York nicht zu verlieben, und noch war ich nicht bereit, eine Ausnahme für Devon Draper zu machen.

Ich konzentrierte mich auf die Stimme am anderen Ende des Telefons. Es gab keinen Grund, Trübsal zu blasen. Ich war ihm dankbar, weil er mir das Leben gerettet hatte. Gut, für den Orgasmus heute Morgen war ich auch dankbar, obwohl es nicht maßgeblich sein Verdienst war, aber mehr durfte da nicht sein außer meiner kindischen Schwärmerei für Mr. Perfect.

KAPITEL 14

Eine Stunde später legte ich mit zittrigen Händen den Hörer wieder auf das Telefon. Es hatte geklappt. Die Chilenen hatten nachgegeben, und ich hatte die neunundneunzig Tonnen Kaffee stornieren können, die Robert zu viel bestellt hatte. Ich durchforstete unsere Standardabläufe zum Bestellvorgang und baute eine zusätzliche Sicherung ein.

Am Nachmittag rief ich meine Abteilung zu einem Meeting zusammen und ging noch einmal mit allen den Bestellprozess durch, um die Wiederholung eines solchen Fehlers in Zukunft zu vermeiden. Einem meiner Händler, Alexander Shore, einem übereifrigen Mittvierziger mit beginnendem Haarausfall und Übergewicht, übertrug ich die ehrenvolle Aufgabe, alle Bestellungen noch einmal auf ihre Richtigkeit zu überprüfen, bevor Robert sie abschicken durfte. Das war ein zusätzlicher Zeitaufwand, der uns in Zukunft aber hoffentlich solchen Ärger ersparen würde.

Als ich am Abend mein Apartment aufschloss, war ich total erledigt. Heute Abend würde ich faul sein und mich nicht mehr unnötig bewegen. Ich zog bequeme Kleidung an und bestellte mir eine Pizza und einen Salat.

Während ich auf das Essen wartete, goss ich meine Grünpflanzen, die im gesamten Apartment verteilt waren. Ich war mitten in der Natur aufgewachsen, und das Leben in der Stadt war für mich am Anfang eine ziemliche Umstellung gewesen, aber ich hatte mir meine grünen Nischen eingerichtet. Dazu zählten der tägliche Lauf durch den Central Park und mein übergrünes Apartment.

Es klopfte, und ich ging zur Tür. Der Pizzadienst war aber schnell heute. Ich hatte doch erst vor zehn Minuten bestellt. Vielleicht stand ja auch Devon vor der Tür, wer weiß? Der Gedanke, der sich in mein Hirn geschmuggelt hatte, elektrisierte mich. Nein, das war unmöglich. Warum sollte er das tun? Mit zitternden Händen öffnete ich die Tür. Es war nicht Devon. Ich war erleichtert und gleichzeitig enttäuscht. Doch meine innere Zerrissenheit war mir mit einem Mal egal, denn Olivia stand vor der Tür, und sie sah nicht gut aus.

»Komm rein! Was ist los mit dir?«, fragte ich besorgt.

»Es ist wegen Tom«, seufzte sie und ließ sich auf mein Sofa sinken.

»Habt ihr euch getrennt?«

»Nein, aber das romantische Wochenende war eine einzige Katastrophe.«

Bevor ich den Mund öffnen konnte, um Olivia zu trösten, klopfte es wieder. »Bin gleich wieder da, das ist mein Abendessen.«

Ich eilte zur Tür und erwartete den Pizzadienst, aber es war Sarah, die mit müden Augen vor der Tür stand.

»Hi! Hast du Zeit?«, fragte sie.

»Komm rein«, sagte ich. Wir hatten noch die Sache mit Pierre zu klären, aber erst einmal war Olivia dran.

»Hi, Olivia!«, sagte Sarah. »Stellt euch vor, ich bin schon wieder am Türsteher der *Black Lounge* gescheitert.« Sie ließ sich energielos auf mein Sofa fallen.

»Du gibst es nicht auf, oder?«, fragte ich.

»Niemals«, sagte Sarah entschlossen und presste die Lippen fest aufeinander.

»Eine Kundin von mir war in der *Black Lounge*«, warf Olivia ein.

»Und?« Sarah riss die Augen auf.

»Ich bin mir nicht sicher, aber was sie erzählt hat, fand ich reichlich seltsam.«

»Nun erzähl schon, was sie gesagt hat. Ich platze bald, wenn ich nicht erfahre, was es dort zu erleben gibt.«

»Lass sie noch ein wenig schmoren.« Ich grinste. »Ich will wissen, wie das aussieht.« Olivia kicherte, und Sarah verzog gequält das Gesicht.

»Schon gut.« Olivia gluckste noch einmal. »Sie hat mir nur erzählt, dass sie mir nichts erzählen darf, aber es wäre der absolute Wahnsinn gewesen. Ich habe keine Ahnung, was das bedeuten soll, meiner Meinung nach hatte sie allerdings ein paar Soja-Latte zu viel, oder ich muss noch einmal nachprüfen, ob mir der Holunderblütensekt nicht doch zu stark geraten ist.«

»Aha«, sagte Sarah nachdenklich und spitzte grüblerisch die roten Lippen. »Das bringt mich auch nicht weiter.«

»Richtig, es macht dich nur noch neugieriger.« Ich lächelte.

Es klopfte, und endlich kam mein Abendessen. Es war so reichlich, dass es für uns drei reichte. In der Küche schnitt ich die Pizza in Stücke und verteilte den Salat auf drei Teller. Ich stellte noch dazu, was ich im Kühlschrank fand: Oliven, Käse, Cracker und eine Flasche Weißwein.

»Erzähl von deinem Wochenende mit Tom«, bat ich Olivia und goss den Weißwein in Gläser. Ich musste dringend Sarah von ihren Grübeleien über die *Black Lounge* ablenken. Sie war ja geradezu besessen von diesem Thema.

»Es war unromantisch, langweilig und unromantisch. Tom hat sich eine ganze Stunde Zeit genommen, um mit mir beim Abendessen zu sitzen und zwei Bier zu trinken. Der romantische Sex dauerte fünf Minuten und war so langweilig und unbefriedigend wie immer, und das, obwohl ich meine Bedenken über Bord geworfen habe und mir total heiße Unterwäsche gekauft habe, die garantiert nicht fair gehandelt war. Tom hat es nicht einmal bemerkt.«

»Unsere Wette gilt dann also nicht mehr?«, fragte Sarah erwartungsvoll.

Ich verkniff mir ein Grinsen. Sie hoffte wohl, die Sache mit Pierre einfach unter den Tisch kehren zu können.

»Nein«, knurrte Olivia, »gib dir ruhig weiter Mühe! Meine Verzweiflung ist keine Entschuldigung für dich, und ich kann es kaum erwarten, meine ganze Palette veganer Köstlichkeiten an dir auszuprobieren.«

Sarah gab einen undeutlichen Laut von sich, während Olivia ungerührt weitersprach: »Jedenfalls hat Tom genau dasselbe Standardprogramm abgespult wie immer. Ich habe meine Prinzipien über Bord geworfen für nichts.« Olivia griff zu einem Stück Salamipizza und starrte es entschlossen an.

Erschrocken holte ich Luft. Sie musste total fertig sein, wenn sie sogar bereit war, stark erhitzte und verarbeitete Wurstwaren zu essen. »Du hast dein Bestes gegeben, Olivia«, sagte ich tröstend und legte einen Arm um ihre Schulter, während ich einen enttäuschten Blick von Sarah auffing.

Langsam ließ Olivia das Stück Pizza wieder sinken.

»Vielleicht ist Tom ein wunderbarer Mensch, mit dem du alt werden kannst, aber beim Sex scheint eure Chemie einfach nicht zu stimmen.«

»Soll das den Rest meines Lebens so bleiben?« Olivia legte das Stück Pizza endgültig aus den Händen und sah Sarah deprimiert an.

»Das musst du entscheiden. Bist du glücklich mit Tom und reicht dir das aus, um über das langweilige Sexleben hinwegzusehen, oder willst du etwas anderes? Vielleicht brauchst du auch einfach mehr Geduld, um Tom von seinen eingefahrenen Gewohnheiten abzubringen. Rede doch noch mal mit ihm! Noch würde ich nicht aufgeben.«

Olivia schniefte und nahm einen Schluck Weißwein.

»Sarah hat recht«, sagte ich. »Nach fünf Jahren kannst du nicht erwarten, dass er sich von einem Tag auf den anderen ändert. Vielleicht steht er nicht auf schöne Wäsche, vielleicht ist es etwas anderes, was ihm gefällt?«

»Hm, wahrscheinlich habt ihr recht. Ich bin glücklich mit ihm, aber ob wir das mit unserem Sexleben noch einmal hinkriegen, wage ich zu bezweifeln.«

»Frag ihn doch einfach, was er mag«, schlug ich vor.

»Ja, das solltest du tun. Rede mit Tom«, pflichtete mir Sarah bei und nahm sich ihren Salat.

»Apropos reden, Sarah, wir müssen auch noch über etwas reden«, sagte ich und visierte Sarah an.

»Die Sache mit den Hamptons, ich weiß. Tut mir echt leid.« Sarah zwinkerte mir verschwörerisch zu.

»Darum geht es nicht. Du schuldest mir etwas.«

»Ja, ich weiß.« Sarah sah schuldbewusst zu mir herüber. »Ich bin eine schlechte Freundin.«

»Na, so hart würde ich es jetzt nicht unbedingt ausdrücken, aber das war keine Glanzleistung. Du schleifst mich morgens aus dem Bett und fährst mich in übelkeitserregender Weise ans Meer, und dann lässt du mich den Rest des Tages sitzen.«

»Ich weiß, tut mir leid. Was hast du getan?«

»Ich bin beinahe gestorben, Sarah«, sagte ich.

»Wie bitte?« Sarah schnappte nach Luft, und Olivia wurde schlagartig kreidebleich.

»Ich bin ins Meer gegangen, um eine Runde zu schwimmen, und dort hatte ich einen Wadenkrampf, wegen dem ich nicht mehr aus dem Wasser gekommen bin. Ich hatte schon mit meinem Leben abgeschlossen, als mich in letzter Sekunde jemand gerettet hat.«

»Ist nicht wahr!« Sarah hatte ihre Finger ineinander verkrampft, bis die Knöchel weiß hervortraten. »Wer?«

»Devon Draper«, sagte ich leise.

»Nein!« Jetzt riss sie die Augen weit auf.

»Doch, er ist Monicas Nachbar, wusstest du das nicht?«

»Nein, ich war das erste Mal in diesem Haus, und die gut betuchte Nachbarschaft kannte ich noch nicht. Was ist dann passiert?« Sarahs Stimme klang immer noch matt.

Ich winkte ab: »Nichts Herausragendes. Ich war etwas wackelig auf den Beinen, und er hat mich zum Essen eingeladen und danach nach Hause gefahren. Für eine Zugfahrt war ich leider nicht in der Verfassung.«

»Das ist sehr anständig von ihm gewesen.« Olivia nickte mit dem Kopf.

»Was blieb ihm auch anderes übrig? Er konnte mich ja schlecht so halb tot auf seinem Sofa liegen lassen.« Ich versuchte die Sache herunterzuspielen. Es war schließlich nichts passiert, kein Kuss, keine Berührung, nichts, was erwähnenswert wäre.

»Wie war es?«, fragte Olivia und ein Leuchten glomm in ihren Augen auf.

»Was meinst du?«, fragte ich.

»Ich meine deine Begegnung mit dem Tod. Wie war es? Hast du ein Leuchten gesehen, einen Tunnel, einen Engel? Ist dein Leben an dir vorbeigezogen, oder hast du die Anwesenheit einer höheren Macht gespürt?« Sie sah mich an wie einen Rauschgoldengel.

»Nichts, Olivia«, stöhnte ich. »Da war rein gar nichts. Ich habe gesehen, wie die Luftblasen mich verlassen haben. Außerdem habe ich sehr deutlich die Schmerzen in meiner verkrampften Wade und in meiner Lunge gespürt. Aber außer Schmerz war da nichts.« Ein Schaudern lief meinen Rücken hinunter. Doch ich war dem nassen Grab im letzten Augenblick entkommen. »Ich hatte Angst, weißt du? Und die war erst wieder weg, als ich Luft in meinen Lungen hatte und festen Boden unter den Füßen.«

»Oh.« Olivia war sichtlich enttäuscht, dass keine höhere Macht ihre Präsenz gezeigt hatte. Die Gelegenheit wäre wirklich perfekt gewesen.

»Wahrscheinlich war ich noch nicht tot genug, um an eine andere Welt anzuklopfen«, versuchte ich sie zu trösten.

»Wahrscheinlich«, murmelte Olivia. Ich sah zu Sarah hinüber, die immer noch blass auf dem Sofa saß.

»Anya, es tut mir ja so leid, dass ich nicht da gewesen bin«, sagte sie tonlos. »Es ist alles meine Schuld, wegen meiner Leichtsinnigkeit habe ich dich in Gefahr gebracht. Das ist schrecklich.«

»Es ist ja alles gutgegangen.«

»Ja, aber nur, weil Devon Draper zufällig da gewesen ist, ansonsten wärst du jetzt tot, und es wäre meine Schuld gewesen. Während ich mit Pierre Spaß hatte, wärst du beinahe gestorben. Das ist schrecklich.« Sarah fuhr sich nervös durch die Haare.

»Wer ist Pierre?«, fragte Olivia.

»Niemand, der bleibt, Olivia. Ein Surfer, mit dem ich einen Tag lang Spaß hatte, während ich meine beste Freundin im Stich gelassen habe.« Sarah war tatsächlich erschüttert. So ernst und so blass hatte ich sie noch nie erlebt. »Das Leben ist kurz und kann jeden Moment vorbei sein, und dann fragt man sich, ob man alles richtig gemacht hat. Anya, habe ich dir jemals gesagt, wie viel mir die Freundschaft mit dir bedeutet?«

»Nein, ich glaube nicht«, erwiderte ich erstaunt.

»Dann muss ich es jetzt tun. Zwischen all den lockeren Bekanntschaften, die ich über die Jahre hatte, wart ihr zwei meine Konstanten, meine ruhige Insel. Ich hab euch so lieb. Versprecht mir, dass das so bleibt!«

»Sarah, ich hab dich auch lieb, und ich habe nicht vor, an unserer Freundschaft etwas zu ändern. Ohne euch wäre ich doch schon längst wieder aufs Land gezogen.« Devon irrte sich gewaltig, wenn er meinte, dass die Stabilität von Beziehungen nur eine Illusion war, die einen an der persönlichen Entwicklung hinderte. Ganz im Gegenteil: Diese langweiligen, stabilen Beziehungen gaben mir erst die Kraft, wieder nach vorn zu schauen.

»Wirklich?« Olivia sah mich erstaunt an.

»Ja, wirklich. Ich mag New York, aber meine Heimat ist Minnesota. Ich liebe das Landleben über alles, und wenn ich genug von New York habe und genügend Geld auf meinem Konto ist, werde ich mich auf meine Farm zurückziehen, Hühner füttern, Biomais anbauen und die Liebe meines Lebens finden.«

»Ich komme mit«, sagte Olivia entschlossen.

»Ich auch!« Sarah war aufgestanden.

Ich sah sie erstaunt an. Sarah, die New York liebte, wollte mit aufs Land ziehen?

Der Gedanke an Sarah in Gummistiefeln und mit Stroh im Haar ließ mich schmunzeln. Warum nicht?

»Einverstanden«, sagte ich und goss Weißwein nach. »Darauf stoßen wir an!«

KAPITEL 15

Der Abend war lang geworden. Wenn man einmal das Gefühl hatte, dass jede Stunde die letzte sein könnte, und dieses Gefühl hatte mir Sarah auf eindrucksvolle Weise vermittelt, dann musste man sie auskosten. Ich selbst hatte den lebensbedrohenden Moment schon längst in mein Unterbewusstsein verdrängt, weil die Erinnerungen an Devon viel stärker und viel eindrucksvoller waren, aber Sarah hatte mich noch einmal zurückgeführt, und ich war dankbar für diesen Morgen; dankbar, dass ich die Sonne wieder aufgehen sah.

Wir hatten lange zusammengesessen und Pläne für unser Landleben in Minnesota geschmiedet, zudem hatte mir Sarah hoch und heilig versprochen, mich nie wieder wegen einem Mann sitzen zu lassen.

Als der Wecker heute Morgen unbarmherzig um sechs Uhr klingelte, bereute ich einen Augenblick lang, dass ich zu spät ins Bett gegangen war. Nein, sagte ich mir, als ich gähnend in den Central Park trabte, es gab nichts zu bereuen. Das Leben war zu kurz, um die Zeit damit zu verschwenden, die schönen Momente zu bereuen, und gestern Abend war ein schöner Moment gewesen, so weit musste ich Devon zustimmen. Doch um mich für solche Erkenntnisse freiwillig in Lebensgefahr zu begeben, war ich nicht verzweifelt genug. Ich fiel in einen zügigen Laufschritt, und die Müdigkeit verging mit jedem Schritt.

Gut gelaunt betrat ich eine Stunde später das Büro. Ich fuhr meinen Computer hoch und begann, mich in die anstehenden Termine zu vertiefen. Heute Mittag hatte sich ein Vertreter einer neuen Kaffeeplantage aus Brasilien angemeldet, der seine Produkte präsentieren wollte. Wenn alles glattging, musste ich nächsten Monat mit Trevor nach Brasilien reisen, um die Plantagen zu besichtigen und einen neuen Vertrag abzuschließen. Ich mochte diese Reisen nicht allzu sehr, sie waren selten, abenteuerlich und unbequem, aber manchmal ließen sie sich einfach nicht vermeiden.

Am Nachmittag hatte ich ein dreistündiges Zeitfenster, in dem ich den Bericht für Draper Consulting schreiben konnte. Mit diesem letzten Bericht war das Thema Draper Consulting dann hoffentlich erledigt, zumindest, bis die Ergebnisse der Analysen dann irgendwann eintrafen.

Ich beschloss, mir einen Kaffee zu holen und mich dann in die Arbeit zu vertiefen. Als ich zur Kaffeemaschine ging, die einzige kostenlose Annehmlichkeit, die die Mitarbeiter von TC in Anspruch nehmen konnten, hatte sich schon eine lange Schlange durstiger Kollegen vor mir gebildet. Das konnte nur eins bedeuten: Die fünf Jahre alte Kaffeemaschine legte ihren jährlichen Streik ein.

Ich hatte heute viel vor, und nach dem gestrigen Abend brauchte ich dringend einen Kaffee, um den Tag zu überstehen. Der Techniker würde wieder ewig brauchen, um die Maschine in Gang zu bekommen, und so lange konnte ich nicht warten.

Ausnahmsweise würde ich mir einen Kaffee im Café Rom holen. Das ging schneller, um an meinen Koffeinkick zu kommen.

Ich war schon auf dem Rückweg und betrachtete im Vorbeigehen die Auslagen in einem Damenmodegeschäft. Im Hintergrund konnte ich ein paar Kleiderständer mit spitzenbesetzter Unterwäsche ausmachen. Ob Devon hier einkaufen war? Die Wäsche, die hier hing, sah genauso aus wie dieses unverschämt kleine Stück Stoff, das er mir geschenkt hatte und das ich tief in meinem Schrank vergraben hatte.

Ich hatte mich wohl zu sehr ablenken lassen, denn ich bemerkte erst jetzt aus den Augenwinkeln, dass ein Mann von der Seite angelaufen kam. Er war so schnell, dass ich nicht mehr bremsen konnte. Mein Becher Kaffee fiel zu Boden und bespritzte meine Schuhe.

»Verdammt, können Sie nicht aufpassen!«, rief ich ungehalten und sah mich nach dem Übeltäter um.

Die vertrauten blauen Augen, in die ich sah, wirkten gehetzt.

»Entschuldige, Anya«, sagte Devon.

Noch bis vor kurzem kannten wir uns nicht einmal, und plötzlich begegneten wir uns zu jeder unmöglichen Gelegenheit. Das Schicksal schien mich ernsthaft in Versuchung führen zu wollen.

Bevor ich mich weiter über den Verlust meines Kaffees beschweren konnte, sah ich, weswegen Devon so in Eile war. Gerade stürzten zwei Frauen um die Ecke, als wenn sie auf einer Verfolgungsjagd wären, und genau das schienen sie auch zu sein.

»Hast du ein paar Ladys verärgert?«, fragte ich und nickte in die Richtung der beiden Brünetten, die sich durch die Passanten drängelten und Devon noch nicht entdeckt hatten.

»Viel schlimmer, die zwei sind Reporterinnen und kapieren einfach nicht, dass ich keine Interviews gebe. Jedes Mal haben sie eine neue Idee, wo sie mir auflauern, wenn ich in New York bin. Ich habe ihnen schon klar und deutlich gesagt, dass sie mich in Ruhe lassen sollen, aber die zwei sind wie Schmeißfliegen. Nicht einmal von meinem Anwalt lassen sie sich abschrecken.« Devon stieß einen verärgerten Laut aus. »Das

Schlimmste ist, dass ich nicht ausfällig werden darf. Sobald ich nur ein wenig die Stimme hebe, werfen sie mir vor, dass ich sie sexuell belästige. Wenn so etwas in die Presse kommt, kann ich meine Unternehmensberatung dichtmachen.« Devon wirkte wie ein eingesperrter Panther. »Ich muss weiter. Mir bleibt nur die Flucht in mein Büro.« Er drehte sich um und wollte schon weiterhasten, als ich eine Idee hatte.

»Warte!«, sagte ich und sah mich nach den beiden um.

Jetzt hatten sie Devon und mich entdeckt und steuerten mit einem siegessicheren Lächeln auf uns zu. Sie waren beide schlank und durchaus attraktiv, vielleicht rechneten sie sich gerade deswegen noch ein paar Chancen bei Devon aus und gaben einfach nicht auf.

»Lass mich mal machen«, sagte ich und lief den beiden entgegen.

Er sah mich skeptisch an, doch er sagte nichts.

»Einen Moment, bitte.« Energisch trat ich den beiden in den Weg. Über meine Schulter blinzelten sie Devon an, doch ich machte einen entschlossenen Eindruck und ließ mich von ihrer Sensationsgier nicht beeindrucken. »Ich bin die neue PR-Verantwortliche von Draper Consulting, wenn Sie einen Gesprächstermin mit Devon Draper wünschen, müssen Sie das mit mir besprechen. Interviews gibt Devon Draper nur auf schriftliche Anfrage und gemäß seinen Konditionen.«

Sie sahen sich einen Moment skeptisch an, aber schließlich überzeugten sie meine ernste Miene und die Aussicht auf einen Termin.

»Das ist neu, wo müssen wir uns melden?«, fragte die Größere der beiden und erinnerte sich offenbar plötzlich an die guten Manieren, die sie bisher nicht an den Tag gelegt hatte.

»Ja, das ist neu. Ich habe diesen Monat erst angefangen, die Termine zu koordinieren. Schreiben Sie eine E-Mail an pr@draper-consulting.com, und ich teile Ihnen dann den nächstmöglichen Termin und die Bedingungen mit. Rechnen Sie mit einer längeren Wartezeit, Mr. Draper ist sehr begehrt.« Ich klang so akkurat, dass Trevor stolz auf mich gewesen wäre. Die Kleinere notierte die imaginäre E-Mail-Adresse eifrig. »Mr. Draper und ich haben es eilig. Falls Sie meinen Chef noch einmal auf offener Straße belästigen oder Fotos schießen, werde ich Ihnen keinen Termin zuteilen, verstanden?«

Die beiden nickten, und ich drehte mich würdevoll zu Devon um. Ich winkte ihm zu, und er folgte mir, bis die beiden Reporterinnen außer Sichtweite waren.

»Meine PR-Beraterin?« Devon grinste. »Sehr kreativ.«

Sein Lächeln steckte mich an, und ich fühlte mich auf einmal glücklich. »Vergiss nicht, die E-Mail-Adresse einzurichten und den Termin regelmäßig zu verschieben, dann hast du ein paar Jahre Ruhe.« Ich nickte ihm zu. »Ich muss wieder ins Büro.«

»Danke, das war nett von dir.« Er klang überrascht, als wenn es nicht viele Menschen gäbe, die nett zu ihm waren.

»Keine Ursache, es war mir ein Vergnügen«, erwiderte ich ehrlich.

Ich winkte Devon noch einmal zu und verschwand durch die Tür. Ich investierte keine Zeit in einen Blick zurück. Den Zufall hatten wir mehr als genug ausgereizt, und ich betrachtete diesen Moment als Abschied für immer. Wenn ich zurückgesehen hätte, wäre ich vermutlich wehmütig geworden. Devon hatte alles gesagt, was es zu sagen gab, und ich hatte meine Entscheidung ohnehin getroffen.

Ohne Kaffee fiel es mir tatsächlich schwer, wach zu bleiben. Immer wieder ließ ich mich von Kleinigkeiten ablenken, und meine Gedanken schweiften ab.

Ich wechselte in mein Outlook, um zu sehen, was es Neues gab. Was war das? Unmöglich! Jemand hatte mir für zwanzig Uhr einen Termin mit den Pinguinen von Draper Consulting eingetragen, um den Bericht zu besprechen. Nein! Nicht um diese Uhrzeit! Empört schnappte ich nach Luft. Der Eintrag war vor wenigen Minuten getätigt worden.

Das konnte nur Trevor gewesen sein, der von London aus arbeitete. Verdammt! Nicht einmal wenn er auf Dienstreise war, ließ er mich in Ruhe meinen Job machen.

Der Tag zog sich dahin. Der Besuch des Plantagenbesitzers war ein Flop. Seine Kaffeeplantage existierte erst in der Planung, und die Mengen, die der Brasilianer in ein paar Jahren produzieren wollte, würden nicht annähernd reichen, um unseren Bedarf zu decken.

Ich verabschiedete mich in Gedanken erleichtert von meiner Reise nach Brasilien und versuchte den Mann wieder loszuwerden. Der Abschluss des Berichtes für Draper Consulting war dringender. Garantiert würden die Pinguine ihn heute Nacht noch von vorn bis hinten auseinanderpflücken. Da musste alles stimmen. Nachdem ich den Brasilianer möglichst höflich hinauskomplimentiert hatte, spannte ich meine Händler ein, um die aktuellsten Statistiken für die Verkaufszahlen in Nordamerika aufzutreiben.

Um sechs Uhr abends druckte ich meinen Bericht in dreifacher Ausfertigung aus und atmete erleichtert durch. Ich beschloss, die verbleibenden zwei Stunden zu nutzen, um mich zu Hause schnell frisch zu machen, bevor ich die halbe Nacht durcharbeiten müsste.

In meinem Apartment sprang ich unter die Dusche und ließ mir Zeit, während das heiße Wasser an mir herunterfloss. Ich würde lieber hierbleiben, anstatt noch einmal ins Büro zu gehen. Seufzend stellte ich das Wasser ab und nahm mir ein Handtuch.

Ich hatte vergessen, bei der Reinigung vorbeizuschauen, stellte ich kurz darauf fest, als ich vor meinem beinahe leeren Kleiderschrank stand. Ich hatte keine Hosenanzüge mehr, sondern nur noch ein halbwegs formelles cremefarbenes Kleid, für das man beide Augen zudrücken musste, um es als bürotauglich durchgehen zu lassen. Selbst das Fach mit meiner Unterwäsche war leer. Tief unter dem Stapel mit meinen Pyjamas lag nur noch das kleine Päckchen mit dem String.

Warum hatte ich es nur noch nicht weggeschmissen?

Ich öffnete die kleine Schachtel und zog den String hervor. Nachdenklich drehte ich den durchsichtigen Stoff zwischen den Fingern. Es gab nicht viel zu überlegen, denn eine Wahl hatte ich nicht, wenn ich nicht nackt gehen wollte, was unter keinen Umständen in Frage kam.

Ich schlüpfte in das Kleid und die sündhafte Unterwäsche und kämmte meine Haare. Devon wusste nichts davon und würde es niemals erfahren.

Ich fühlte mich unwohl, als ich das Büro kurz vor acht Uhr wieder betrat. Das Kleid war unpassend für diese Räume. Es war, als ob ich im Badeanzug auf die Skipiste ging. Das Büro war beinahe leer, ich sah nur noch zwei Händler einer anderen Abteilung in ihre Computer starren, aber sie waren so konzentriert bei der Arbeit, dass sie mich nicht wahrzunehmen schienen.

Es war wirklich eine unverschämte Uhrzeit für ein Meeting dieser Art. Ich hätte nicht übel Lust, den Pinguinen von Draper Consulting ihre Analysen um die Ohren zu hauen. Doch wie immer musste ich mich beherrschen und daran denken, dass ich von meinem Ziel, ein kleines Vermögen in New York zusammenzusparen, noch etliche tausend Dollar entfernt war. Ich ging zu meinem Schreibtisch, nahm die Berichte, die ich vorbereitet hatte, und schritt zum Meetingraum hinüber. Dann atmete ich noch einmal konzentriert durch und wappnete mich für das bevorstehende Gespräch.

Während ich die Türklinke hinunterdrückte, zauberte ich noch ein unwiderstehliches Lächeln auf meine Lippen, in der Hoffnung, dass wir dieses Treffen durch ein wenig weiblichen Charme großzügig verkürzen konnten. Ich öffnete die Tür und trat mit einem energiegeladenen Schritt in den Besprechungsraum, auf den Lippen ein sympathisches, hoch motiviertes Grinsen.

Glücklicherweise hatte ich noch einmal Luft geholt, denn jetzt vergaß ich vor Überraschung das Atmen: Devon saß dort und sah mich mit einem amüsierten Lächeln an. Entweder hatte er das Schicksal jetzt selbst in die Hand genommen, oder er wollte mich verspotten.

»Anya, schön, dass du pünktlich bist«, sagte er mit tiefgründigem Blick und geschäftsmäßiger Stimme. Er war leger gekleidet in dunkler Hose und dunklem Hemd und sah so gar nicht nach einem Termin im Büro aus.

»Devon, was für eine Überraschung«, stotterte ich, während mein aufgesetztes Lächeln in sich zusammenfiel. Langsam ging ich ein paar Schritte auf ihn zu.

»Wieso Überraschung?« Er musterte mich ernst, und meine Knie wurden sofort weich. Die lockere Stimmung des Vormittags war Lichtjahre entfernt.

»Ich dachte, du lässt deine Angestellten die Arbeit erledigen?« Wieso war ich so nervös in seiner Gegenwart? Vermutlich war das Büro daran schuld oder Devons Stimme und sein Blick. Er wollte wohl, dass ich mich so unsicher fühlte. Er selbst schien die Ruhe in Person zu sein, und meine Nerven waren zum Zerreißen gespannt. Obwohl ich wusste, dass er mit mir spielte, konnte ich nichts dagegen tun, denn er saß eindeutig am längeren Hebel, und das ließ er mich auch spüren.

Ich versuchte, mich daran zu erinnern, dass er mich aus dem Meer gefischt und ich bereits halb nackt in seinem Strandhaus gesessen hatte. Doch dieser Gedanke half nicht wirklich gegen den stechenden Blick seiner Augen und die strenge Miene, die sein Gesicht älter und härter erscheinen ließ.

»Das tue ich auch, aber gerade wenn es um die Abschlussberichte geht, sehe ich gern selber etwas genauer hin. Jefferson erwartet ein paar aussagekräftige Empfehlungen von mir«, sagte er ruhig, immer noch den Blick auf mich gerichtet.

Richtig, er war ja mit der obersten Chefetage beim Paragliding gewesen. Da musste man schon einmal etwas genauer hinschauen. Offenkundig hatte er beschlossen, unsere Beziehung auf eine rein geschäftliche Ebene zurückzuführen. Hatte ich ihn heute Vormittag aus dem Konzept gebracht, weil ich die Kontrolle in dieser Situation übernommen hatte?

»Gut, dann lass uns anfangen«, schlug ich vor und nahm ihm gegenüber Platz, weit genug weg, um der verwirrenden Nähe seines Körpers zu entkommen. Ich reichte ihm einen meiner Berichte und sah auf das Papier vor mir. Ich hatte mich um einen sachlichen Tonfall bemüht, und es war mir hervorragend gelungen.

»Ja«, sagte er langsam und nachdenklich.

Ich blinzelte zu ihm hinüber, während er in aller Seelenruhe die Papiere durchblätterte, die ich ihm gegeben hatte. Es schien mir fast so, als ob es ihm besondere Freude bereitete, meine Geduld über alle Maßen zu strapazieren.

»Ich habe dir die Aufgaben, Funktionen und Umsätze meiner Abteilung zusammengestellt«, sagte ich, weil er nach fünf Minuten immer noch keine Anstalten machte, seine Lektüre zu beenden und mir ein paar Fragen zu stellen. Mein Verdacht bestätigte sich, dass er es darauf anlegte, mich zu provozieren.

»Es geht vermutlich schneller, wenn ich dir ein paar wichtige Eckpunkte nenne. Um diese Uhrzeit stehe ich normalerweise unter der Dusche. Es kann sein, dass ich schon etwas unkonzentriert bin«, sagte ich und schlug die Augen kokett nieder. Dummerweise ging er nicht auf meinen spielerischen Ton ein, sondern musterte mich mit einem solchen Ernst, dass mir beinahe übel wurde.

»Mein Interesse liegt besonders auf den Märkten, die du bearbeitest. Erläutere das bitte genauer«, unterbrach er mich scharf, als ich Luft holen wollte, um die Lieferantenstruktur zu erläutern.

Ich machte den Fehler, Devon direkt in die Augen zu sehen. Sein Blick war messerscharf, und ich fühlte mich, als ob ich plötzlich in einem Polarsturm stehen würde. Mir wurde sehr deutlich bewusst, dass er zu Recht der Chef im Haifischbecken war. Aus einer Vertragsverhandlung mit Devon Draper würde ich mit großer Wahrscheinlichkeit als Verlierer hervorgehen.

Was hatte er gesagt? Die Märkte? Verdammt, dazu hatte ich kaum etwas recherchiert. Um die Märkte kümmerte sich Trevor, und ich hatte den Einkauf unter mir. Sein Tonfall begann, mich zunehmend zu reizen. Hatte er mich herbestellt, um mich vorzuführen; um mir zu zeigen, dass er der Chef im Ring war? Da war er bei mir an der falschen Adresse.

Der arrogante Aufsteiger, den er hier gab, konnte mich bis aufs Blut reizen, und wenn er Lust auf einen solchen Abend mit mir hatte, konnte er ihn gern bekommen. Obwohl ich nichts gegen einen kleinen Machtkampf einzuwenden hatte, hatte Devon so langsam meine Grenzen des Erträglichen überschritten.

»Die Märkte habe ich im letzten Kapitel dargestellt.« Ich hob den Blick und fixierte ihn. Mir blieb nichts anderes übrig, als die Karten auf den Tisch zu legen. Meine vagen Ausflüchte würde er sofort in der Luft zerreißen, das wusste ich genau. »Wenn du eine tiefere Analyse wünschst, informiere ich gern Trevor Miles. Das ist sein Aufgabengebiet. Ich kenne mich mit den Märkten nicht halb so gut aus wie er«, sagte ich genauso eiskalt, wie er mich ansah.

Devon nickte, ohne unseren Blickkontakt zu unterbrechen. Kalte und heiße Schauer huschten über meine Haut. Was würde er jetzt tun?

»Dann sind wir also fertig für heute«, sagte er zu meiner Verwunderung.

Ich starrte ihn verblüfft an. In seiner Stimme hatte ein weicher, verlockender Klang gelegen. Die Fähigkeit, innerhalb des Bruchteils einer Sekunde seine Stimmung zu wechseln und mich dabei mitzunehmen, war wirklich beeindruckend. Eben noch wollte ich ausholen, um mich gegen seine übermächtige Präsenz zur Wehr zu setzen, und nur einen Moment später offenbarte mir sein Tonfall, dass der Machtkampf schon längst vorüber war.

»Ähm, ja?«, stotterte ich überrascht. Sollte es das wirklich gewesen sein?

»Hast du schon zu Abend gegessen?«, fragte er sanft, wie um zu betonen, dass er es ernst meinte. Dabei strich er sich durch sein braunes Haar.

»Nein«, erwiderte ich, gebannt von seiner Bewegung und immer noch zu perplex von der plötzlichen Wendung dieses Meetings. Ich ertappte mich dabei, wie ich ihn anstarrte und mir vorzustellen versuchte, wie ich mich lustvoll an ihn klammerte, während meine Hände durch dieses Haar strichen.

»Ich möchte etwas Zeit mit dir verbringen. Frag mich nicht, warum oder wieso.« Er schob meine Unterlagen von sich fort. »Darauf kann ich dir keine Antwort geben. Ich weiß nur, dass ich das dringende Bedürfnis auf ein paar schnippische Bemerkungen von dir hatte. Und du hast mich nicht enttäuscht. Es war sehr prickelnd.«

»Du hast mich also tatsächlich veralbert«, sagte ich aufgebracht, während ich aufstand, um größer zu sein als er.

»Nein«, erwiderte er in versöhnlichem Ton. »Ich würde nie wagen, dich zu veralbern. Ich habe beschlossen, dass ich dich näher kennenlernen möchte. Komm, ich habe Hunger«, sagte er und stand auf. Jetzt war er wieder größer als ich, und ich musste zu ihm hinaufsehen. Das war also seine Vorstellung von Kennenlernen. Obwohl ich noch zornig sein wollte, verpuffte meine Wut allmählich. Er lächelte mir aufmunternd zu.

»Warum hast du mich nicht einfach gefragt, ob ich mit dir essen gehe?« Meine Zurückhaltung war noch nicht gänzlich überwunden. Das spürte auch Devon.

»Vielleicht habe ich befürchtet, dass du eine Einladung mit einer banalen Ausrede abgelehnt hättest?« Er war jetzt ein paar Schritte näher gekommen.

»Denkst du, das hätte ich getan?«, fragte ich und trat ebenfalls einen Schritt auf ihn zu.

»Nach unserem letzten Treffen im Büro war ich mir sicher, dass du das getan hättest«, flüsterte er, als ob er diese Tatsache nicht laut hören wollte. »Heute Vormittag wiederum lagen die Dinge ganz anders. Ich wollte einfach sichergehen, dass du mir nicht ausweichst.«

Ich dachte an den Tag im Büro zurück, als ich ihn so unfreundlich abgefertigt hatte. Den Grund für mein angriffslustiges Verhalten wollte ich ihm lieber nicht näher erläutern, außerdem gefiel es mir, dass er sich so große Mühe gegeben hatte, ein Date mit mir zu arrangieren, nur aus der Angst heraus, ich würde ihm eine Absage erteilen.

»Du schuldest mir noch einen Gefallen«, erinnerte er mich, als ich nicht antwortete. »Außerdem möchte ich meine neue PR-Beraterin endlich etwas näher kennenlernen. Mir gefällt der Gedanke, dein Chef zu sein.«

»Einverstanden, ich komme mit«, erwiderte ich gedehnt. Was sollte ich auch anderes sagen? Er ließ mir keine Wahl, und wenn ich ehrlich zu mir war, wollte ich auch keine Wahl haben.

»Wie lange habe ich auf diese Worte gewartet«, sagte er grinsend und hielt mir die Tür auf.

In der Tiefgarage direkt neben dem Lift stand Devons Sportwagen. Er öffnete mir galant die Tür, und ich ließ mich in die Sitze sinken, doch dieses Mal spürte ich keine Müdigkeit. Meine Gedanken überschlugen sich, während ich darauf wartete, dass Devon neben mir einstig.

»Du willst in den *Club 5,* oder?«, fragte ich misstrauisch, als er neben mir saß und den Motor startete. Seine Bemühungen, mich in den Club zu bekommen, waren mir wieder eingefallen.

»Nein«, sagte er zu meiner Überraschung. »Ich habe meine Pläne geändert. Ich denke, der *Club 5* ist doch nicht der richtige Ort für dich.«

»Wie bitte?«, fragte ich und sah ihn neugierig an. Das sollte jemand verstehen. Erst wollte er mich unbedingt dorthin schaffen, und jetzt war es nicht mehr der richtige Ort für mich?

»Schmeiß die Einladung weg, ich möchte nicht, dass du dorthin gehst.« Devon gab Gas und verließ die Tiefgarage. Zügig fädelte er sich in den Stadtverkehr ein.

»Warum hast du deine Meinung geändert?« Ich konnte nicht lockerlassen, denn mir wollte einfach nicht in den Kopf gehen, warum ich nicht in einen ganz normalen Club passen sollte.

»Das erkläre ich dir ein anderes Mal«, entgegnete er, und an seinem Tonfall hörte ich, dass er keine Lust hatte, das Thema weiter zu vertiefen.

Perfekt, nun war ich an der Reihe, ihn zu provozieren. »Ich finde, jetzt ist ein guter Moment, um mir zu erklären, welches Geheimnis sich hinter der *Black Lounge* verbirgt. Sarah ist ganz wild darauf, dort hineinzukommen.« Ich warf ihm einen unschuldigen Blick zu, genau in dem Moment, in dem er kurz zu mir herübersah.

»Es ist nicht der Rede wert«, wich er aus. »Dort gibt es teure Drinks, anstrengende Leute und laute Musik, genau wie in jeder anderen Lounge. Dass nicht jeder dort hineindarf, macht die Sache einfach noch etwas interessanter.« Devon legte seine Hand ganz selbstverständlich auf meinen Oberschenkel, und ich hielt sofort die Luft an. »Heute Abend möchte ich mich ganz auf dich konzentrieren, und dazu brauche ich etwas Ruhe«, sagte er vielversprechend, während seine Hand unter den Saum meines Kleides rutschte.

Ich war zu keinem logischen Gedanken mehr fähig, während seine Finger heiß auf meiner Haut brannten, und das war vermutlich genau das, was Devon beabsichtigt hatte.

In der nächsten Kurve brauchte er seine Hand leider wieder am Lenkrad. Doch bevor ich unser Gespräch an der Stelle fortsetzen konnte, an der er es mit unlauteren Mitteln unterbrochen hatte, bogen wir schon in die Tiefgarage eines Wolkenkratzers ein. Wir waren nur ein paar Straßen weit gefahren. Devon stieg aus und öffnete mir die Tür.

»Hast du New York schon einmal von oben gesehen?«,

fragte er, während ich mit Schwung versuchte, aus dem tiefen Ledersitz zu kommen.

»Nein, mein Büro im dreißigsten Stock ist der höchste Punkt, den ich bis jetzt erreicht habe«, sagte ich und ergriff die Hand, die Devon mir hinhielt, um mir aus dem Wagen zu helfen. »Muss ich schwindelfrei sein?«, fragte ich.

»Bist du schwindelfrei?« Seine Augen streiften mich, neugierig und gespannt.

»Ich denke schon«, erwiderte ich langsam und fragte mich, welche Konsequenz meine Antwort hatte. Auf der Farm meiner Eltern war ich nicht in die Verlegenheit gekommen, meine Höhentauglichkeit beweisen zu müssen, und in New York hatte sich die Notwendigkeit, höhentauglich zu sein, auch nicht ergeben. Bei Devons Hang zu lebensgefährlichen Hobbys erwartete er doch hoffentlich nicht, dass wir den Abend mit einem Sprung vom Hochhaus krönten?

»Das ist gut.« Devon führte mich zu einem Aufzug, ohne näher zu erklären, was er geplant hatte. Wir betraten den engen Raum. Langweilige Hintergrundmusik dudelte aus versteckten Lautsprechern, als wir in die Höhe sausten. Ich wollte es nicht, aber warum auch immer, mein Unterbewusstsein schoss mir die Bilder meines Traumes von vor zwei Tagen in den Kopf.

Nein, nicht hier! Meine Wangen färbten sich sofort rot, als ich spürte, wie ein warmes Prickeln über meinen ganzen Körper glitt. Ich wurde nervös. Devon blickte zu mir und musterte mich langsam und genüsslich von oben bis unten. Das machte es nur noch viel schlimmer. Ahnte er etwa, was in mir vorging? Unmöglich! Die Aufzugstüren öffneten sich, und erleichtert flüchtete ich aus dem engen Raum.

»Hungrig?« Devon folgte mir und betrachtete die Farbe meiner Wangen mit einem erwartungsvollen Ausdruck.

»Klaustrophobisch veranlagt«, erklärte ich meine Flucht.

»Dann sollten wir das nächste Mal die Treppe nehmen«, schlug er vor und reichte mir seinen Arm.

Ich hatte keinen Bedarf, das Thema weiter zu vertiefen, legte meinen Arm in seinen und ließ mich von ihm in eine Bar führen.

Dunkles Holz gab dem Raum eine gemütliche Atmosphäre und erinnerte mich an Bens Pub, nur dass dieser Ort hier edler und luxuriöser war und mir seine offensichtliche Eleganz aufdrängte. Sofort kam eine Mitarbeiterin eifrig auf uns zugeeilt. Sie war klein, zierlich und hatte kurze blonde Haare. Sie erinnerte mich an eine meiner Puppen, mit ihrem rot geschminkten Mund und den runden Wangen.

»Guten Abend, Mr. Draper, denselben Tisch wie immer?«, fragte sie eine Spur zu höflich für meinen Geschmack.

»Nein, Cecil, heute Abend bitte einen Tisch auf der Terrasse in einem der Separees.«

Cecil nickte und steuerte nach rechts auf einen offenen Raum zu. Wir verließen beinahe unbemerkt die Bar und betraten eine Dachterrasse, die mich an einen Dschungel erinnerte, so vollgestellt war sie mit riesigen Pflanzen.

Wir liefen eine Schlangenlinie durch verschiedene Bereiche und kamen an etlichen versteckten Tischen vorbei. Schließlich hielt Cecil hinter einer blühenden Hecke und zeigte uns einen kleinen Tisch, der von außen nicht einzusehen war.

Wir betraten einen grünen Raum aus wildem Wein und Buchsbäumen, der so privat war, wie es mitten in New York kaum möglich erschien. Von hier aus hatte man einen atemberaubenden Blick über die Stadt, was mir auch endlich erklärte, warum ich höhentauglich sein sollte. Erleichtert lächelte ich, froh, dass ich nicht mit einem Fallschirm auf dem Rücken aus dieser Höhe nach unten springen musste.

»Ist dieser Tisch in Ordnung, Mr. Draper?«, fragte Cecil und klimperte gekonnt mit ihren künstlichen Wimpern.

Devon nickte und zog einen der Stühle hervor, damit ich mich setzen konnte.

»Darf ich Ihnen schon etwas bringen?«

Devon nahm Platz und sah Cecil an. Unter seinem eindringlichen Blick schien sie beinahe zu schmelzen wie ein Eiswürfel in der Sonne.

»Anya?«, fragte er und sah mich an.

»Ein Glas trockenen Rotwein, bitte«, sagte ich. Heute brauchte ich etwas mit Charakter, an dem ich mich festhalten konnte.

»Bringen Sie gleich eine Flasche von dem französischen Rotwein. Danke.«

Cecil war entlassen und lief geschäftig los. Ich sah Devon neugierig an. Er war nicht das erste Mal hier, und ich fragte mich, mit wem er normalerweise diese Bar besuchte.

»Wie geht es dir, Anya?«, fragte er und strahlte mich an. Ein entspanntes und freies Lächeln, weit weg von dem strengen Ausdruck, den er gerade noch im Büro aufgesetzt hatte.

»Bevor ich dir antworte, möchte ich noch etwas wissen«, begann ich. Devons Lächeln erstarrte ein wenig, doch ich ließ mich nicht davon abhalten. »Ist das hier ein privates Treffen oder ein berufliches?« Ich musste das vorher klären. In den Hamptons war ganz klar gewesen, dass wir uns privat trafen, aber hier lagen die Dinge ganz anders, die Grenzen verschwammen. Auch wenn sich seine Hand auf meinem Bein ganz privat angefühlt hatte, so waren wir doch im Büro aufeinandergetroffen.

»Ist das wichtig?«, fragte er.

»Für mich schon.« Ich hatte einen sachlichen Ton angeschlagen, woraufhin sich Devons Stirn in Falten legte.

»Da ist sie wieder: die Anya aus dem Büro, die Mitarbeiter anschreien und hart sein kann; hart zu anderen und zu sich selbst.« Er schmunzelte.

»Möchtest du mit dieser Anya den Abend verbringen?«, fragte ich und ging auf seinen Tonfall ein.

Devon fixierte mich. Ich schluckte nervös und wartete.

»Nein«, sagte er schließlich.

Dann war das hier ein privates Treffen.

»Gut«, erwiderte ich und lächelte ihn an.

»Ja, nachdem wir das geklärt haben, können wir zu meiner ursprünglichen Frage zurückkehren. Wie geht es dir, Anya?«, fragte Devon und erwiderte mein Lächeln.

»Es geht mir sehr gut«, sagte ich langsam. Hatte er tatsächlich vor, den Abend mit Small Talk zu füllen? Ein wenig mehr durfte ich von Devon Draper doch wohl schon erwarten als eine atemberaubende Aussicht auf New York und ein paar leere Phrasen.

»Ich meine, wie hast du deinen Schwimmunfall überstanden?«

»Ohne Probleme. Ich habe mir nicht halb so viele Gedanken darüber gemacht wie Sarah. Sie hat ein ziemlich schlechtes Gewissen, weil sie mich allein gelassen hat«, erzählte ich.

»Das sollte sie auch. Allein schwimmen zu gehen ist zu dieser Jahreszeit nicht ungefährlich.« Devon stützte seine Ellbogen auf und legte die Handflächen ineinander.

»Du warst doch auch im Wasser«, entgegnete ich.

»Ich habe ein anderes Verhältnis zur Gefahr, als du es hast«, sagte er langsam und musterte mich. Endlich schien unser Gespräch interessanter zu werden.

»Wie meinst du das? Eine Gefahr ist eine Gefahr, wie soll man dazu ein anderes Verhältnis haben?« Ich sah ihn an und beugte mich ein wenig zu ihm hinüber.

»Anya, ich liebe die Gefahr. Ich bin süchtig nach ihr«, gestand er mit ernstem Blick. »Erst wenn ich mich in Gefahr begebe – und es gibt erstaunlich viele Möglichkeiten, das zu tun –, fühle ich mich wohl.«

»Windsurfen ist eine Möglichkeit davon?« Ich versuchte, seine Worte zu verstehen. Sie passten nicht zu meinen eingeschliffenen Denkmustern.

»Genau, ich gehe nur surfen, wenn starker Wind angesagt ist.« Seine Augen ruhten auf mir, warteten auf meine Reaktion. »Es ist eine Grenzerfahrung. Erst wenn mein Leben wirklich in Gefahr ist, begreife ich, dass ich lebe und dass dieses Leben etwas Wunderbares ist, das man jede Sekunde auskosten muss. Jeder Moment, in dem man sich nicht so lebendig fühlt, ist verschwendete Zeit, und unsere Zeit auf dieser Erde ist begrenzt, verstehst du das? Jede Sekunde, die verstreicht, ist endgültig vorbei, und niemand wird sie dir zurückgeben.« Er sah mich eindringlich an und wartete darauf, dass ich zustimmen würde.

Doch ich wusste nicht, was ich sagen sollte. Ich hatte noch nie jemanden getroffen, der sein Leben absichtlich in Gefahr brachte, weil es ihm einen Kick verschaffte.

»Ich mag mein Leben«, entgegnete ich ruhig. »Warum soll man den Wert des Lebens nicht ermessen können, ohne dass man es mutwillig in Gefahr bringt? Deine Suche nach dem Kick zeigt mir nur, dass du lebensmüde bist.« Ich sah Devon herausfordernd an. Mir war klar, dass ich gerade sein ganzes Lebensmodell in Frage stellte.

Er räusperte sich, doch er schwieg, während er mich nachdenklich betrachtete.

Cecil unterbrach die Stille in diesem Moment und servierte die Getränke.

»Die Speisekarte, bitte schön«, säuselte sie und drückte sie Devon und mir in die Hand.

»Auf diesen Abend und auf das, was er noch bringen wird«, sagte Devon geheimnisvoll, als Cecil gegangen war, und hob sein Glas.

Ich registrierte genau, dass er sich nicht auf eine Diskussion über so grundsätzliche Einstellungen mit mir einlassen wollte. Wir stießen an, und Devon schenkte mir wieder einen seiner tiefgründigen Blicke. Ich schluckte und konzentrierte mich auf die nächste Frage.

»Du liebst die Gefahr und was noch?«, fragte ich, denn ich wusste, dass er mir diese Frage bei unserem letzten Treffen nicht beantwortet hatte.

Er überlegte ganz offenbar, ob er mir jetzt eine Antwort geben sollte.

»Ich verrate es dir, wenn du mir verrätst, was du heute unter deinem Kleid trägst«, sagte er schließlich, und mir fiel beinahe die Kinnlade herunter.

Ich atmete tief durch, denn diese freche Frage hatte ich nicht erwartet. Er wollte mich schockieren, um mich abzulenken, das war mir klar, aber so leicht würde ich nicht lockerlassen. Wir waren wieder mitten in einem seiner Spiele.

»Gut, ich verrate es dir«, sagte ich, entschlossen, zu gewinnen, und sah ihn erwartungsvoll an.

Devon blinzelte einen Moment erstaunt, als ich mich nach vorn neigte. Mit dem Zeigefinger dirigierte ich ihn näher zu mir heran, bis mein Kopf nah genug an seinem Ohr war.

»Ich trage einen durchsichtigen String«, flüsterte ich und wurde dabei knallrot.

»Du trägst endlich meine Wäsche. Danke!«, sagte er sichtlich erfreut und legte seine Hand auf meine. Die Wärme seiner Berührung löste ein Kribbeln auf meiner Haut aus, das mir einen Moment den Atem verschlug.

»Was liebst du noch außer der Gefahr?«, fragte ich schnell und ohne weiter auf das Thema Unterwäsche einzugehen. Meinen Teil der Abmachung hatte ich erfüllt.

Devon zögerte einen Moment, doch jetzt konnte er mir nicht mehr ausweichen.

»Ich spiele gern mit Frauen«, sagte er schließlich.

»Ich weiß«, sagte ich enttäuscht und hob den Kopf. Das hatte ich schon längst selbst bemerkt, und darüber hatten wir auch schon gesprochen.

»Nein«, sagte Devon und lehnte sich zurück. »Das meine ich nicht. Ich spiele gern sexuell mit ihnen.« Er sah mich an und wartete auf eine Reaktion.

Sexspiele? Ich hatte keine Ahnung, was er meinte, aber offenbar war es genau das, weswegen er immer so seltsam reagiert hatte, als das Gespräch auf dieses Thema gekommen war.

»Was genau meinst du damit?«, bohrte ich weiter, denn ich wusste noch immer nichts mit seinen Worten anzufangen.

Devon zögerte. Seine Augen leuchteten, und er rang ganz offenbar mit sich.

»Darf ich Ihre Bestellung aufnehmen?« Cecil stand plötzlich neben dem Tisch, und ich schreckte hoch.

Schnell schlug ich die Speisekarte auf und überflog sie. »Ich nehme den Salat mit Lachs. Danke schön!« Ich schlug die Karte zu und reichte sie der perplexen Cecil.

»Und für Sie, Mr. Draper?«, säuselte sie. »Das Steak, medium, wie immer?«

»Ja«, erwiderte Devon kurz und reichte Cecil ebenfalls die Speisekarte, ohne sie weiter zu beachten. Für Höflichkeiten war jetzt leider keine Zeit.

»Also, was für Spiele meinst du?«, fragte ich, als Cecil gegangen war.

Devon nahm sein Glas und trank einen Schluck Rotwein. Über den Rand des Glases musterte er mich nachdenklich. »Was für Sex hattest du bisher?«, fragte er.

»Spielt das eine Rolle?«, fragte ich peinlich berührt.

»Ja, das tut es«, erwiderte er.

»Inwieweit?«

»Ich muss wissen, wie weit ich ausholen muss.«

»Mmh«, erwiderte ich. Was für ein Gespräch führten wir hier nur? Definitiv war das Thema mehr als gewagt, und ich sah Devon an, dass er sich jedes seiner Worte genau überlegte. »Also gut, ich hatte ganz normalen Sex, denke ich«, sagte ich schließlich.

Devon seufzte. »Das habe ich mir gedacht«, murmelte er.

»Was?«, fragte ich. »Ist daran etwas falsch?«

»Nein, daran ist nichts falsch. Das, was ich tue, ist wohl eher ungewöhnlich«, sagte er nachdenklich. »Nicht für mich, aber für dich.«

»Ich habe keine Ahnung, wovon du redest«, entgegnete ich, verwirrt von seinen Worten. »Was meinst du damit?«

Devon lehnte sich noch weiter zurück, und die leichte, fröhliche Stimmung, die eben noch zwischen uns geherrscht hatte, war mit einem Schlag verschwunden.

»Devon, egal was du liebst, es ist doch bestimmt nicht so unnormal, dass du es mir nicht sagen könntest«, flüsterte ich und sah ihn an. Was redete ich da? Wir waren bei unserem ersten Date und diskutierten schon die Kompatibilität unserer sexuellen Vorlieben aus?

Ich versuchte, aus seinen Andeutungen schlau zu werden. Er spielte gern, und er hatte noch nie eine Beziehung mit einer Frau gehabt. Er hatte nur rein sexuelle Beziehungen, und mit diesen Frauen tat er Dinge, über die er nicht sprechen konnte? Ich kannte mich rein gar nicht mit den tausend Möglichkeiten sexueller Spielarten aus. Gab es da solche Abgründe, dass er befürchtete, ich würde schreiend davonlaufen?

»Anya, ich weiß nicht, ob das hier funktioniert. Frauen sind für mich bisher Geschäftspartner oder sexuelle Objekte gewesen, nicht mehr und auch nicht weniger. Ich kann dich nicht in eine dieser Kategorien einordnen.«

Ich kniff die Lippen zusammen. »Sag mir doch einfach, was du willst, und dann überlässt du mir die Entscheidung, ob das für mich funktioniert oder nicht«, schlug ich vor und ignorierte die Warnung, die mir meine Vernunft zuschrie, dass die Kategorie Freundin, für die man Gefühle hatte, bei Devon Draper nicht existierte.

Er sah mich nachdenklich an. Dann beugte er sich zu mir herüber. »Ich habe eine Vorliebe für extreme Dinge aller Art, da mache ich in sexueller Hinsicht keine Ausnahme. Ich mag zum Beispiel starke Frauen, und was mir noch viel mehr Freude bereitet, ist es, ihre Stärke zu brechen, ihre Demut und ihre Unterwürfigkeit hervorzuholen. Je mehr sich eine Frau dagegen wehrt, umso verlockender ist es, sie auf die andere Seite zu führen.«

Ich starrte ihn wortlos an. Sein Blick war entschlossen und kalt. Seine strenge Miene erregte mich, denn ich bekam so langsam eine Ahnung, was er dahinter verbarg.

»Du wolltest es wissen.« Er hob entschuldigend die Schultern.

»Ja, das wollte ich«, erwiderte ich. »Und so etwas wolltest du mit mir tun?«, fragte ich vorsichtig.

»Ich will es immer noch«, entgegnete er ruhig, als ob wir über etwas völlig Belangloses sprechen würden. »Ich wollte dich vom ersten Moment an aus diesem fürchterlichen Hosenanzug holen und dich so lange mit deiner Lust quälen, bis du mich um einen Orgasmus anbettelst.« Ich riss die Augen auf, was Devon interessiert zur Kenntnis nahm. »Aber mittlerweile habe ich Bedenken, ob es gut für dich ist, wenn du dich mir sexuell völlig auslieferst. Man muss stark sein, um das auszuhalten, denn ich bin sehr kreativ darin, eine Frau an ihre Grenzen zu treiben.«

Was für ein Versprechen! Ich spürte eine Hitze zwischen meinen zusammengepressten Schenkeln aufsteigen, die ich allein mit den angenehmen Außentemperaturen nicht erklären konnte.

»Geht es dir immer um Grenzüberschreitungen?«, fragte ich heiser.

Seine Augen blitzten. »Wahrscheinlich tut es das.«

Ein Teller schwebte vor meinem Gesicht entlang. Cecil war wieder da und servierte das Essen.

»Danke«, murmelte Devon, und Cecil verschwand, nachdem sie uns einen guten Appetit gewünscht hatte.

Ich musste ihr zugutehalten, dass sie wusste, wann sie störte.

»Lass uns essen«, sagte Devon und beendete vorerst unser Gespräch.

Ich nickte und nahm mein Besteck. Der Salat war fantastisch und der Lachs auf den Punkt gegart. Während wir schweigend aßen, versuchte ich, meine Gedanken zu ordnen. Vielleicht war es an der Zeit, meine mir selbst auferlegte Askese zu beenden? Doch war ich wirklich bereit, mich auf seine Vorlieben einzulassen, was auch immer sie im Detail bedeuten mochten?

Nachdenklich trank ich einen Schluck Rotwein. Ich musste mir endlich eingestehen, dass ich Devons Anziehungskraft schon längst erlegen war. Sarah hatte das schon ganz richtig erkannt. Ich wollte ihn, und mein Traum hatte mir vermutlich schon die Dinge angedeutet, die vor mir liegen konnten; sündige Dinge, qualvolle Lust und berauschende Höhepunkte.

Er war der erste Mann, der Lust in mir weckte, allein schon durch seine bloße Anwesenheit. Das hatte nicht einmal George vermocht, und ihn hatte ich bisher für meine einzige und große Liebe gehalten.

Egal was Devon mit mir tat, ich war plötzlich bereit, mich damit zu arrangieren. Vielleicht war es nur eine spontane Laune dieses Abends, die mich so denken ließ? Die Stimmung, die zwischen Devon und mir herrschte, dieses verlockende Knistern, verführte mich dazu, nicht über die Konsequenzen meiner Entscheidung nachzudenken.

Auf einmal verstand ich Sarah nur zu gut. Dieses Mal saß ich am Rand einer Pralinenschachtel, und die Versuchung zuzugreifen war einfach zu groß. Ich wollte ihn, und wenn es im Moment nur eine sexuelle Beziehung war, dann war das besser als keine. Ich würde nur eine einzige Ausnahme machen und mein eigenes Versprechen brechen, mich nicht in New York auf einen Mann einzulassen. Das würde schon in Ordnung gehen. Sarah bekam das schließlich auch hin. Warum sollte ich nicht auch einmal einen Orgasmus haben?

Ich konnte ebenfalls unnahbar sein und Berufliches und Privates trennen. Das hatte mir Trevor in den letzten beiden Jahren schon beigebracht. Mit Sicherheit würde ich es dann auch schaffen, eine Beziehung zu führen, die nur auf Sex basierte. Meine Gefühle müsste ich eben zurückhalten. Wenn Devon das konnte, würde es schon nicht so schwer sein.

Cecil tauchte scheinbar aus dem Nichts auf und räumte die Teller ab.

»Möchtest du noch ein Dessert?«, fragte Devon, bevor Cecil auch nur den Mund aufmachen konnte.

»Nein«, lehnte ich lächelnd ab, »ich bin satt.«

»Gut, noch ein Glas Wein?« Er hob die Flasche, und ich nickte.

»Ich bin einverstanden«, sagte ich, während der Wein glucksend in mein Glas floss und Cecil weit genug weg war, dass sie unserem Gespräch nicht mehr zuhören konnte.

»Womit?«

»Mit der Kategorie sexueller Objekte«, entgegnete ich lässig.

Devon lehnte sich zurück und musterte mich. Ein spöttisches Lächeln umspielte seine Lippen. Lippen, die ich gern auf meiner Haut spüren wollte. »Bist du dir sicher, dass du das schaffst?«

»Ja«, antwortete ich trotzig und so schnell, dass Devon klar sein musste, dass ich mir diese Entscheidung nicht allzu lange überlegt hatte. Trotzdem schien er so sehr auf meine Zustimmung gewartet zu haben, dass er seine Bedenken in Rekordzeit vergaß.

»Gut.« Er lächelte siegesgewiss. »Du machst mich sehr glücklich. Ich wusste, dass wir uns noch einig werden würden. Dann spielen wir jetzt nach meinen Regeln. Du kannst dir gar nicht vorstellen, wie sehr ich mich darauf freue.« Er beugte sich vor und legte seine Arme auf die Tischplatte. Dabei berührten seine Fingerspitzen wie zufällig meine Brustwarze, und selbst durch den Stoff meines Kleides und meiner Unterwäsche hindurch nahm ich die Berührung so intensiv wahr, als ob seine Finger glühen würden.

»Ich kann es kaum erwarten«, entgegnete ich und drängte mich gegen seine Hand.

Devon hob die Augenbrauen und lehnte sich zurück. »Wir haben viel Zeit, und die möchte ich mit allen Sinnen genießen«, erklärte er. »Ich möchte, dass du sie genießt. Ich werde Gefühle in dir wecken, die dich verändern werden, und ich bin gespannt darauf, welcher Schmetterling aus der Raupe schlüpft.«

»Wie metaphorisch!«, sagte ich perplex über sein Gedankenspiel und gleichzeitig erstaunt über die Dimensionen, in denen Devon dachte.

»Nimmst du die Pille?«, fragte er nun in neutralem Ton.

»Ja«, stotterte ich, erstaunt über den organisatorischen Charakter dieser Frage. Ich nahm die Pille schon seit Jahren wegen meines unregelmäßigen Zyklus.

»Sehr schön, dann steht unserem kleinen Arrangement ja nichts mehr im Wege.« Er sah mich erwartungsvoll an. »Ich will jetzt etwas von dir erfahren. Erzähl mir, was du magst!« Er wollte mich also tatsächlich kennenlernen.

»Ich liebe das Land«, sagte ich und lenkte meine Gedanken weg von dem erregenden Pochen in meinem Unterleib. »Ich liebe das Leben auf dem Land, die Natur, das Grün um mich herum und die Ruhe und die Abgeschiedenheit.«

»Dann bist du hier an der denkbar falschesten Stelle im Land. Warum bist du nach New York gekommen?«, fragte er und legte seine Hand sanft auf meine.

Obwohl ich durch das Kribbeln, das seine Berührung auslöste, Mühe hatte, mich zu konzentrieren, sprach ich weiter: »Ich bin in Minnesota auf einer Farm aufgewachsen. Meine Eltern leben immer noch dort. Nach der Highschool habe ich gedacht, ich muss etwas erleben, weg von der Eintönigkeit und der Tristesse des einfachen Lebens.« Ich holte tief Luft. Das war nicht der richtige Moment, um über meine tiefsitzende Enttäuschung mit meinem Ex zu sprechen. »Ich habe mich für einen Collegeplatz in New York beworben und eine Zusage bekommen. Nach dem College kam dann sofort der Job bei TC, und Trevor war so fair, mich in regelmäßigen Abständen zu befördern. Tja, seitdem bin ich hier, und es gab noch keinen echten Grund zu gehen. Obwohl es schön ist in New York, vermisse ich Minnesota immer mehr; die Weite der Landschaft, den endlosen Himmel, der sich in den Seen spiegelt. Auch meine Familie fehlt mir, meine Eltern und meine Großeltern, sie sind alle noch in Mankato.«

»Mankato? Das ist nicht weit von Minneapolis entfernt, oder?«

Ich nickte.

»Warum hast du nicht dort studiert?«, fragte Devon.

»Ich wusste damals nicht, wie sehr mir Minnesota einmal fehlen würde«, improvisierte ich. »Damals wollte ich nur weg und etwas erleben. Ich dachte, dass das in Minneapolis nicht möglich sein könnte, es war zu nah. Deswegen musste es New York sein.«

»Und hast du in New York genug erlebt?« Seine Stimme hatte einen tieferen Klang bekommen, und ich ahnte, was er eigentlich wissen wollte.

»Noch nicht«, flüsterte ich und beugte mich näher zu ihm. Ich wollte, dass er mich küsste, und ich dachte wirklich, er würde es tun. Es war die richtige Stimmung, der richtige Moment, aber er tat es nicht.

»Lass uns gehen«, sagte er stattdessen und lehnte sich wieder von mir weg.

Enttäuscht holte ich Luft.

Er stand auf und wartete auf mich. Ich erhob mich und sah erst jetzt, dass die Dämmerung schon über den offenen Himmel gezogen war. Die Nacht kündigte sich an, und ich hatte es nicht einmal bemerkt, so vertieft war ich in das Gespräch mit Devon gewesen.

»Einen schönen Abend, Mr. Draper«, rief uns Cecil hinterher, als wir die Dachterrasse verließen.

Offenbar war Devon oft genug hier, um die Rechnung nachgeschickt zu bekommen. Was für ein Service! Devon zog mich in den Aufzug, und als wir endlich allein waren, drehte er sich zu mir und legte seine Hand leicht auf meine Hüfte.

»Du bist wunderschön, Anya«, flüsterte er. »Ich mag dein dunkles Haar und diese tiefsinnigen, nachdenklichen Augen, die alles verstehen wollen und jedes Wort von mir analysieren.« Mit der anderen Hand strich er über meine Wange. Ich keuchte. Allein diese kleine Berührung brachte mich schon beinahe um den Verstand. »Was ich alles mit dir anstellen werde. Du wirst vor Lust explodieren«, flüsterte er so leise, dass ich kaum meinen Ohren traute.

Tu es sofort, wollte ich raunen, aber ich wagte es nicht. Die Überraschung über seine Worte hatte mir tatsächlich für einen Moment die Sprache verschlagen.

»Ich bin gespannt«, erwiderte ich schließlich stockend und versuchte zu lächeln. Die Aufzugstüren öffneten sich, und kurz darauf standen wir in der Tiefgarage.

»Es ist spät geworden«, sagte Devon mit einem Blick auf seine Uhr. »Ich sollte dich nach Hause bringen.«

»Ja, das solltest du«, pflichtete ich ihm bei.

Ich fühlte mich wie auf Glatteis, denn ich hatte keine Ahnung, was Devon vorhatte und in welchem Tempo er Lust zelebrierte. Vielleicht sollte ich der Sache ein wenig Antrieb geben, beschloss ich ungeduldig. Warten war eindeutig nicht meine Stärke. Ich war neugierig, denn vor mir lagen Überraschungen und unbekanntes Terrain.

Verstohlen beobachtete ich, wie seine kräftigen Hände um das Lenkrad geschlungen waren, wie er konzentriert in den nächtlichen Verkehr hinausstarrte und uns bis zu meinem Haus brachte.

Er parkte das Auto, und wir stiegen aus.

»Ich wünsche dir noch einen wunderschönen Abend«, sagte er höflich. Er wollte sich also tatsächlich Zeit lassen.

»Vielleicht ist es besser, wenn du mich noch nach oben bringst«, sagte ich mit dunkler Stimme und warf ihm einen aufreizenden Blick zu.

»Anya, ich weiß nicht, ob das eine gute Idee ist.« Seine Stimme war rauh, ich spürte die unterdrückte Erregung darin.

Das war unwiderstehlich. Ich seufzte. Hatte er Angst, dass er mich heute Abend überforderte? Ich wollte nicht warten. Ich hatte meine Entscheidung getroffen, und ich wollte sie auch sofort umsetzen.

»Bitte«, sagte ich.

Sein Blick brannte, und schließlich gab er auf. Er legte mir die Hand um meine Taille und drückte mich an sich. Mein Herz raste, als ich die Wärme seines ganzen Körpers fühlte. Ein süßer Schauer breitete sich in meinem Bauch aus, und ich unterdrückte ein sehnsuchtsvolles Seufzen.

Die vielen Menschen, die durch das nächtliche New York eilten und auf der Suche nach Vergnügen, Unterhaltung und Abwechslung waren, nahm ich kaum noch wahr, als wir über den Gehweg liefen. Ich sah nur noch Devon und konzentrierte mich auf seinen Gang und seine kraftvolle Gestalt neben mir.

Ich bog nicht zum Aufzug ab, sondern nahm die Treppen. Noch eine Fahrt in dem engen Raum würde ich nicht überstehen, ohne meine Anspannung zu verraten.

Auch Devon hielt sich zurück. Ich hörte seine Schritte hinter mir und auch seinen Atem, doch er sagte nichts, sondern folgte mir schweigend. Beinahe erwartete ich seine Berührung an meinen Beinen, doch er tat nichts. Allein schon der Gedanke war lustvoll, und mein Atem ging nicht nur wegen der Stufen, die ich zügig nach oben stieg, schneller.

In der dritten Etage bereute ich zutiefst, nicht den Aufzug genommen zu haben, dann wären wir schon längst da. Ich spürte den String auf meiner Haut, spürte, wie er zwischen meinen Beinen rieb. Erleichtert öffnete ich in der fünften Etage die Tür zum Flur und trat in den hohen Gang zu meinem Apartment.

»Wir sollten öfter die Treppen nehmen«, raunte mir Devon ins Ohr, als er hinter mich trat. »Das war eine sehr inspirierende Erfahrung.« Sein Körper streifte scheinbar zufällig meinen und löste eine weitere Welle der Erregung in meinem Unterleib aus.

»Ja«, stimmte ich ihm knapp zu. Mehr konnte ich nicht herausbringen, ohne meinen Zustand zu verraten. Ich suchte den Schlüssel in meiner Handtasche und öffnete mit zitternden Händen die Tür. Devon Draper war in meinem Apartment, und die Tür fiel hinter uns ins Schloss.

KAPITEL 16

Er schien die Ruhe in Person zu sein, als er durch den Raum schlenderte und sich umsah. Er war der erste Mann, den ich hierher einlud, außer dem Elektriker, der letzten August meinen Kühlschrank repariert hatte.

»Du magst es tatsächlich grün«, stellte er fest, als er meine Pflanzen betrachtete, die in der Nähe des Fensters standen. Ich hatte einen Deckenfluter eingeschaltet, der ein schummeriges, indirektes Licht verströmte und ein warmes Halbdunkel schuf.

»Ja, das tue ich. Ich liebe es, den Tag draußen zu beginnen.« Devon nickte und kam langsam auf mich zu.

»Du hast ein schönes Apartment«, sagte er. »Sehr geschmackvoll eingerichtet.«

»Danke«, flüsterte ich. Wen interessierte jetzt meine Einrichtung? Ich wollte etwas ganz anderes. Devon blieb direkt vor mir stehen und schien zu warten.

»Möchtest du etwas trinken?«, fragte ich heiser und erinnerte mich an die grundlegenden Höflichkeiten einer Gastgeberin.

»Nein.« Devons Stimme klang dunkel. »Trinken möchte ich nichts.« Er beugte sich näher zu mir, und ich konnte nicht länger warten.

»Küss mich«, flüsterte ich, als seine Lippen noch immer viel zu weit von meinen entfernt waren.

»Warum sollte ich das tun?«, fragte er mit einem tiefen Klang in seiner Stimme, dessen Resonanz ich tief in meinem Inneren spürte.

»Weil ich es möchte«, entgegnete ich wahrheitsgemäß.

»Dann werde ich jetzt eine Ausnahme machen und tun, was du möchtest.« Sein Gesicht kam näher, während ich seine Hände an meinen Hüften spürte, die mich zu ihm zogen. Bevor ich meine Arme um ihn schlingen konnte, lagen seine Lippen weich und sinnlich auf meinen. Ich schloss die Augen und erwiderte den zarten Kuss, während ich darauf wartete, dass das süße Ziehen in mir seine Kraft verlor. Doch Devons Kuss wurde wilder und stürmischer, und das Ziehen wurde zu einem unerträglich schönen Brennen.

Mein Atem ging immer schneller, während ich Devons Kuss ohne Zurückhaltung erwiderte. Es war wie ein Rausch, als er mich an die Wand drückte, meine Handgelenke packte und sie über meinen Kopf zog, ohne unseren Kuss zu unterbrechen. Seine Zunge drang in meinen Mund ein, und ich keuchte, als er seinen Oberschenkel zwischen meine Beine drängte. Seine Küsse wanderten von meinem Mund über meinen Hals bis hin zu meinem Ohr.

»Du hast mich mit in dein Apartment genommen, obwohl du genau gewusst hast, was ich von dir möchte«, raunte er, und die Haare in meinem Nacken stellten sich erwartungsvoll auf, als sie sein heißer Atem streifte. »Jetzt machen wir auf meine Weise weiter«, sagte er vielversprechend. In meinem Bauch bebte es lustvoll. Seine Weise? Hatte er einen gut aussehenden Freund bestellt und wollte mich an mein Bett fesseln? Die Vorstellung war berauschend und abwegig zugleich. Ich wollte endlich wissen, was diesen geheimnisvollen Mann wirklich erregte, und nickte.

»Sehr schön«, knurrte er, als er mein Einverständnis registrierte. Er löste den Griff seiner Hände und gab mich frei. Dann nahm er meine Hand und zog mich zum Sofa hinüber.

»Dreh dich um!«, ordnete er an, und ich befolgte seinen Befehl. »Beug dich nach vorn!« Ich wusste nicht, was er vorhatte, aber ich tat, was er verlangte, und beugte meinen Oberkörper nach vorn, bis mein Bauch die Lehne des Sofas berührte und ich mich darauf abstützen konnte. Devon drängte sich von hinten an mich, ich spürte seine Erregung, und das machte mich noch ungeduldiger. Er wollte mich, und dieser Gedanke war unerträglich schön. Seine kräftigen Hände umspannten meine Hüften und bewegten sich nach unten zu meinem Po. Er zog mein Kleid nach oben und entblößte meinen Unterleib.

»Meine Wäsche steht dir ganz hervorragend«, stellte er fest. »Ich liebe es, wenn Frauen schöne Wäsche tragen. Das Ausziehen macht dann doppelten Spaß.« Er griff in den Bund des winzigen Höschens und zog fest daran. Der Stoff schnitt sich in meine Haut und ich keuchte lustvoll auf.

Bevor ich mich wundern konnte, warum mich sein rasanter Wechsel von Zärtlichkeit zu rauher Lust so sehr erregte, lockerte er seinen Griff und zog den String von meinen Hüften. Das kleine Stück Stoff fiel nach unten, und ich spürte es zwischen meinen Füßen, die noch immer in den hohen Schuhen steckten. Die Stellen, an denen der Stoff in meine Haut geschnitten hatte, brannten heiß, und ich fühlte mich erregend entblößt.

»Spreiz die Beine!« Devons Stimme klang rauh und erregt. Als ich langsam das rechte Bein bewegte und dann das linke, holte er geräuschvoll Luft. Ich spürte seinen Blick und hörte, wie sein Atem hinter mir immer schwerer wurde. Meine Blöße erregte ihn, und dieser Gedanke machte mich wahnsinnig. Ich wartete endlos darauf, dass er mich berührte, aber nichts passierte.

Ich wagte nicht, mich umzudrehen, ich wusste, dass das zu seinem Spiel gehörte. Und eines wusste ich schon jetzt: Er beherrschte dieses Spiel perfekt, und ich liebte es von der ersten Minute an.

»Ich liebe deinen Po«, sagte er schließlich, und ich hörte, wie er seine Kleidung ablegte. »Und es wird mir eine Freude sein, dich gleich zu ficken.«

Ficken? Jedem anderen Mann hätte ich für dieses Wort eine Ohrfeige verpasst, aber aus Devons Mund klang es nicht obszön, es klang nach hoch potenzierter Lust, und in diesem Moment wollte ich nichts anderes, keinen langweiligen, unbefriedigenden Sex im Dunkeln mit hochgezogener Bettdecke. Nein, ich wollte etwas von dieser rasenden Leidenschaft, von der Devon durch und durch erfüllt war.

Ich spürte, wie seine Finger genussvoll meinen Po berührten, ihn erst sanft streichelten und dann fester kneteten. Seine Finger wanderten nach oben, an meinem Bauch entlang bis zu meinen Brüsten. Durch den Stoff meines Kleides hindurch berührte er meine Brustwarzen, die sich sofort aufstellten und fest wurden. Während er eine Hand um meine Brust legte, drang er mit der anderen in mich ein.

»Anya«, sagte er halb bewundernd, halb vorwurfsvoll, als sein Finger leicht in mich hineinglitt. Ich war bereit, mehr als nur bereit. Ich spürte zwei Finger in mir, die sich rhythmisch bewegten, und keuchte auf. Die Lust überwältigte mich.

»Mehr!«, bat ich. Fick mich! Ich dachte die Worte, und doch traute ich mich nicht, sie auszusprechen.

»Alles zu seiner Zeit«, raunte mir Devon ins Ohr. Oh nein, er wollte mich weiterquälen. Ich stöhnte frustriert auf.

Er drang tiefer in mich ein, und ein leichter Schmerz mischte sich in meine Lust. Er bewegte seine Hand erst langsam und dann schneller und mein Atem folgte seinem Rhythmus. Ein warmes Schaudern kletterte die Innenseite meiner Schenkel empor, erinnerte mich an die Lust in meinem

Traum, und mir wurde klar, dass ich auf einen Orgasmus zusteuerte.

Das ging viel zu schnell, das war unmöglich. Immer wieder drang er in mich ein, trieb mich weiter und weiter. Ohne Vorwarnung stoppte er plötzlich seine Bewegung und massierte stattdessen meine Klitoris. Wie einen regenbogenfarbenen Pfeil sah ich die Lust vor meinen Augen blitzen.

»Ah!«, stöhnte ich auf, als Devons Druck immer fester wurde. »Hör nicht auf, ich komme gleich«, keuchte ich. Doch er stoppte seine Bewegung im richtigen Moment, und ich fluchte.

»Jetzt bin ich dran«, informierte er mich erstaunlich sachlich, aber ich hörte das tiefe Grollen, das in seiner Stimme mitschwang. Dann umfasster er meine Hüften. Ich spürte seine Erregung an meinem Po und seufzte sehnsuchtsvoll.

Endlich drang er in mich ein, füllte mich aus, fest und hart. Kein Mann, mit dem ich bisher geschlafen hatte, reichte an Devons Größe heran. Ich konnte kaum fassen, was ich da in mir spürte. Mit langen, tiefen Stößen dehnte er mich immer weiter aus. Meine Knie begannen zu zittern, so intensiv war die Lust, die ich spürte.

»Anya«, keuchte Devon. Mir gefiel dieser Ton. Ich spürte seinen Körper, kraftvoll und muskulös, und verstand plötzlich nicht mehr, wie ich jahrelang auf so etwas unglaublich Schönes wie Sex hatte verzichten können. Er beugte sich über mich, und seine Hände umspannten meine Brüste.

Er stieß jetzt fester zu, und hätte ich nicht auf dem Sofa gelehnt, hätte ich mich nicht festhalten können. Die Lust wallte wieder auf und ich spürte, wie sich ein Orgasmus näherte. Mein Atem ging immer schwerer, und ich wollte kommen, endlich. Ein Schmerz durchzuckte mich und bremste meine Lust. Devon hatte mit seinen Fingern meine Brustwarzen gefasst und drückte und knetete sie ohne Rücksicht.

»Au!«, beschwerte ich mich, doch er setzte unbeirrt sein schmerzvolles Spiel mit meinen Brüsten fort. Und jetzt spürte ich es deutlich. Der Schmerz feuerte meine Lust noch stärker an, peitschte sie noch weiter in ungeahnte Höhen.

Ein Stöhnen entfuhr mir, und ich konnte es nicht mehr aufhalten. Ich kam, und zwar in einer Intensität, die ich niemals für möglich gehalten hätte. Der Orgasmus, den mir mein Traum beschert hatte, war eine laue Welle gegen das Ungetüm, das mich jetzt überrollte. Ich tauchte ab in ein Feuerwerk aus bunten Lichtern, ich keuchte und bäumte mich unter Devons Händen auf. Ich spürte, dass er genau merkte, was mit mir los war, und dass ihn mein Höhepunkt antrieb.

Sein Rhythmus blieb schnell und kraftvoll und mein Orgasmus klang in langen Wellen aus. Das war verdammt gut, viel zu gut, und noch während dieser Orgasmus verebbte, beschloss ich, dass es nicht der letzte sein durfte.

Auch Devon kam, ich hörte seinen schweren Atem an meinem Ohr, spürte, wie sein Körper sich anspannte, fest wurde und er sich in mich ergoss.

»Anya, du bringst mich um den Verstand«, flüsterte er, als er schwer auf meinem Rücken liegen blieb. Unser Atem wurde langsamer und leichter.

»Warum?«, fragte ich und befreite mich von seinem Körper. Ich zog die Schuhe aus und ließ mich erschöpft auf mein Sofa fallen.

»Von diesem Moment habe ich geträumt, seitdem ich dich das erste Mal getroffen habe.« Er ließ sich neben mich sinken.

»Wenn, dann bringst du mich um den Verstand. Sind das die Spiele, die du mit Frauen gerne spielst?« Ich sah ihn neugierig an.

»Nein, das war nur eine sehr sanfte Version, auch wenn ich mich dafür entschuldigen muss, dass ich mir heute keine

Zeit gelassen habe.« Er rückte zu mir und küsste mich zärtlich.

»Sanft?« Ich sah ihn vorwurfsvoll an. »Das war doch nicht sanft. Das war der härteste Sex, den ich jemals hatte.« Und der beste noch dazu.

»Hart?«, fragte er sichtlich überrascht.

»Ja, hart«, bestätigte ich. Was hatte Devon bisher angestellt, wenn er das hier für sanft hielt? Das war hart, eindeutig sogar.

»Es hat dir gefallen«, stellte er fest. »Ich war heute sanft zu dir. Dein Kopf muss sich nur noch an das gewöhnen, was dein Körper fühlt.«

Ich sah ihn überrascht an.

»Du wirst dich schnell daran gewöhnen«, sagte er siegessicher. »Wir fangen mit dieser Nacht an, denn ich bin noch lange nicht mit dir fertig.«

Die Lust brannte verräterisch in meinem Bauch.

»Das war nicht übel«, sagte ich, und Devon zog die Augenbrauen hoch. »Aber das hier ist auch nicht schlecht.« Ich lehnte mich an ihn und küsste ihn sanft.

»Da hast du vollkommen recht.« Er erwiderte lächelnd meinen Kuss. Seine Lippen lagen auf meinen, fordernd und sanft zugleich. Seine Zunge erforschte meinen Mund, und das elektrisierende Kribbeln begann sich schon wieder in meinem Körper auszubreiten.

Mein Blick streifte die Uhr und erinnerte mich daran, dass in sechs Stunden mein Wecker klingeln würde, egal wie ich die Nacht verbracht hatte. Ich schloss die Augen und verdrängte den Gedanken an die Arbeit. Es war mir egal. Das hier war tausendmal besser, selbst wenn ich morgen vor Trevors Augen einschlafen würde. Nach Jahren, die mein Körper im Büro im Halbschlaf verbracht hatte, fühlte ich mich mit einem Mal so unglaublich lebendig, dass ich vor Glück lachen wollte.

KAPITEL 17

Hatte ich alles nur geträumt? War dieser berauschende und betörende Abend nur eine nächtliche Illusion meines überreizten Körpers gewesen so wie beim letzten Mal? Lieber das, als den Tatsachen ins Auge zu sehen, dachte ich, während ich neben mir in den ausgekühlten Decken nach Devon tastete.

Als ich meine Augen öffnete, bestätigten sie mir nur das, was meine Hände schon erkundet hatten: Ich war allein. Es waren nicht Devons liebevolle Küsse gewesen, die mich geweckt hatten, sondern der Wecker, der mich daran erinnerte, dass ich schon bald im Büro auftauchen musste.

Obwohl ich vorher gewusst hatte, worauf ich mich einließ, versetzte mir das Alleinsein einen schmerzhaften Stich direkt in mein Herz. Der Gedanke lähmte mich so sehr, dass ich mich nicht aufraffen konnte, zum Laufen zu gehen.

Du hast es doch gewusst, rief ich mir zu, als ich in die Küche tapste, um mir einen Kaffee zu kochen. Devon hatte von Anfang an klargemacht, dass er nicht der Typ für eine Beziehung war.

Er hatte es selbst gesagt, und ich hatte mein Einverständnis dazu gegeben, wohl wissend, worauf ich mich einließ. Doch mir ging es nicht gut. Ich kam nicht halb so gut mit diesem einsamen Morgen zurecht, wie ich gehofft hatte. Der Krampf in meinem Herzen fühlte sich ein wenig so an wie der Kopfschmerz nach einer durchzechten Nacht. Vermutlich war dieser »Herzkater« die Quittung für meine unüberlegte Entscheidung.

Ich ließ mich mit der Tasse Kaffee in der Hand auf einen Küchenstuhl sinken und sah aus dem Fenster. Der trübe Morgen unterstrich meine düstere Stimmung. Ich wandte mich vorsorglich ab. Doch der Blick in mein Apartment war nicht besser. Mein Kleid hing noch über der Sofalehne, und der verräterische String lag vermutlich unter dem Sofa.

Was hatte ich erwartet? Hatte ich allen Ernstes gedacht, dass er seine Einstellung meinetwegen ändern würde? Das laute Ja in mir versuchte ich geflissentlich zu überhören, während ich meine rationale, bürotaugliche Seite weckte: Ich hatte die Nacht genossen, und jetzt sollte ich die Sache nicht überbewerten, ermahnte ich mich, genauso wie ich es mit den wenigen durchzechten Nächten auf dem College getan hatte.

Dummerweise war für mich die vergangene Nacht eine körperliche Offenbarung gewesen. Ich hatte ja keine Ahnung gehabt, zu welchen rauschartigen Lustzuständen mein Körper in der Lage war. Devon war nicht einfach nur ein Vulkan, er war wohl eher eine ganze Kontinentalplattenverschiebung.

Doch ich wusste nicht, wie es weitergehen würde. Devon hatte gesagt, dass die gestrige Nacht erst der Anfang sein würde, aber wie regelmäßig er vorhatte, sich mit mir zu treffen, hatte er keineswegs näher erläutert.

Welche Gesetzmäßigkeiten galten für seine Kategorie der sexuellen Objekte? Ich dachte über diesen Begriff nach. Was hatte ich nur getan?

Hatte ich mich tatsächlich gestern Abend bereitwillig auf ein sexuelles Objekt reduzieren lassen? Ein Blick zum Sofa reichte als beschämende Antwort.

Schnell trank ich meinen Kaffee aus und machte mich auf den Weg zur Reinigung, um meine Hosenanzüge abzuholen.

Eine Stunde später schlich ich mich im Büro möglichst unauffällig in den Meetingraum, um die Berichte zu holen, die noch von unserem Treffen am vergangenen Abend dort lagen.

War es tatsächlich nur wenige Stunden her, dass es hier begann? Der vergangene Abend war weit weg, ganz weit weg, und trotzdem fühlte ich mich Devon so nah, dass ich in diesem Augenblick wünschte, er würde durch die Tür kommen und sagen, dass alles anders wäre. Dass er sich in mich verliebt hätte und mehr wollte als nur Sex.

Ich starrte eine Weile die Tür an, bis ich bemerkte, wie albern das war, was ich hier tat. Entschlossen verließ ich den Meetingraum und ging zu meinem Schreibtisch. Trevor würde heute wieder im Büro sein und mir keine Zeit zum Nachdenken geben, und das war gut so.

Ich gähnte und schaltete meinen Computer an. Nachdenken würde mich ohnehin nicht weiterbringen, beschloss ich und konzentrierte mich auf mein Outlook.

»Anya, herkommen!«, brüllte Trevor eine halbe Stunde später durchs Büro. Ich schnappte meinen Terminkalender und setzte mich in Bewegung. Trevor enttäuschte meine Erwartungen nicht. Angeheizt von seiner Dienstreise bombardierte er mich regelrecht mit Anweisungen, und ich kam tatsächlich keine Sekunde mehr dazu, mir Gedanken über Devon Draper und meine Rolle in seinem Leben zu machen.

Als Trevor zum Lunch ging, klingelte mein Telefon. Überrascht hob ich den Kopf von meinem Bildschirm. Ich hatte heute Vormittag nicht einmal Zeit gehabt, mir einen zweiten Kaffee zu holen.

»Transatlantic Coffee …«, meldete ich mich. Doch bevor ich mein Sprüchlein zu Ende bringen konnte, unterbrach mich Sarahs Stimme.

»Hi, Anya, kommst du mit zum Lunch? Ich habe Neuigkeiten.«

»Ich würde unheimlich gern, aber ich kann nicht.«

»Lass mich raten! Trevor, der alte Sklaventreiber, lässt dich nicht vor die Tür, bevor du die Linsen aus der Asche gelesen hast?«

Ich kicherte ungewollt.

»So ähnlich. Sag Olivia Bescheid, wir treffen uns heute Abend! Da kannst du mir deine Neuigkeit bei einem Glas Wein berichten.«

»Einverstanden, bis später.« Sarah legte auf, und ich dachte kurz darüber nach, was für Neuigkeiten sie wohl zu erzählen hatte. Sicherlich hatte sie einen Mann kennengelernt, mit dem sie bisher nicht im Bett gewesen war. Für Sarah wäre das allerdings eine Sensation. Obwohl, überlegte ich, wenn Sex jedes Mal so war wie mit Devon, würde ich ihr nie wieder Vorwürfe machen. Ich wusste nicht, ob ich es schaffen würde, zwei Wochen abstinent zu bleiben, wenn er in meiner Nähe war.

Selbst jetzt, nur zwölf Stunden danach, spürte ich eine erregende Unruhe, wenn ich an seinen Körper dachte und an das, was er mit mir getan hatte. Ich zwang mich, diesen Gedanken sofort wieder aus meinem Kopf zu verscheuchen.

Der Kater dieses Morgens hatte sich mittlerweile verflüchtigt, und ich hatte etwas gesunden Abstand zu der vergangenen Nacht gewonnen. Devon fand mich interessant, und wir waren im Bett gelandet, na ja, zumindest auf dem Sofa.

Mehr als eine leidenschaftliche Affäre für die Befriedigung einer vergänglichen Lust durfte ich nicht erwarten. Mein Schock über mein eigenes schamloses Verhalten war mittlerweile verflogen. Ich war eine erwachsene Frau, und ich hatte Bedürfnisse, und es sprach nichts dagegen, wenn ich sie im Rahmen eines kleinen Abenteuers befriedigte.

Ich konzentrierte mich wieder auf meinen Bildschirm. Trevor hatte mir eine Liste möglicher Lieferanten gegeben, die ich auf ihre Tauglichkeit für TC prüfen sollte. Das war jetzt wichtiger, denn wenn ich damit bis heute Abend nicht fertig werden würde, konnte ich den gemütlichen Abend mit Sarah und Olivia vergessen.

Pünktlich um neunzehn Uhr legte ich Trevor die Liste und die Abschlussberichte für Draper Consulting auf den Tisch und verabschiedete mich. Er hatte mir heute nur zweimal gedroht, mich zu feuern. Eigentlich war es ein guter Tag gewesen. Obwohl ich nicht an Devon denken wollte, hatten sich immer wieder ungewollte Gedanken an ihn in meinen Kopf geschlichen, wenn ich einen Moment unkonzentriert gewesen war.

Ich schlenderte die belebte Straße entlang und nahm den herannahenden Sommer wahr. Die Luft war warm, die Kleidung um mich herum legerer, man sah mehr Haut, und auch die Dichte der Sonnenbrillen war gestiegen.

Vielleicht sollte ich mir von meinem nächsten Gehalt mal wieder ein neues Outfit leisten, beschloss ich, obwohl ich immer knapp kalkulieren musste, nachdem die Miete abgebucht worden war und ich meine Ersparnisse jeden Monat um ein paar hundert Dollar aufgestockt hatte. Ich besaß lediglich drei Kleider, etliche Hosenanzüge und natürlich Jeans und T-Shirts, aber verglichen mit Sarahs Fundus war besonders meine Abendgarderobe dürftig.

In Gedanken an neue Schuhe und Kleider vertieft, fuhr ich mit dem Aufzug zu meinem Apartment. Ich klopfte bei Sarah und auch bei Olivia, aber die beiden waren noch nicht da. Gut, dann blieb mir bis zum Abendessen noch ein wenig Zeit, um aufzuräumen. Ich schlüpfte in gemütliche Jeans und ein rotes T-Shirt und begann meine Wäsche einzusammeln.

Das Kleid von letzter Nacht lag immer noch über der Sofalehne, und auf Knien hockend fand ich unter dem Sofa tatsächlich den String. Devon liebte schöne Unterwäsche, aber davon besaß ich herzlich wenig. Ich hasste es, wenn ich im Büro saß und mich den ganzen Tag die Bügel eines BHs drückten oder die todschicke Spitze meines Slips am Po rieb.

Allerdings sollte ich für Devon vielleicht ein paar Ausnahmen machen. Ich seufzte bei dem Gedanken an diesen wilden und harten Sex, der meinen Körper berauschte und mich Dinge fühlen ließ, die ich tatsächlich nicht für möglich gehalten hatte.

Ich untersuchte den Kühlschrank auf seinen Inhalt. Mein Magen knurrte, außer einem Sandwich zwischendurch hatte ich heute noch nichts gegessen. Hoffentlich würde Olivia kochen, denn mein Kühlschrank gab nichts her.

Es klopfte, und ich ging zur Tür, um zu öffnen. Endlich war Sarah da, oder war Olivia die Erste?

»Ich habe Mordshunger!«, sagte ich, während ich die Türklinke drückte. Dann sagte ich nichts mehr, denn vor Schreck fehlten mir die Worte.

»Devon?«, stotterte ich schließlich heiser und konnte meinen Blick nicht von seinem Gesicht wenden. Er lehnte in der Tür wie ein menschgewordener Tagtraum einsamer Frauen. Die vollen braunen Haare fielen ihm leicht in die makellose Stirn. Er musterte mich durchdringend mit seinen hellen blauen Augen, und ich vergaß alles, was ich denken oder sagen wollte.

Ich sah nur noch den Himmel von Minnesota in diesen Augen und wusste: Ich war daheim.

»Es trifft sich gut, dass du Hunger hast, denn ich hatte vor, dich zum Essen einzuladen.« Er grinste amüsiert, als er meinen Gesichtsausdruck sah.

»Was machst du hier?«, fragte ich überrascht, weil es mir heute Morgen noch so unmöglich erschienen war, dass Devon so schnell wieder hier auftauchen würde.

»Ganz ehrlich?«

Ich nickte.

»Ich musste den ganzen Tag an dich denken.«

»Wirklich?«, fragte ich überrascht.

»Wir haben noch nicht über alles gesprochen, was ich von dir wissen möchte.«

»Das ist richtig, wir haben auch noch nicht über die Dinge gesprochen, die ich wissen will.«

»Dann lass uns gehen«, sagte Devon entschlossen.

»Gute Idee.« Ich nickte. Sarah würde mir verzeihen und Olivia bestimmt auch, wenn ich sie sitzen ließ, aber dieses Angebot konnte ich nicht ausschlagen. Er war wiedergekommen, und das war so unglaublich, dass ich vor Glück explodieren wollte.

»Komm rein, ich muss mich nur schnell umziehen«, sagte ich mit einem Blick auf meine Jeans.

Devon sah prüfend nach unten: »Ich mag deinen Po am liebsten nackt, aber in dieser Jeans sieht er auch sehr vielversprechend aus.«

Ich schluckte und starrte ihn an. Er hatte das unschlagbare Talent, mich vollkommen aus der Fassung zu bringen.

»Danke«, sagte ich verdattert. War das die richtige Antwort für solch ein Kompliment? Egal! Ich ging in mein Schlafzimmer und inspizierte den Inhalt meines Kleiderschrankes. Verdammt, im Hosenanzug konnte ich schlecht ausgehen. Das Sommerkleid war ungeeignet, das cremefarbene Kleid lag im Wäschekorb, und das kleine Schwarze, das hier noch hing, fand ich etwas zu gewagt für ein Abendessen. Ich war für Dates einfach nicht vorbereitet. Mir fiel nur eine

Stelle ein, an der ich so kurzfristig ein passendes Outfit auftreiben konnte.

»Bin gleich wieder da«, rief ich Devon zu, der vor meinem Bücherregal stand und interessiert die Titel las. Ich schnappte mir den Schlüssel zu Sarahs Apartment und eilte hinüber. Das war ein Notfall, und für Notfälle hing ihr Schlüssel schließlich bei mir. Ich schloss auf und ging in Sarahs Ankleidezimmer, das an ihr Schlafzimmer grenzte. Ich hatte vergessen, wie viele Kleider Sarah besaß. Ich entschied mich für das himbeerfarbene Cocktailkleid und streifte es über. Meine samtschwarzen Pumps würden gut dazu passen. Ich nahm Sarahs Notizblock und hinterließ ihr in ihrer Küche eine Nachricht:

Liebe Sarah,
Devon Draper hat mich zum Essen eingeladen. Du verstehst sicherlich, dass ich da nicht nein sagen konnte. Danke, dass du mir ein Kleid geliehen hast. Wir holen das Abendessen nach.
Anya

Ich schloss Sarahs Apartment sorgfältig wieder ab und ging mit klopfendem Herzen zurück zu Devon.

»Ich hatte keine Ahnung, dass du Krimis und Thriller magst«, sagte er, als ich in mein Wohnzimmer trat.

»Doch, ich habe da eine Schwäche für mysteriöse Kriminalfälle und absolute Spannung.«

»Du magst also doch den Kick der Gefahr?« Er klang hoffnungsvoll, während er einen Finger über die Buchrücken gleiten ließ und schließlich einen schmalen Band hervorzog.

»Nur solange ich auf dem Sofa sitze und sich die Gefahr ausschließlich in meinem Kopf abspielt«, erklärte ich.

Er stand unwirklich schön vor meinem Bücherregal. Offenbar dachte er über das nach, was ich soeben gesagt hatte, als wenn es ein ungewöhnlicher Gedanke wäre, der nicht so recht in seinen Kopf passen wollte.

»Vielleicht sollte ich das auch einmal probieren«, meinte er nachdenklich und stellte das Buch wieder in das Bücherregal. Dann drehte er sich um und sah zu mir herüber. Seine Augen weiteten sich. Das Kleid schien mir zu stehen.

»Anya, du siehst atemberaubend aus«, sagte er und war mit nur wenigen Schritten an meiner Seite.

»Danke«, flüsterte ich, überrascht von seiner Reaktion. Wenn hier jemand schön war, dann war er es. In seiner eleganten dunklen Anzughose und dem schwarzen Hemd sah er verboten gut aus, und er war hier bei mir. Er war wiedergekommen, und das musste doch irgendetwas bedeuten.

»Lass uns gehen, bevor mir noch etwas anderes einfällt, was ich lieber mit dir machen möchte«, sagte er leise, und seine Stimme hatte den dunklen, verlockenden Klang angenommen, dem ich nichts entgegensetzen konnte.

Essen? Warum essen, wenn wir es gleich hier tun könnten? Mein Herz raste, und die Lust wallte in heißen Wellen durch meinen Körper. Nur der Gedanke an Sex mit ihm schien auszureichen, um mich in Ekstase zu versetzen. Ich trat einen Schritt auf ihn zu und berührte ganz leicht seinen Körper, während ich ihm einen tiefsinnigen Blick zuwarf.

»Schön, dass ich dir auch gefehlt habe«, sagte er mit diesem spöttischen Lächeln, das mir ganz klar sagte, dass er mich durchschaute. »Du bist mir nicht aus dem Kopf gegangen. Der Abend gestern war wirklich erfrischend anders.«

»Anders?« Ich riss die Augen bedeutungsvoll auf. »Soll das ein Kompliment sein?«

»Ja«, sagte er nach reiflicher Überlegung. »Deswegen bin ich auch hier. Ich möchte unsere interessante Konversation noch ein wenig fortführen. Du bringst mich mit deinen seltsamen Fragen zum Nachdenken, und es hat schon lange keiner mehr geschafft, mich dazu zu bewegen, mein Leben von einer anderen Seite zu betrachten.«

»Du meinst die Feststellung, dass deine Suche nach dem Kick lebensmüde ist?«

»Zum Beispiel.« Er drückte mir einen Kuss auf die Stirn und schob mich zur Tür hinaus. »Lass uns essen gehen! Im Restaurant lässt es sich besser reden als hier, wo ich ständig mit dem Gedanken spiele, dich auf dieses Sofa zu werfen.« Ich fand mich im Flur wieder und überlegte, was reizvoller war. Noch weiter in die Geheimnisse von Devons Leben und Lebenseinstellung einzudringen oder ihn zurück in mein Apartment zu ziehen?

Was dachte ich nur? Ich war nie ein männerverschlingender Vamp gewesen. Ganz im Gegenteil: Bisher hatte ich mich aus dem ganzen Liebesgeschäft herausgehalten, und das aus gutem Grund.

Doch Devon ließ mich an all meinen guten Vorsätzen gewaltig zweifeln. Er brachte eine hungrige Seite an mir zum Vorschein, die ich selbst noch nicht kannte und die mir ein wenig Angst machte. Aber ich konnte nicht anders, seine pure Anwesenheit elektrisierte mich und berauschte mich regelrecht.

Wenn mir jemand vor einem Monat erzählt hätte, welche Gedanken mir bald durch den Kopf gehen würden, hätte ich ihn vermutlich für verrückt erklärt.

»Lass uns gehen«, sagte ich, bevor die unanständige Seite in mir die Diskussion gewinnen konnte.

»Gute Idee«, erwiderte er in sanftem Ton und legte seine Hand auf meinen Rücken. »Ich kenne da ein sehr gutes asiatisches Restaurant.«

Wir liefen die kurze Strecke, und ich war froh, dass ich meine angestaute Energie in meinen Beinen benötigte. Ich sah die Blicke der Menschen, die an uns vorbeidrängten, und ich sah es selbst in den Schaufenstern: Wir sahen unglaublich gut aus zusammen. Selbst den New Yorkern fiel auf, dass zwischen uns die Chemie stimmte. Ich sah den Blick einer blonden Frau auf Devon ruhen, der seinen Arm inzwischen um meine Taille gelegt hatte und mich durch das Gedränge der Menschen lotste. Sie musterte sein Gesicht, seine breiten Schultern und die schmalen Hüften und dann prüfte sie, ob ich zu ihm gehörte und ihm ebenbürtig war. Dies geschah innerhalb von zwei Wimpernschlägen und sorgte nicht dafür, dass ich ruhiger wurde.

»Wie hast du geschlafen?«, fragte ich, nachdem ich in der Ferne schon die Dekoration eines chinesischen Restaurants erspäht hatte.

»Nicht halb so gut wie du. Du hast geschnarcht«, sagte er lachend.

»Das ist nicht wahr«, protestierte ich empört. Es wäre mir neu, dass ich Geräusche wie ein Höhlenbär von mir gab, wenn ich schlief.

»Bist du dir ganz sicher?« Er blinzelte schelmisch, und mir wurde klar, dass er mich veralbert hatte.

»Ist das also der Grund, warum du heute Nacht gegangen bist?«, fragte ich scheinheilig.

»Ich dachte, die Rahmenbedingungen unseres kleinen Arrangements wären klar?« Die kleinen Lachfalten neben seinen Augen waren verschwunden.

»Nein, ehrlich gesagt hast du die Rahmenbedingungen nicht weiter erläutert. Wann treffen wir uns zum Beispiel und wie oft?«

»Wenn ich Zeit habe, denn Lust habe ich vermutlich immer.« Er legte seinen Arm um mich.

»Haben wir ein exklusives Vorrecht aneinander, oder sind noch andere Partner erlaubt?«

»Du weißt, dass dein Leben mir gehört, seitdem ich dich aus dem Atlantik gefischt habe?«, sagte Devon ganz ruhig.

»Sehr witzig!«

»Nein, das meine ich ernst. Du gehörst mir. Keine anderen Männer!«

»Keine anderen Frauen?«

»Im Moment will ich keine anderen Frauen«, sagte er.

»Dann übernachte bei mir!«, forderte ich.

»Nein«, sagte Devon entschlossen. »Hier geht es darum, Lust zu zelebrieren. Es ist wichtig, dass wir einen gewissen Abstand zueinander einhalten.«

»Einen Sicherheitsabstand?«, sagte ich verächtlich.

»Nein, Anya. Nun mach es nicht so kompliziert! Sieh dir all die Paare an, deren Lust einen Tiefpunkt erreicht, sobald sie ein paar Monate zusammenwohnen. Das ist nichts für mich.« Er wirkte so entschlossen, dass ich verwirrt dreinsah. Olivia und Tom waren wohl der schlagende Beweis für seine Theorie.

»Lass die Ungewissheit und den Zufall mitspielen. Du wirst sehen, das macht die ganze Sache noch reizvoller.«

»Ich darf dann mal zusammenfassen: Die Kategorie der Frauen, die sexuelle Objekte sind, beinhaltet also keine gemeinsam verbrachten Nächte, sondern nur Treffen, in denen es ausschließlich um Sex geht. Sex, bei dem du die Regeln und auch die Termine bestimmst?«, fragte ich in meinem bürotauglichen Ton.

»Ja, so kann man es grob zusammenfassen«, bestätigte Devon, doch ich hörte an seiner Stimme, dass ihm die nackte Wahrheit, zu der seine lustvolle Verführung in meiner Beschreibung zusammengeschrumpft war, nicht gefiel. Jetzt hatte ich ihn.

»Gut, dann hätten wir mein Apartment nicht verlassen dürfen, sondern hätten die Angelegenheit, wegen der wir heute Abend zusammengekommen sind, gleich dort erledigen können.« Ich klang, als ob ich Paragrafen vorlesen würde, und als Devon seine Stirn runzelte, bog ich auf die Zielgerade ein.

»Du bist also von deinen selbst definierten Regeln abgewichen?«, sagte ich herausfordernd, und Devons Augen blitzten. »Das bedeutet, du könntest auch bei mir übernachten.«

Er blieb stehen. »Ich habe dich vorher gewarnt, Anya. Mehr kann und will ich nicht in eine Beziehung investieren. Ich möchte, dass du damit klarkommst. Wenn du es nicht kannst, sage mir Bescheid, dann steigen wir aus, verabschieden uns wie erwachsene Menschen und gehen in Zukunft getrennte Wege.«

Er legte einen Finger unter mein Kinn. Ein Schatten huschte über seine Stirn. »Aber ich will dich nicht gehen lassen. Lass dich darauf ein!«

»Hast du eine Ahnung, worum du mich da gerade bittest?«, fragte ich, denn ich fühlte mich, als ob ich ihm mein Herz auf einem silbernen Tablett servierte.

»Ich bitte dich um nicht viel, nur ein wenig Risikobereitschaft. Lass los, kleiner Schmetterling, sonst lernst du nie fliegen.« Er grinste.

Ich sah ihn an und wusste, dass ich nicht nein sagen konnte.

»Einverstanden«, murmelte ich.

»Ich wusste, dass du die richtige Entscheidung triffst.« Er lächelte so unbeschwert und glücklich, dass sich tief in mir alles zusammenzog. Ich ahnte, was gerade mit mir passierte, denn dieses Gefühl kannte ich aus einer längst vergangenen Zeit.

»Warum gehen wir nicht mal zu dir?«, fragte ich, bevor ich es mir anders überlegen konnte. Devon blinzelte, als ich so rasch das Thema wechselte.

»Ich bewohne in New York eine Hotelsuite. Das ist praktisch, aber unpersönlich und hellhörig. Für Treffen dieser speziellen Art ist es nicht geeignet.«

»Warum wohnst du in einem Hotel?«, fragte ich, denn das interessierte mich mehr als die Geräuschdurchlässigkeit seiner Wände.

»Wenn ich in New York bin, verbringe ich die meiste Zeit im Büro. Ein Hotel ist praktisch. Ich muss mich um nichts kümmern und bin immer willkommen«, sagte er, als ob es das Selbstverständlichste der Welt wäre und nur ich noch nicht darauf gekommen war.

»Und wie oft bist du in New York? Allzu oft kann es ja nicht sein, wenn es sich für dich nicht lohnt, ein Apartment zu kaufen.«

»Ich besitze keine Immobilien, auch das Haus in den Hamptons ist nur gemietet«, erwiderte Devon. »Zumindest privat ist das so. Ein paar Renditeobjekte besitze ich schon, aber sie dienen allein dem Gelderwerb.«

»Du hast kein Zuhause?« Ich zog die Augenbrauen erstaunt in die Höhe. Ein Zuhause war für mich enorm wichtig. Es war ein Ort, an dem ich zur Ruhe kommen und mich zurückziehen konnte.

»Nein, und jetzt ist die Fragestunde vorbei«, entgegnete Devon. »Ich fühle mich schon wie eine ausgequetschte Orange. Lass uns über dich reden!«

»Nur noch eine letzte Frage.« Ich schlug die Augen nieder und legte den Kopf ein wenig schief. Devon seufzte.

»Warum brauchst du kein Zuhause?«, fragte ich schnell, bevor er es sich anders überlegen konnte.

»Warum wundert dich das nur so sehr?« Er sah mich einen Moment an, dann zuckte er die Schultern, als ob er sich meine Frage nicht erklären könnte. »Ich arbeite, beziehungsweise ich lasse meine Angestellten arbeiten, damit ich genügend Geld habe, um völlig frei in meinen Entscheidungen zu sein. Denn darum geht es mir.« Er war vor dem chinesischen Restaurant stehen geblieben.

Stutzig betrachtete ich seine todernste Miene, während er mir sanft die Arme auf die Schultern legte, wie um die Wichtigkeit seiner Worte zu betonen. Er glaubte wirklich ganz tief in seinem Innersten daran.

»Ich will für mich die totale Freiheit, und zwar jeden Tag; keine materiellen oder sonstigen Verpflichtungen auf lange Zeit. Die Dinge, die ich privat besitze, kann ich innerhalb einer halben Stunde einpacken und in meinen Kofferraum werfen. Mehr möchte ich nicht haben, denn Besitz verpflichtet, und Verpflichtungen gehe ich immer nur für eine kurze Zeit ein. Genau so lange, wie ich nicht das Gefühl habe, dass sie mich bestimmen. Wenn sich das ändert, ist es an der Zeit weiterzuziehen.« Und eine Beziehung behinderte ihn erst recht in seiner totalen Freiheit, setzte ich in Gedanken und mit einem mulmigen Gefühl im Bauch hinzu. Jetzt wurde mir natürlich völlig klar, dass ich in Devon Drapers Lebenskonzept beim besten Willen nicht hineinpasste.

Er würde sich mit mir genau so lange treffen, wie es ihm Freude bereitete, und sobald ich Forderungen stellen würde oder er meine Anwesenheit als Pflicht empfand, würde er sich still und leise aus dem Staub machen. Genau dann, wenn der Kick vorbei wäre.

Wie lange würde das dauern? Einen Monat oder vielleicht höchstens zwei? Er war ein ruheloser Geist und würde sich auf die Suche nach dem nächsten Highlight seines Lebens machen, und ich würde zu der Nummer an seinem Wegesrand werden, die ich nie sein wollte.

»Wer weiß, ob wir morgen noch leben«, sagte er in meine düsteren Gedanken hinein und lächelte mich so strahlend an, dass mir die Luft wegblieb.

Natürlich, bei seinem Lebensstil musste er damit rechnen, dass ihn schon morgen ein hungriger Hai vom Surfbrett riss oder er einen wichtigen Knoten an seinem Fallschirm vergaß.

Ich hingegen war mir sicher, dass mir auf meinem Bürostuhl höchstens Übergewicht und Bluthochdruck drohten. Haien und losen Knoten würde ich mich nie freiwillig nähern, und ob ich noch einmal ins Meer ging, um zu schwimmen, war auch fraglich.

Und genau deswegen hatte ich einen genauen Plan, was meine Zukunft betraf. Ich würde in ein paar Jahren zurück nach Minnesota ziehen, einen langweiligen Farmer heiraten und mit ihm zusammen Mais anbauen, bis uns im greisen Alter und nach einem geruhsamen Leben ein ganz banaler Tod ereilen würde.

Devon hingegen griff zu oft in die große Lostrommel der Zufallslotterie des Lebens. Irgendwann würde er das falsche Los ziehen und zur falschen Zeit am falschen Ort sein, alles eine Frage der Wahrscheinlichkeit.

»Lass uns aus dem heutigen Abend das Beste machen und nicht an morgen denken«, bat er.

Ich nickte tapfer, obwohl sich in mir alles schmerzhaft zusammenzog. Sein Lächeln ging mir nicht mehr aus dem Kopf. Warum eigentlich nicht, versuchte ich mich zu überreden. Ein wenig Risiko konnte ich mir erlauben. Ich würde auf den Schnellzug aufspringen, der in Form von Devon in mein Leben gerast war, und ein paar Stationen mitfahren.

Mein Lebensabend in Minnesota lief mir nicht davon, und es fühlte sich so an, als ob diese ferne Zukunft noch sehr weit weg war.

Devon stand hier vor mir und war so umwerfend real, dass er schon wieder wie ein Traum wirkte; einmal Risiko und dann schnell wieder zurück, bevor mein Herz im Geschwindigkeitsrausch explodierte.

Als ob Devon nicht bemerkte, wie sich meine Gedanken in rasendem Tempo überschlugen und ich in kürzester Zeit Entscheidungen traf, verwarf und erneut traf, trat er in das Restaurant ein und zog mich mit sich.

Die Räume waren hoch und mit rotgoldenen Intarsien ausgekleidet, die mystische Figuren und Fabelwesen darstellten.

Ein Kellner erschien lautlos, begrüßte uns und führte uns zu einem Tisch in einer ruhigen Ecke, wo keiner der anderen Gäste unserem Gespräch lauschen konnte. Devon hatte diesen Tisch also schon vorab reserviert, ohne zu wissen, ob ich Zeit haben würde oder nicht. Mit einem Nein konnte er nicht gerechnet haben. Sein Spiel verlief also perfekt nach Plan. Er zog einen Stuhl hervor, damit ich mich setzen konnte.

»Magst du chinesisches Essen?«, fragte er, während er mir gegenüber Platz nahm.

»Ja, ich denke schon«, erwiderte ich. Zählte das Essen aus der Pappschachtel, das Sarah manchmal mitbrachte?

»Ich war so frei und habe den Koch gebeten, uns einige Spezialitäten zusammenzustellen. Ich hoffe, du hast nichts dagegen?«

»Äh, nein. Ich denke nicht«, entgegnete ich. Eigentlich war ich ganz froh, denn dann musste ich keine komplizierte Entscheidung über die Auswahl von Gerichten treffen, die ich ohnehin nicht kannte. Ich konzentrierte mich lieber auf Devon und auf die vielen Fragen, die ich noch an ihn hatte.

Doch bevor ich unser Gespräch weiterführen konnte, kam schon der Kellner mit einer kleinen Kanne Tee, dessen intensiver Duft nach Jasmin mich tief einatmen ließ. Er schenkte mir und Devon ein und verschwand mit einem Kopfnicken.

»Ich hatte vor zwei Jahren einen chinesischen Kunden und habe einige Zeit in Peking verbracht«, sagte Devon. »Dabei habe ich festgestellt, dass die asiatische Küche genau mein Geschmack ist. Allerdings muss man genau wissen, wohin man geht. Original chinesisches Essen bereiten nur die guten Restaurants zu.«

Mein asiatisches Essen im Pappkarton zählte demnach nicht, und wenn es Devon schaffte, seiner Vorliebe für asiatisches Essen zwei Jahre treu zu bleiben, schien er doch nicht so unstet zu sein, wie er sich selbst einschätzte.

»Warum bist du nicht in Peking geblieben?«, fragte ich und versuchte unauffällig das Gespräch auf Devons Leidenschaften zu lenken. »Das Land ist riesig. Für dich muss das doch ein Abenteuerspielplatz ohne Grenzen gewesen sein.«

Er grinste. »Das war es ohne Zweifel, aber hier in New York gab es eine neue Herausforderung für mich, und die war so verlockend, dass ich nicht nein sagen konnte.« Er legte seine Hand auf meine und schob währenddessen ungeniert sein Knie zwischen meine Beine.

»Ähm«, sagte ich gedehnt und suchte fieberhaft nach der nächsten Frage, die ich Devon stellen wollte. Das Gefühl seines Knies so nah an meiner empfindlichsten Stelle lenkte mich so sehr ab, wie es die zum Leben erwachten Drachen auf den Holzschnitzereien um mich herum nicht gekonnt hätten.

Er musterte mich interessiert, während ich fieberhaft um meine Konzentration rang.

»Und was ist so spannend, dass du dafür einen Kontinent voller Abenteuer sausen lässt?«, sagte ich mit roten Wangen.

»Das ist heute Abend unwichtig«, flüsterte Devon und ließ sich ein wenig in den Sitz sinken. In dem Moment, in dem er sein Knie gegen meinen Slip presste, verlor ich gänzlich den Faden und spürte nur noch die Wärme, die meinen Körper vom Unterleib aus durchströmte.

Wie ein Geist schwebte der Kellner lautlos herbei und servierte die Suppe. Hypnotisiert sah ich in Devons Augen und konnte mich nicht rühren, ohne meine erregend diffamierende Situation preiszugeben. Ich hoffte inständig, dass der Blick des Kellners nicht unter den Tisch fiel, und hatte keine Augen für das, was vor mir stand und nach Ingwer und Hühnchen duftete.

»Du bist heute Abend wichtig«, sagte Devon tiefgründig und setzte sich ein wenig aufrechter auf seinen Stuhl. »Ich habe mich den ganzen Tag auf diesen Abend gefreut.« Er nickte mir zu und forderte mich damit auf, den Löffel in die Hand zu nehmen.

»Bin ich so anders als die Frauen, mit denen du dich bisher getroffen hast?«, fragte ich, nachdem Devons Knie keinen Kontakt mehr zu meiner Unterwäsche hatte und ich wieder auf meine volle geistige Leistungsfähigkeit zurückgreifen konnte.

»Ja, du bist definitiv anders. Die Frauen, mit denen ich mich in der Regel umgebe, haben ihre sexuellen Bedürfnisse schon bis an die Grenzen ausgelotet. Sie wissen, was sie wollen, und es ist immer klar, dass wir eine Vereinbarung für einen kurzen Zeitraum treffen, in dem wir Spaß haben, nicht mehr und nicht weniger.«

»Das ist so bequem und unpersönlich, wie ein Hotelzimmer zu buchen«, stellte ich lapidar fest und verbrannte mir beinahe die Lippen an der heißen Suppe. Ich wollte gar nicht wissen, wie abgebrüht diese Frauen waren, von denen Devon sprach.

»So kann man es auch sagen.« Devon grinste. »Aber ich bezeichne es eher als Unabhängigkeit.« Er schwieg einen Moment. »Du bist so fürsorglich und interessierst dich fast schon zu viel für mich. Das bringt mich ehrlich gesagt durcheinander.«

»Wie meinst du das?« Ich verstand nicht so recht, wo das Problem lag.

»Du rettest mich heldenmütig vor aufdringlichen Reporterinnen, wofür ich dir wirklich dankbar bin. Ich habe sie auf nächsten Sommer vertröstet. Und in jedem Gespräch kommt es mir so vor, als ob du mich vor mir selbst retten willst. Warum tust du das?«

»Du hast tatsächlich keine Ahnung, was wahre Freundschaft bedeutet und wie viel Wert eine echte Beziehung hat«, sagte ich. »Sonst würdest du diese Frage nicht stellen.«

»Mmh.« Devons Überraschung bemerkte ich nur daran, dass er scheinbar in Zeitlupe seinen Löffel in die Suppe tauchte.

»Ich glaube, dass du so tief in die Extreme vorgedrungen bist, dass du den Blick für die Bedeutung kleiner Dinge völlig verloren hast. Kann es sein, dass ich dir Dinge bewusst mache, die dir schon selbstverständlich vorgekommen sind, und du es deswegen so spannend findest, dich mit mir zu treffen?«, fragte ich und beobachtete genau seine Reaktion. »Du bist süchtig nach den Extremen geworden.« Als ich sah, wie Devon mit dem Löffel in der Luft innehielt, verbuchte ich einen Treffer.

Nachdenklich musterte er mich, während er langsam den Löffel zum Mund führte. »Und wieder ein querliegender Gedanke in meinem Kopf. Nicht schlecht! Schmeckt dir die Suppe nicht?«, fragte er und erst jetzt bemerkte ich, dass ich nicht weitergegessen hatte, weil ich so in seine Worte vertieft gewesen war.

»Doch, sie ist sehr gut«, beeilte ich mich zu sagen, tauchte den Löffel in das Schälchen und nahm ein paar schnelle Bissen.

»Nachdem du so treffende Analysen über mich angestellt hast, muss ich aber eines anmerken.«

»Was?« Ich schob das leere Schälchen von mir fort.

»Ich mag mein Leben und bin nicht bereit, mich zu ändern. Ich hätte dich niemals angesprochen, wenn ich gewusst hätte, wie schwer du damit klarkommst.«

»Ich komme damit hervorragend klar!« Ich blies empört die Wangen auf und verdrängte den Gedanken an Schokoladeneis. »Wir haben eine Abmachung, und die besteht aus Sex mit Garnierung«, sagte ich entschlossen.

Devon lachte, doch mit einem Mal verstummte er wieder.

»Sag mir, was du wirklich denkst.«

»Ich denke«, sagte ich ernst, und Devon begann seine Finger ineinanderzuschlingen, »ich denke, dass ich asiatisches Essen mag. Die Suppe war köstlich.« Ich grinste, und Devon atmete aus.

»Wir werden eine rasante Zeit haben, auf die ich mich wirklich freue«, seufzte er und erwiderte mein Lächeln. Super, ich war am letzten Bahnhof nicht ausgestiegen, und der Schnellzug würde jetzt Überschallgeschwindigkeit aufnehmen, bis wir irgendwo im Nichts verglühten.

Der Kellner drängte sich in mein Blickfeld und stellte etliche Schalen und Schüsseln auf den Tisch, aus denen es verführerisch duftete. Er wünschte uns einen guten Appetit und verschwand diskret.

Devon griff zu seinen Stäbchen und forderte mich mit einem Blick auf, es ihm gleichzutun. Ich nahm die Holzstäbchen, die vor mir lagen, in die Finger und probierte sie so zu halten wie er. Irgendwie funktionierte es nicht. Devon grinste. Er ergriff meine Hand und legte die Stäbchen in die richtige Position. Jetzt klappte es. Nicht gut, aber es gelang mir, ein Stück Paprika zwischen die Stäbchen zu klemmen und in meinen Mund zu befördern.

»Du bist ein Naturtalent.« Er lächelte.

»Nicht nur dabei«, erwiderte ich und bemühte mich um einen vielversprechenden Blick. Devons Augen brannten, er ließ die Stäbchen sinken und musterte mich.

»Iss! Ich kann es kaum erwarten, in dein Apartment zurückzukehren.« Seine Stimme klang rauh und ich hielt unbewusst die Luft an.

»Du musst geduldig sein. Mit diesen Dingern hier werde ich eine Weile brauchen, bis ich satt bin.« Ich hielt die Stäbchen in die Luft.

Devon atmete geräuschvoll ein, schloss einen Moment die Augen und sah mich dann umso dunkler an. Meine Haut begann zu kribbeln, und ein erregender Schauer huschte über meinen Körper. Vielleicht war die Sache mit dem Essen doch nicht so wichtig?

»Ich kann sehr geduldig sein«, entgegnete er schließlich und wandte sich seinem Essen zu, nicht ohne mich weiter anzusehen und meine Reaktion abzuwarten. Ich spielte mit.

»Erzähl mir etwas über deine Firma«, bat ich. Es war Zeit, das Thema auf andere Dinge zu bringen, wenn wir dieses Menü noch beenden wollten.

»Gern.« Devon griff das Thema auf, und in seinen Worten hörte ich den Stolz hindurch, mit dem er zu erzählen begann: »Ich habe Draper Consulting nach dem College gegründet.

Am Anfang hatte ich nur ein kleines Büro und habe rund um die Uhr gearbeitet. Dann hat es sich herumgesprochen, dass ich gut bin. Die Kunden waren zufrieden und konnten mit meinen Empfehlungen ihre Firmen neu ausrichten und zum Teil gewaltige Gewinne realisieren. Daran habe ich natürlich mitverdient. Als alles perfekt lief, habe ich angefangen, die richtigen Leute einzustellen und Niederlassungen im Ausland zu eröffnen. Weißt du, es spielt eine Rolle, ob man sich eine Schar entscheidungsunfähiger Jasager erzieht oder ob man es schafft, seine Leute so für ihre Arbeit zu begeistern, dass sie genauso gut werden wie ihr Chef.«

»Das hast du geschafft?« Ich dachte an Trevor. Mit seiner Personalpolitik lebte er eindeutig auf einem anderen Stern als Devon.

»Ja, ich habe die Führungskräfte am Unternehmenserfolg beteiligt und natürlich auch am Risiko. Das ist ein entscheidender Unterschied.«

»Du hast volles Vertrauen in dein Personal?« Trevor würde mich immer kontrollieren, das wusste ich.

»Das muss ich, der Rest ist Risiko, aber Draper Consulting ist nur einer von vielen Bausteinen. Ich investiere inzwischen in viele Unternehmen und Projekte. Manche sind große Erfolge, manche erweisen sich als Totalausfall. Wichtig ist die Zahl, die unter dem dicken Strich steht.«

»Du könntest dich also zur Ruhe setzen?«

»Nein, ich würde mich langweilen«, erwiderte er. »Ich hasse Langeweile. Das ist, als ob man lebendig begraben wäre.«

Würde es seine Theorie bestätigen, dass wir nicht zusammenpassten, wenn er erfuhr, dass ich dem Lockruf meines Sofas regelmäßig nicht widerstehen konnte und die Langeweile meines gemütlichen Apartments als erholsam empfand? Vermutlich. Ich beschloss, diese Tatsache so lange wie möglich geheim zu halten.

»Leben deine Eltern auch in New York?«, versuchte ich das Thema zu wechseln, denn wieder waren wir an einem Punkt angelangt, an dem mir unsere Unterschiedlichkeit nur allzu schmerzlich bewusst wurde.

»Nein«, sagte er und belud sich geschickt die Stäbchen mit einer Portion Rindfleisch. »Meine Eltern haben sich getrennt, als ich noch ein Kind war, und meine Mutter hat genügend mit sich selbst zu tun. Wir haben schon lange keinen Kontakt mehr.« Das Fleisch verschwand in seinem Mund, und er widmete sich ausgiebig dem Kauen. Seiner Meinung nach hatten wir das Thema Familie also ausreichend erschöpft. Irgendwie kam mir die Sache verdächtig vor.

»Hast du noch Geschwister?«, fragte ich vorsichtig.

»Ja, ich habe eine ältere Schwester, Shannon. Sie lebt in New York. Wir haben ein gemeinsames Projekt, falls du es genauer wissen möchtest, und unser Verhältnis ist ziemlich entspannt, solange ich mache, was sie will«, antwortete er und genoss sichtlich meinen verblüfften Gesichtsausdruck. »Frauen lieben es, mich über meine Familiengeschichte auszuquetschen, immer auf der Suche nach dem großen Drama, von dem sie mich heilen können. Erzähl mir etwas über deine Familie«, bat er, und ich ging mit roten Ohren darauf ein, dass er das Gespräch von sich ablenkte.

»Meine Familie ist ganz unspektakulär«, begann ich. »Meine Mutter ist eine resolute Frau. Sie organisiert das Büro, kümmert sich um das Haus, um meine Großeltern und um die Farm, und sie sorgt dafür, dass keiner meinen Vater übers Ohr haut. Der ist einfach zu gutmütig. Ich glaube, wenn meine Mutter nicht wäre, würde er den ganzen Mais verschenken. Mein Vater hat kein wirtschaftliches Gespür. Der ist draußen und kümmert sich um die Felder, die Maschinen und um seine Leute. Ob er etwas dabei verdient, ist ihm ziemlich egal, aber meine Mutter sagt, sie müssten ja auch von etwas leben, und deswegen kümmert sie sich um den Verkauf.«

»Hast du Geschwister?« Devon hatte mir gespannt zugehört.

»Nein. Meine Mutter ist bei meiner Geburt beinahe gestorben, und mein Vater wollte keine weiteren Kinder. Er liebt meine Mutter über alles und wollte ihr Leben nicht noch einmal gefährden. Ich glaube, wenn meine Mutter eines Tages stirbt, legt er sich daneben und lässt sich mit ihr begraben. Die beiden können nur zusammen.« Ich war ins Reden verfallen und in Erinnerungen vertieft und hatte gar nicht gemerkt, wie sich ein Lächeln in mein Gesicht geschlichen hatte.

»Du liebst deine Eltern«, stellte er fest.

»Ja, sehr sogar«, erwiderte ich.

»Warum bist du von ihnen weggegangen? Ich verstehe es nicht. Es klingt, als hättest du mit deiner Familie das große Los gezogen, und trotzdem lebst du so weit weg von ihnen wie möglich?« Devon sah mich neugierig an.

»Das habe ich doch gesagt, ich wollte weg, weil ich Angst hatte, etwas zu verpassen. Ich wollte noch mehr erleben, außer Mais anzubauen, Fische zu fangen und die Vögel zu beobachten. Du solltest das doch am besten verstehen.«

»Das tue ich, aber hier geht es um dich, und du bist in diesen Dingen anders als ich. Du hast in deinem persönlichen Paradies gelebt und es verlassen. Langeweile war sicher nicht der wahre Grund dafür«, sagte er, als ob er sich dessen ganz sicher wäre. »Vielleicht war eher ein Mann daran schuld«, mutmaßte er, und bevor ich es verhindern konnte, hatte ich eine Sekunde zu schnell überrascht die Augen aufgerissen. Devon hatte es mit einem triumphierenden Lächeln zur Kenntnis genommen, und ich konnte die Geheimniskrämerei ad acta legen.

»Ich wollte weg nach einer großen Enttäuschung. Das ist alles«, sagte ich unwirsch und ein wenig erbost über sein unverschämtes Eindringen in meinen Kopf.

Wie war es ihm nur gelungen, so treffend meine kleinen Geheimnisse auszuspionieren?

»Außerdem ist es ja nicht so, dass ich nicht zurückkönnte. Der Weg ins Paradies ist frei, und seitdem ich in New York lebe, hat sich mein Blick auf meine Heimat und meine Familie geändert. Ich betrachte das nicht mehr als Selbstverständlichkeit. Ich weiß, dass es etwas Besonderes ist, was ich da habe, und eines Tages werde ich zurückkehren. Spätestens dann, wenn meine biologische Uhr so laut tickt, dass ich es nicht mehr überhören kann. Die Kindheit, die ich auf der Farm hatte, war so schön, dass ich sie meinen Kindern auch schenken möchte.«

»Und über diesen Mann, vor dem du so weit weggelaufen bist wie nur möglich, bist du inzwischen hinweg?«

»Natürlich, das ist schon lange vorbei«, sagte ich entschlossen.

»Was hält dich noch in New York, wenn du all das schon weißt?« Devon sah mich an.

»New York schuldet mir noch etwas«, erwiderte ich tiefsinnig.

»Und was?« Seine Stimme war nur noch ein rauhes Flüstern.

»Das ultimative Glück«, sagte ich leise und benommen von dem verlockenden Klang seiner Stimme. »Und ich glaube, ich bin ihm schon ganz nah.« Ich beugte mich zu ihm hinüber, um ihn zu küssen. Doch Devon lehnte sich zurück.

»Bei mir wirst du das ultimative Glück nicht finden, Anya«, entgegnete er, und seine Stimme hatte einen distanzierten Unterton. »Wir werden eine atemberaubende Zeit haben, nicht mehr und nicht weniger. Für das große Glück bin ich der Falsche, vergiss das nicht!«

»Ich weiß«, antwortete ich resigniert. Das hatte er mittlerweile oft genug betont.

»Ich habe dich gewarnt«, sagte er, zuckte mit den Schultern und nahm meine Hand. »Aber wenn du nicht auf mich hören willst, dann lass uns aus unserer gemeinsamen Zeit das Aufregendste machen, einverstanden?« Er küsste meinen Handrücken ganz sanft.

»Ja«, erwiderte ich heiser.

»Lass uns ein kleines Spiel spielen.« Er zog zwei Würfel aus seiner Tasche. »Würfle eine Zahl«, bat er.

Ich griff nach den Würfeln und ließ sie über den Tisch rollen.

»Sieben«, sagte Devon. »Gute Wahl.«

»Was soll das bedeuten?«, fragte ich verdutzt.

»Das war nur eine kleine Gedankenstütze für mich, und jetzt würfle noch einmal. Wenn deine Augenzahl größer ist als zehn, werde ich die Nacht bei dir verbringen, offensichtlich möchtest du das gern, und ich will dir ein wenig entgegenkommen. Wenn deine Augenzahl kleiner ist, hast du verloren, und wir spielen nach meinen Regeln weiter.«

Ich sah ihn verunsichert an und dachte über sein Angebot nach.

»Nein, vielen Dank«, sagte ich schließlich und reichte ihm die Würfel. »Falls du jemals bei mir übernachtest, dann möchte ich, dass du es aus freien Stücken tust und nicht, weil dich der Zufall dazu gezwungen hat.«

Wie in Zeitlupe nahm Devon die Würfel entgegen und sah mich durchdringend an, den Blick voller Fragen. Für seine Verhältnisse hatte er mir vermutlich ein wirklich großzügiges Angebot gemacht, aber Devon hatte offenbar kein Maß dafür, was normal war, und dieses Angebot war es definitiv nicht.

»Lass uns gehen«, sagte er plötzlich und stand auf. Die Würfel ließ er beiläufig in der Tasche verschwinden. Sein Vorschlag kam mir gerade recht.

Wir hatten mehr als genug geredet. Ich erhob mich ebenfalls und ließ mich von ihm in das nächtliche New York hinausziehen. Jetzt war mein Moment gekommen. Er würde kurz sein, aber ich war mittendrin, und ich würde es genießen.

KAPITEL 18

Endlich!«, seufzte Devon, als die Tür meines Apartments ins Schloss fiel. Ohne ein weiteres Wort zu verlieren, zog er den Reißverschluss meines Kleides hinunter und streifte es von meinen Schultern. Das Kleid fiel mit einem leisen Rascheln zu Boden, während er sein Gesicht in meinen Haaren vergrub und tief einatmete. Kühle Luft strich über meine Beine und meinen Bauch. Ich wusste nicht, was er vorhatte, und genau das war das Erregendste an diesem Moment.

Ich stand einfach da und genoss das prickelnde Gefühl seiner Lippen, die meinen Nacken und meinen Hals entlangwanderten.

»Ich liebe deinen Körper durch und durch, aber eine besondere Schwäche habe ich für deine Brüste und deinen Po.« Mit geschickten Fingern streifte er die Schalen meines BHs so weit herunter, dass meine Brustwarzen freilagen. Er berührte sie nur sanft, doch das reichte schon aus, und meinen Lippen entrang sich ein kleiner, sehnsuchtsvoller Seufzer.

Nachdem ich Devon nun kannte, erwartete ich regelrecht, dass er meine Brustwarzen jeden Moment fester umfassen würde. Allein dieses Gefühl ließ mich beinahe explodieren. Aber ich wartete vergebens, denn er ließ seine Hände nach unten wandern. Sie strichen sanft zwischen meinen Beinen entlang und massierten mich durch den Stoff hindurch.

Ich spürte seine Erregung hart hinter mir und drängte mich ungeduldig an ihn. Er hatte indes seine erste Eile gemäßigt, und ich spürte seine Zunge an meinem Nacken, heiß, weich und verführerisch.

»Was ist das denn eigentlich?«, flüsterte er missbilligend in mein Ohr, als seine Finger meinen Slip näher befühlten. »Ein Liebestöter!«, stieß er verächtlich hervor. »Eine schöne Frau wie du sollte nur die exklusivste Wäsche tragen.« Er zog den Slip mit einem schnellen Ruck von meinen Hüften und ließ ihn achtlos zu Boden fallen.

»Vielleicht solltest du dich besser anmelden, dann habe ich Gelegenheit, mich auf deine Wünsche einzustellen«, erwiderte ich.

»Auch wieder wahr. Ich versuche mich zu bessern«, sagte er zwischen zwei Küssen.

Er drehte mich in seinen Armen um meine eigene Achse, sodass ich ihm genau in die Augen sehen konnte.

Im Dunkel, das nur durch das nie verlöschende Licht einer Nacht in New York erhellt wurde, wirkte sein Blick so hungrig vor Leidenschaft, dass es mir die Sprache verschlug.

Doch er ließ sich seine Gefühle nicht anmerken. Sanft nahm er mein Gesicht in beide Hände. Sein Kuss war erst zart, doch dann wurde er schnell ungeduldig und stürmisch. Ohne den Kontakt unserer Lippen zu unterbrechen, begann ich die Knöpfe seines Hemdes zu öffnen. Meine Küsse wanderten seinen Hals entlang, hinab zu seiner Brust. Devon atmete geräuschvoll ein, als meine Hände sein Hemd von den Schultern strichen.

»Weiter!«, knurrte er. Sein Ton ließ meinen Unterleib sofort erregend vibrieren. Ich wusste, was er wollte, und ich wollte Devon mit einem Mal genauso in den Wahnsinn treiben, wie er es mit mir getan hatte.

Meine Zunge umkreiste seinen Bauchnabel, und langsam ließ ich mich vor ihm auf die Knie sinken, nackt, nur mit hohen Schuhen und dem heruntergezogenen BH bekleidet, der meine Brüste unsanft nach oben schob.

Ich öffnete seine Hose und ließ sie zu Boden fallen, genauso wie seine Shorts. Mit festem Händedruck umfing ich ihn und begann die Spitze seiner Erregung sanft mit meinen Lippen zu massieren. Ich war zwar nicht halb so ein Profi wie er, aber an seinem keuchenden Atem hörte ich, dass ihm gefiel, was ich tat.

»Öffne den Mund«, bat er heiser und umfasste mit beiden Händen meinen Hinterkopf. Nur zu gern erfüllte ich seinen Wunsch und ließ ihn gänzlich in meinen Mund eindringen. Ich leckte und saugte an seiner heißen und weichen Haut und als sich ihm ein empörtes Stöhnen entrang, war mir klar, dass ich ihn gerade auf die Zielgerade zu einem unglaublichen Orgasmus brachte.

Er griff in mein Haar und zwang mich, nach oben zu schauen. Im Halbdunkel erkannte ich den Umriss seiner breiten Schultern. Er stieß tiefer in meinen Mund und fixierte mich dabei so mit seinen Händen, dass ich nicht ausweichen konnte. Er hatte die Kontrolle übernommen, und ich keuchte überrascht auf. An seinem Atem hörte ich, wie sehr ihn dieses Spiel erregte.

»Du bist beeindruckend«, knurrte er, und seine Bewegungen wurden sanfter, bis er schließlich innehielt. Meine Zunge umkreiste ihn, und ich spürte das harte Pulsieren unter der zarten Haut. Doch er zog sich zurück; seinen Orgasmus wollte er augenscheinlich noch ein wenig hinauszögern.

»Lass uns ins Schlafzimmer gehen«, flüsterte ich. Das Sofa war nicht schlecht gewesen, aber gegen ein wenig mehr Komfort konnte auch Devon nichts einzuwenden haben.

»Schlafzimmer?« Ich hörte dem Klang seiner Stimme an, dass für ihn dem Wort Schlafzimmer die biedere Romantik von Blümchensex und hochgeknöpften Nachthemden anhaftete.

»Mein Schlafzimmer wird doch nicht etwa deine Kreativität bremsen?«

»Ich liebe es, wenn du frech bist«, knurrte er und versetzte mir einen Klaps auf den Po.

Kichernd nahm ich seine Hand und zog ihn hinüber zu meinem großen Bett.

Mit einer schnellen Bewegung riss Devon alle Kissen und Decken zu Boden, damit ich vermutlich nicht einmal auf die Idee kommen konnte, mich unter einer von ihnen zu verstecken.

»Knie dich hin«, sagte er. Gemächlich und langsam ließ ich mich auf die Matratze sinken und begab mich in die gewünschte Position. Auch Devon hatte es nicht eilig.

Er ließ mich warten, während meine Fantasie die Zeit nutzte, um mir die Bilder meines Traumes vorzugaukeln. Durfte ich Devon davon erzählen, dass ich es sehr erregend finden würde, wenn er mich an dieses Bettgestell fesselte?

Die Anwesenheit eines weiteren Mannes musste ich ja nicht unbedingt erwähnen. Ich wartete und kniff die Lippen zusammen, während ich spürte, dass Devon hinter mir begann, sich zu bewegen. Er hatte sich also entschieden, was er mit mir tun wollte. Aufgeregt holte ich tief Luft.

Ich hörte das leise Klicken meiner Nachttischlampe, und warmes Licht erhellte sparsam den Raum.

»Dein Po hat eine perfekte Form und eine wunderschöne Wölbung«, sagte er und strich sanft über meine Haut wie ein Bildhauer über seine eben fertiggestellte Statue.

Das Warten quälte mich und steigerte meine Lust ins Endlose. Er wusste das. Nein, er kalkulierte es sicher mit ein.

»Er ist wie für mich gemacht.« Seine Hände begannen, mein Hinterteil zu berühren und es fester zu kneten. Seine Finger glitten dabei immer wieder tiefer und berührten mich scheinbar zufällig. Aus den Zufällen wurden Regelmäßigkeiten und ein sanfter Rhythmus.

»Mehr!«, bat ich mit zitternder Stimme, die das prickelnde Summen widerspiegelte, das mich durch und durch ergriffen hatte. Ich streckte mich ihm entgegen.

»Beug dich nach unten und spreiz die Beine«, sagte er mit schwerer Stimme und ohne seine Tätigkeit zu unterbrechen. Ich legte meinen Oberkörper auf dem Bett ab, mein Po ragte jetzt nach oben. Ich war schon längst mehr als nur bereit und wartete darauf, dass er endlich in mich eindrang und mich von dieser süßen Folter erlöste.

Statt seiner Erektion spürte ich jedoch, wie sein Finger in mich eindrang, und ich stöhnte überrascht auf. Mit der anderen Hand massierte er derweil meine Klitoris mit einer präzisen Genauigkeit, die mich sehr bald in den Wahnsinn treiben würde.

»Ah!«, stöhnte ich ungehalten.

»Hattest du schon einmal Analverkehr?«, fragte Devon plötzlich leise, und es dauerte ein wenig, bis seine Frage in meinem lustgetränkten Gehirn Gestalt und Bedeutung annahm. In mir zog sich alles überrascht zusammen.

»Nein«, piepste ich und schüttelte den Kopf.

»Dann wird es Zeit«, sagte er einfach nur, und dieser Satz ließ mich beinahe explodieren. Jetzt? Sofort? Das war verrückt! Nein, es war wieder eine Gratwanderung, und etwas anderes sollte ich von Devon eigentlich nicht erwarten.

Doch entgegen meiner Vermutung setzte er seine Ankündigung nicht sofort in die Tat um. Vermutlich ließ er mir noch ein wenig Zeit, damit ich in meinen eigenen Gedanken lustvoll schmoren konnte.

Er stieß kraftvoll zu, und ich spürte seine gewaltige Erektion ganz tief in mir. Ich sah beinahe Sternchen, so sehnsuchtsvoll hatte ich diesen Moment erwartet. Eine riesige Welle der Lust begann mich zu verschlingen. Devons harter und unbarmherziger Rhythmus verriet mir seine Erregung.

Seine rechte Hand hielt meine Hüfte fest umklammert. Ich spürte, wie er versuchte, noch tiefer vorzudringen, und doch konnte es mir heute nicht fest genug sein.

»Mehr!«, flehte ich. Er folgte meiner Bitte, stieß fester zu und trieb mich weiter, immer weiter. Völlig überraschend drang er mit einem feuchten Finger von hinten in mich ein.

»Ah!«, schrie ich überrascht. Es war ein seltsames, ungewohntes, aber verdammt erregendes Gefühl, und ich kam sofort. Heftig und stark rollte der Orgasmus über mich, und ich schrie vor Lust auf, während mein Körper bebte und bebte. Es dauerte eine schiere Unendlichkeit, bis auch die letzte berauschende Welle verklang und ich keuchend liegen blieb.

»Devon«, keuchte ich, als ich wieder zu Atem kam. Mir fehlten die Worte, um das zu beschreiben, was ich soeben gefühlt hatte.

»Ich weiß«, erwiderte er grinsend. »Leg dich auf den Rücken! Das war nur der Anfang für heute.«

»Gibt es doch noch Blümchensex?«, fragte ich mit einem seligen Grinsen auf den Lippen. »Dann mach aber das Licht aus!«

»Du hast noch nicht genug, oder?« Bevor ich mich umdrehen konnte, hatte Devon mir auf die rechte und die linke Pobacke einen kräftigen Klaps versetzt, und zwar so schnell, dass ich erst zu spät spürte, was er tat.

»Au!«, jaulte ich überrascht, und ehe ich mich beschweren konnte, drang er erneut in mich ein.

»Sei ruhig weiter so frech«, knurrte er, und dieses Mal war sein Rhythmus noch härter und tiefer. »Ich habe noch viel vor mit dir.«

Ich klammerte mich an mein Bettgestell, um seinen Stößen standzuhalten. Er beugte sich über mich und umfasste meine Brüste. Sein rauher Atem kitzelte mein Ohr, und ich spürte die süße Erregung schon wieder in mir emporsteigen. Mein Atem wurde immer schneller. Doch genau in diesem Moment, als Devon spürte, dass er das Feuer in mir neu entfacht hatte, bewegte er sich langsamer.

Genussvoll drang er in mich ein und zog sich quälend langsam zurück.

»Wolltest du keinen Analverkehr?«, fragte ich, als auch mein Atem ruhiger wurde. Der Gedanke hing noch in meinem Kopf.

»Oh doch, Anya«, stöhnte Devon. »Ich will sofort, aber du bist noch nicht so weit. Allein die Erwartung, dass ich es tun könnte, ist für heute ausreichend für dich. Leg dich auf den Rücken«, sagte er, und dieses Mal tat ich es sofort. Meine Beine brannten und brauchten ohnehin eine Pause.

Ich ließ mich nach unten sinken und sah ihn an, wie er vor mir saß; die Augen dunkel vor Verlangen, die Wangen gerötet und so erregt, dass ich kaum begreifen konnte, dass ich der Anlass dafür war.

Langsam spreizte ich die Beine und genoss den Anblick seines Gesichtes. Er legte seine Hände auf meine Knie und betrachtete mich.

»Du bist wunderschön«, sagte er mit rauher Stimme.

Anstatt einer Antwort nahm ich seine Hände und zog ihn auf mich. Während ich ihn zärtlich küsste, sah ich ihm tief in die Augen. Er drang wieder in mich ein, fest und hart, und bewegte sich langsam. Doch mit jedem Stoß wurde sein Rhythmus schneller. Ich stöhnte und spürte, wie ich schon wieder bereit war, wie sich das erregende Kribbeln von meinem Unterleib aus in meinem Körper ausbreitete.

War das möglich? Offenbar, denn ich wollte mehr. Ich schob Devon von mir und drückte ihn nach unten. Er sah mich überrascht an, aber er folgte meiner Bewegung. Als er unter mir lag, richtete ich mich auf und begann mich auf ihm zu bewegen, ihn immer tiefer in mich zu stoßen. Ich steuerte meine Lust, und ich steuerte Devons Lust. Ich beobachtete ihn genau und erkundete, wie er reagierte, wenn ich die Geschwindigkeit veränderte.

Ich registrierte sein erregtes Stöhnen, als ich mich schneller bewegte und ihn noch tiefer in mich hineinstieß. Das würde ich nicht länger aushalten, der Gedanke, dass ich Devon unerträgliche Lust bereitete, brachte mich an meine Grenzen. Ich spürte den nächsten Orgasmus kommen. Das Kribbeln in mir wurde immer stärker und unbeherrschbarer. In diesem Moment packte Devon meine Hüften und übernahm wieder die Kontrolle.

Mit seinen Händen hatte er mich fest im Griff und beschleunigte meine Bewegungen noch weiter.

Er bäumte sich unter mir auf und kam; kam mit mir und rief dabei meinen Namen.

KAPITEL 19

Ich war allein, als ich die Augen aufschlug. Das spürte ich sofort. Wütend schlug ich nach meinem klingelnden Wecker und richtete mich auf. Devon hatte gestern Nacht neben mir gelegen, daran erinnerte ich mich genau. Er musste gewartet haben, bis ich tief genug geschlafen hatte.

Dann war er gegangen. Nein, er hatte sich davongestohlen. Der Gedanke tat verdammt weh. War der Abend gestern nicht unglaublich gewesen und der Sex danach der absolute Wahnsinn? Doch für ihn schien das nicht zu reichen, um mehr aus unserer Vereinbarung zu machen. Er blieb konsequent seinen Prinzipien treu. Ich hätte ihn für eine Nacht bei einem Würfelspiel gewinnen können, aber das wäre nicht das gewesen, was ich gewollt hätte. Obwohl, dachte ich, noch so ein einsamer Morgen, und mein Stolz wäre vermutlich dahin.

Wenn Devon einmal eine Nacht mit mir verbracht hatte, erkannte er sicher, dass nichts Schlechtes daran war, und Sex war genau genommen auch eine wunderbare Möglichkeit, einen Tag zu beginnen.

Erschrocken verfolgte ich meine Gedanken. Diese Enttäuschung, dass er nicht bei mir blieb, die Hoffnung, dass mehr daraus werden könnte, bedeutete nur eins: Ich war verliebt. Anders konnte ich mir nicht erklären, dass es mir nicht gelang, Abstand zu gewinnen und einfach nur den unglaublichen Sex zu genießen.

Ich stand ruckartig auf und zog meine Laufsachen an, um mich von diesem Gedanken abzulenken. Es war nicht gut, so etwas zu fühlen, geschweige denn zu denken. Da war es fast noch aussichtsreicher, weiter an dem Projekt zu arbeiten, meinem Po eine knackige Apfelform zu verpassen. Ich flüchtete regelrecht aus meinem Apartment.

»Sarah?«, sagte ich überrascht, als sie mir in Laufsachen und Turnschuhen im Flur entgegenkam.

»Da bist du ja endlich«, sagte sie unruhig. »Ich dachte, ich muss dich noch aus dem Bett holen.«

»Was ist mit dir los?« Ich betrachtete überrascht ihre neonfarbenen Leggins. Sarah hatte noch nie freiwillig Sport getrieben. »Du wolltest mir Neuigkeiten erzählen?«, sagte ich, ihre Ankündigung vom Vortag fiel mir wieder ein.

»Ich komme mit zum Laufen, vielleicht lerne ich ja im Central Park einen netten Mann kennen, der mich nicht permanent an Sex erinnert.«

»Das heißt, du hattest schon wieder einen Ausrutscher?«, fragte ich erstaunt und ging mit Sarah zum Lift.

»Ja«, seufzte sie. »Die Neuigkeit, dass ich mich mit einem Mann seit zwei Tagen treffe, ist schon wieder dahin. Aber es war nur ein winzig kleiner Ausrutscher. Du hättest Paolo sehen müssen, brasilianisches Model mit einer Figur, die einen dahinschmelzen lässt. Ich sage dir ganz ehrlich: Keine Frau auf dieser Welt hätte ihm länger als zwei Tage widerstehen können. Er ist atemberaubend, und ich prophezeie ihm eine große Zukunft auf den Hochglanztiteln. Seine Leidenschaft ist grenzenlos, er stellt sogar mich in den Schatten. Sein Frauenverschleiß ist beachtlich. Apropos, du hast so ein Leuchten in den Augen, das erkenne ich sofort.« Sarah musterte mich neugierig, und ich konzentrierte mich auf den Gehweg.

»Es geht mir gut«, sagte ich halbherzig.

»Wenn es dir wirklich gutgehen würde, würdest du aber anders klingen. Nein, keine Ausflüchte mehr. Ich meine es ernst, dass ich dich nicht mehr im Stich lassen werde. Erzähl mir, was los ist, dann geht es dir besser!« Sie nickte mir aufmunternd zu, während wir den Park erreichten und ich in einen leichten Laufschritt fiel.

Sarah folgte mir schweigend, während ich überlegte, wie ich meine Gedanken am besten formulieren konnte.

»Devon ist unglaublich«, sagte ich schließlich. »Ich habe mich verliebt, obwohl ich genau das nicht wollte.«

»Ich habe von Anfang an geahnt, dass es so kommen würde. Devon gibt nicht auf. Er will dich ganz und gar für sich haben. Man spürt, dass zwischen euch die Chemie stimmt. Wo ist das Problem?«

»Das Problem ist, dass er ausdrücklich keine Beziehung mit mir möchte. Es geht nur um Sex. Er war jeden Abend bei mir, aber er will sich auf keine Verbindlichkeiten einlassen. Ich habe keine Ahnung, wann Devon wieder Lust hat, Zeit mit mir zu verbringen. Vielleicht heute oder morgen oder erst in drei Wochen!« Meine Stimme war unbeabsichtigt laut geworden.

»Dann triff dich nicht mehr mit ihm, wenn es dich nicht glücklich macht«, sagte Sarah. Ich sah sie überrascht an. Dieser Gedanke stand einfach nicht zur Debatte. Schon allein der Gedanke an Devon versetzte mich in Ekstase. Ihn nicht mehr zu treffen kam einem kalten Entzug gleich.

»Es macht mich ja glücklich, ihn zu treffen, aber in der Zeit zwischen unseren Treffen bin ich nicht ganz so glücklich«, gestand ich.

»Du wusstest, worauf du dich einlässt, oder?«, fragte Sarah.

»Ja, er hat mir nie etwas vorgespielt, aber trotzdem tut es weh.«

»Da sind reichlich Gefühle im Spiel«, sagte Sarah nachdenklich. »Du hast nur zwei Möglichkeiten. Entweder verlässt du Devon oder du arrangierst dich mit der Situation und schraubst deine Erwartungen herunter.«

Ich nickte. Doch entgegen jeglicher Vernunft hatte ich tief in meinem Herzen gehofft, dass sich ein magischer dritter Weg eröffnen würde.

Wut über mich selbst ergriff mich ganz unverhofft. Wenn er mir jetzt schon fehlte, kaum ein paar Stunden nachdem er gegangen war, wie sollte es mir dann erst gehen, wenn er beschloss, erst in zwei Monaten wiederzukommen?

»Warte!«, rief Sarah hinter mir. Erst jetzt merkte ich, dass ich unbewusst mein Tempo gesteigert hatte. Ich rannte regelrecht vor meinen eigenen Gedanken davon.

Ich stoppte und sah in den Himmel. Es war ein schöner, milder Sommermorgen, der die Hitze des Tages schon erahnen ließ.

»Lass uns über etwas anderes sprechen«, bat ich. Es war noch zu früh, um ein Urteil über Devon zu fällen. Wir trafen uns erst seit ein paar Tagen, und auch wenn mich diese kurze Zeit völlig aus dem Trott meines eigenen Lebens gerissen hatte, musste ich mich in Geduld üben.

»Gut, wie stellst du dir unser Leben in Minnesota vor?«, fragte Sarah lächelnd.

»Wie bitte? Willst du wirklich mitkommen?«

»Ja, ich habe nur keine Ahnung, was ich dort anstellen soll. In der Erde rumzuwühlen ist nicht so ganz meine Sache.« Sie betrachtete ihre manikürten Fingernägel eingehend, während wir weiterliefen.

»Ich will irgendwann die Farm meiner Eltern übernehmen, da brauche ich jede helfende Hand, aber wenn dir etwas anderes einfällt? Der Hof ist groß, da gibt es bestimmt noch andere Möglichkeiten.«

Sarah grinste begeistert. »Ich stelle mir gerade ein Kalendershooting vor mit viel nackter Haut, kariertem Stoff und reichlich Stroh.«

Konzentriert lief ich zwischen den Bäumen entlang und musterte genau alle mir entgegenkommenden Läufer, während Sarah ausgiebig beschrieb, wie sie die knackigen Männer auf dem Land in echte Kalenderschönheiten verwandeln wollte.

Ich stellte fest, dass mir Rick Charles heute nicht an seiner üblichen Stelle entgegenkam, was ungewöhnlich war, da er im Gegensatz zu mir sein morgendliches Lauftraining nicht einen Tag im Jahr ausfallen ließ.

War er etwa krank? Trevor mochte es nicht, wenn jemand krank war, und ich hatte den Auftrag, den Krankenstand in meiner Abteilung niedrig zu halten. Krankheitsbedingt war man bei TC erst entschuldigt, wenn man mit einem Bein schon im Grab stand.

Als wir unsere Runde beendet hatten, war mein Kopf so voller muskulöser Männer in verschiedenen Posen auf Traktoren und Mähdreschern, dass ich meine schlechte Laune vom Morgen völlig vergessen hatte.

Gut gelaunt machte ich mich mit Sarah auf den Weg nach Hause.

»Danke, dass du mich auf andere Gedanken gebracht hast«, sagte ich, als wir uns im Flur trennten.

»Kein Problem.« Sarahs graue Augen leuchteten. »Du musst ganz tief hier drinnen fühlen, dass es richtig ist.« Sie legte die Hand auf ihr Herz. »Dann kann nichts schiefgehen.« Sie nickte mir noch einmal zu und verschwand dann in ihrem Apartment.

Ihre letzten Worte hatten mich tief berührt. Sie waren so klar und richtig, dass ich einen Moment brauchte, bis ich mich umdrehen und die Tür hinter mir schließen konnte.

Ja, es fühlte sich richtig an, mit Devon zusammen zu sein. Er verkörperte all das, was ich in meinem Leben bisher bewusst außen vor gelassen hatte: Leidenschaft, Gefahr und Risiko, und das alles in einer unberechenbaren Kombination, die ihn so unwiderstehlich machte, dass ich nicht einen Gedanken daran verschwendet hatte, ihn aus meinem Leben zu verbannen.

Nicht nur meine Hosenanzüge waren bisher ein Schutzschild gegen die böse Welt da draußen gewesen, all der Komfort meines gemütlichen Lebens, in dem ich mich verkrochen hatte, diente nur dem einen Zweck: mein Herz vor einer weiteren Enttäuschung zu schützen. Dabei hatte ich das Leben verpasst, und das fühlte sich mit einem Mal völlig falsch an.

KAPITEL 20

Rick Charles rief mich kurz vor dem Lunch an. Ich war gerade mitten in einem Meeting mit meiner Abteilung und übertrug Samantha die Aufgabe, die neuen Qualitätsrichtlinien, die Trevor von seinem Ausflug nach London mitgebracht hatte, an meine Leute weiterzugeben. Schnell verzog ich mich in eine ruhige Ecke, um mit ihm zu sprechen.

»Rick, was ist los?«, fragte ich in kühlem Ton, damit er gleich wusste, dass er eine verdammt gute Erklärung für sein Fernbleiben vom Arbeitsplatz liefern musste. »Bist du krank?«

»Nein.« Sein ungewöhnlich energieloser Tonfall machte mich stutzig. »Meine Frau hat mich heute Morgen verlassen. Sie hat einen Neuen. Tut mir leid, Anya, ich schaff es heute nicht mehr ins Büro. Ich brauche einen freien Tag!« Er klang so elend, dass mir vor Mitleid beinahe die Tränen in die Augen traten. Doch TC war nicht der richtige Ort für emotionale Momente.

»Ich gebe dir heute frei, es liegt ohnehin nichts allzu Dringendes an.« Das war das Höchste der Gefühle, was ich Trevor gegenüber vertreten konnte. Am liebsten hätte ich ihm eine Woche freigegeben, denn ich wusste, wie es mir ging, wenn ich Liebeskummer hatte. Bei Rick war nicht einfach nur eine flüchtige Collegeaffäre in die Brüche gegangen, sondern die Ehe mit der Frau, mit der er schon seit ein paar Jahren verheiratet gewesen war. Aber ich musste streng bleiben, so leid mir Rick auch tat.

»Montagfrüh bist du wieder hier«, sagte ich zum Abschied.

Dann beendete ich das Meeting und ging allein zum Lunch. Eine Auszeit war genau das, was ich jetzt brauchte. Ich verzog mich eine Straße weiter ins Café Rom und bestellte mir ein Sandwich und einen Cappuccino.

Als ich eine Stunde später an meinen Schreibtisch zurückkehrte, lag dort ein Paket. Es war in dasselbe Papier eingeschlagen wie das Paket, das ich vorige Woche bekommen hatte. Doch dieses Paket war um einiges größer. Es konnte nur von Devon stammen, was bedeutete, dass er an mich dachte und nicht vorhatte, drei Wochen oder gar zwei Monate auf meine Gesellschaft zu verzichten.

Obwohl ich mich darüber freute, war mir auf der anderen Seite klar, dass Devon allein bestimmte, wann wir uns sahen und ob überhaupt. Ich spielte mit dem Gedanken, das Paket einfach einzupacken und später zu öffnen, wie eine kleine Machtdemonstration Devon gegenüber. Er mochte mir vielleicht ein Paket schicken, aber ich war es, die darüber entschied, wann ich es öffnete. Ich trommelte mit den Fingerspitzen ganze fünf Minuten unruhig auf dem Paket herum und kämpfte gegen die Versuchung.

Dumm nur, dass mich meine Neugier gepackt hatte. Meine kleine Schwäche für Überraschungen hielt wenig von meinem Stolz.

Es half nichts. Ich musste wissen, was er mir geschickt hatte. Ich sah mich um, ob mich jemand beobachtete. Der Inhalt musste delikat sein. Er enthielt sicher Dinge, von denen keiner meiner Kollegen etwas wissen musste.

Glücklicherweise schien mich niemand weiter zu beachten. Ich legte das Paket auf meinen Schoß, sodass es halb von meinem Schreibtisch verborgen blieb, und hob eine Seite des Deckels hoch, um einen Blick hineinzuwerfen. Eine Karte lag obenauf und darunter war etwas Weiches in ein zartes Papier eingeschlagen. Ich zog die Karte heraus und las:

Trage das heute Abend unter Deinem Kleid, und zwar nur das!
Ich hole Dich um acht Uhr zum Abendessen ab.
D.D.

Ich holte einmal tief Luft und hob den Deckel wieder hoch. Was hatte Devon mir geschickt? Ich musste es wissen. Vorsichtig schlug ich das leise raschelnde Papier zur Seite und lief sofort knallrot an. Eine Korsage! Waren wir im achtzehnten Jahrhundert?

Es war ein edles Stück aus smaragdgrüner Seide und schwarzer Spitze. Elegant und schön, aber auch verrucht und sündig. Mit hochrotem Kopf klappte ich den Deckel der Schachtel sofort wieder zu und ließ sie schnell in einem Schubfach meines Schreibtisches verschwinden.

Ich konnte es nicht verhindern, aber ein glückliches Lächeln breitete sich auf meinem Gesicht aus. Meine Enttäuschung vom Morgen kam mir albern vor. Er hatte gesagt, dass er mich mochte, und zwar nicht nur wegen dem Sex, den wir hatten. Vielleicht gab es noch eine andere Erklärung dafür, dass Devon etwas mehr Nähe zwischen uns nicht zulassen konnte oder wollte. Er verbarg ganz offensichtlich noch einiges vor mir.

Obwohl ich versuchte, den restlichen Nachmittag nicht mehr an das verheißungsvolle Geschenk in meinem Schreibtisch zu denken, spielte meine Fantasie verrückt. Immer wieder drängten sich die Bilder der letzten Nächte in meinen Kopf, begleitet von der Frage, was der heutige Abend bringen würde.

»Anya!«, schrie Trevor mitten in meinen Tagtraum hinein, und ich zuckte zusammen. Schnell sprang ich auf und lief zu seinem Schreibtisch hinüber. Unterwegs versuchte ich die Reste meiner erotischen Träumereien aus meinem Gedächtnis zu kehren. Das hätte ich mir eigentlich sparen können, denn Trevors Worte wirkten ohnehin wie eine kalte Dusche.

»Wo steckt Rick Charles?«, fragte er, und mir gefror das Blut in den Adern.

»Er hat sich heute freigenommen. Ihm ging es sehr schlecht«, sagte ich möglichst unbeeindruckt.

»Hast du das genehmigt?« Der Blick seiner Schweinsäuglein durchbohrte mich mühelos.

»Ja, habe ich«, erwiderte ich. Würde er mich diesmal feuern?

»Warum?« Trevors Stimme klang kalt.

»Seine Frau hat ihn heute Morgen verlassen«, sagte ich und versuchte mein Unbehagen nicht durchklingen zu lassen. Ich konnte mich sicher auf das Schlimmste gefasst machen, denn ich hatte Gerüchte gehört, dass Trevor nicht einmal einen Tag gefehlt hatte, als seine Ehen in die Brüche gegangen waren.

Zu meiner Überraschung hielt er jedoch inne und murmelte, dass ein Tag schon in Ordnung gehen würde, und noch etwas von einmaliger Ausnahme, was ich aber kaum verstand. Dann fuchtelte er mit seinen kleinen, dicken Fingern, was ich als Aufforderung verstand, mich zu entfernen. Ich zögerte nicht lange und ging, so schnell ich konnte.

Hinter dem sicheren Schutz der riesigen Grünpflanze beobachtete ich Trevor von meinem Schreibtisch aus. Seine Reaktion hatte ich nicht erwartet. War er doch nicht so gefühllos, wie ich ihm das immer unterstellt hatte? Vielleicht war tief in seinem Herzen noch ein Rest Menschlichkeit?

Als Trevor um sechs Uhr ungewöhnlich früh das Büro verließ, hielt auch mich nichts mehr an meinem Schreibtisch. Es war mir ohnehin ein Rätsel, wie ich es geschafft hatte, mich so lange zu konzentrieren, während dieses verräterische Paket in meiner Nähe gewesen war, das all meine Gedanken immer wieder auf sich gezogen hatte. Zwei Stunden Vorbereitungszeit blieben mir noch, bis Devon kam, und die würde ich gründlich nutzen.

Ich lief nicht nach Hause, ich flog beinahe und wich mit traumwandlerischer Geschicklichkeit den Passanten aus, die mir entgegenströmten. Es war Wochenende und die Stadt pulsierte voller Vorfreude den freien Tagen entgegen.

Als ich die Tür zu meinem Apartment öffnete, stellte ich meine Tasche ab und hielt kurz inne. Hier war alles so wie immer, der warme Orangeton der Wände, meine Grünpflanzen, die friedliche Atmosphäre. Nur ich hatte mich verändert, das konnte ich nicht leugnen. Ich war nicht mehr so ruhig und ausgeglichen, wie ich es noch bis vor kurzer Zeit gewesen war. Mit Devon gab es die höchsten Höhen und tiefsten Tiefen zu erleben, und wir waren scheinbar erst am Anfang unserer Achterbahnfahrt.

Das Klingeln meines Telefons schlich sich leise in meine Gedanken hinein. Ich zog mein Smartphone aus der Tasche.

»Ja?«, sagte ich erwartungsvoll und rechnete eigentlich nur mit einer Stimme.

»Alles in Ordnung, Schatz? Du klingst so krank«, sagte meine Mutter.

»Mom?«, rief ich überrascht. Natürlich, er konnte es nicht sein, denn wir hatten nicht einmal unsere Nummern ausgetauscht.

»Wen hast du denn erwartet? So wie du geklungen hast, bist du entweder krank oder du hast dich bei so einer dubiosen Hotline angemeldet.«

»Mom!« Meine Überraschung war jetzt einer wachsenden Empörung gewichen, doch meine Mutter ließ sich davon nicht bremsen und redete ohne Unterbrechung weiter.

»Man hört ja so einiges über die Großstädte. Hast du finanzielle Probleme?«

»Nein!«, rief ich und versuchte einen Ansatzpunkt zu finden, um sie zu stoppen, denn meine Mutter kannte keine persönlichen Grenzen.

»Schatz, du kannst es mir ruhig sagen.«

»Ich habe keine finanziellen Probleme«, stöhnte ich genervt.

»Dann bist du krank?«, fragte sie forsch.

»Nein, ich bin nicht krank. Es geht mir hervorragend.«

»Was ist dann mit dir los?« Sie schien ratlos, und ich sah sie jetzt genau vor mir. Die Lippen gespitzt, die Stirn nachdenklich in Falten gelegt, während sie den Bleistift, der neben dem Telefon lag, abwesend zwischen den Fingern drehte.

»Nichts, Mom. Mir geht es gut.«

»Mmh!« Sie schien nicht überzeugt zu sein.

»Wirklich«, beteuerte ich mit ernster Stimme.

»Du hast jemanden kennengelernt«, mutmaßte sie, und meine Ohren wurden heiß. War ich schon bereit, mit meiner Mutter über Devon zu sprechen? Was sollte ich ihr sagen? Ich hatte den besten Sex meines Lebens mit einem atemberaubenden Mann, der keine Beziehung haben wollte, aber voller Geheimnisse steckte?

»Nein, ich habe keinen Freund, falls du das meinst«, erwiderte ich ruhig, denn das traf die Sache ziemlich genau.

»Schade«, erwiderte meine Mutter nach einer zehn Sekunden langen Denkpause. Sie glaubte mir.

»Wie geht es dir und Dad?«, fragte ich, um sie endlich von mir und meinem Beziehungsleben abzulenken.

»Gut. Wann kommst du uns endlich wieder besuchen? Es ist schon einen Monat her, seitdem du das letzte Mal hier warst. Dein Vater sagt es zwar nicht, aber er kommt um vor

Sehnsucht. Er ist still geworden in den letzten Wochen. Es wird Zeit, dass du kommst und ihn wieder auf andere Gedanken bringst.«

»Ich weiß. In zwei Wochen habe ich einen Flug gebucht. Sag ihm, dass ich bald komme.«

»Ja, das tue ich. Er will dir endlich den neuen Hühnerstall zeigen. Daran hat er wochenlang gewerkelt; vollklimatisiert, belüftet und mit einer automatischen Überwachung. Jetzt weiß ich endlich, wie viele Eier jedes Huhn legt.« Meine Mutter stöhnte genervt.

»Das klingt toll.«

»Na ja, ich kann es langsam nicht mehr hören. Er hatte ja nichts anderes mehr im Kopf als Schaltpläne und Baumaterialien, aber er ist unglaublich stolz, dass jetzt endlich alles funktioniert.«

»Das glaube ich«, erwiderte ich lächelnd. Ich kannte meinen Vater: Wenn er sich einmal eine Sache in den Kopf gesetzt hatte, dann brachte er sie zu Ende. »Grüß ihn von mir.«

»Ja, Schatz, das tue ich und …« Meine Mutter zögerte einen Moment. »Pass auf dich auf!«, sagte sie schließlich schnell. »Du weißt, dass du jederzeit zu uns kommen kannst.«

»Ja«, murmelte ich nachdenklich.

»Ich liebe dich, bye.«

»Ich dich auch, bye.« Nachdenklich legte ich auf. Meine Mutter hatte ein feines Gespür dafür, zwischen den Zeilen herauszuhören, was mit mir los war. Sie wusste, dass ich wegen irgendetwas durcheinander war.

Devon! Der Gedanke an ihn elektrisierte mich und ließ mich das Telefonat schlagartig vergessen. Ich hatte nur wenig Zeit, bis er vor meiner Tür stehen würde. Mein Hosenanzug flog in hohem Bogen in den Wäschekorb, und ich ging unter die Dusche.

Das heiße Wasser beruhigte mich. Ich wusch mir die Haare und rasierte meine Beine und meine Achseln. Nachdem ich mit dem Ergebnis zufrieden war, drehte ich unschlüssig den Rasierer in den Fingern. Sollte ich es wagen und auch den Rest des dunklen Haares von meinem Körper rasieren?

Was würde Devon sagen? Vermutlich war es für ihn ungewöhnlich, dass ich es bisher nicht getan hatte. Entschlossen setzte ich den Rasierer an und entfernte gründlich alle Schamhaare, die mich störten. Zufrieden betrachtete ich das Ergebnis von oben. Was für ein irres Gefühl, so nackt und so empfindsam. Der Gedanke an Devons Finger auf dieser zarten Haut brachte mich zum Beben. Warum hatte ich das noch nicht eher getan?

Ich trocknete mich gründlich ab und betrachtete im Spiegel meine neue Blöße. Bis auf einen winzigen, schmalen Streifen hatte ich alle Haare abrasiert. Ich gefiel mir mit dieser neuen Frisur. Es hatte etwas Verruchtes und Verbotenes. Zufrieden ging ich ins Schlafzimmer und stellte meine Tasche langsam auf meinem Bett ab. Ich zog das Paket heraus und drehte es unschlüssig in den Händen.

Überschritt ich hier nicht eine Grenze? Doch genau darum ging es Devon. Er selbst überschritt Grenzen, und er tat dies, um neue Dinge zu spüren, extreme Dinge. Entschlossen öffnete ich das Paket und betrachtete die Korsage. Ich las mir die Karte noch einmal durch, und meine Vorfreude steigerte sich in totale Nervosität.

Was würde Devon heute Abend mit mir tun? War es möglich, die Intensität unseres Aktes noch zu steigern? Ich zog die Korsage an, die sich glücklicherweise durch einen versteckt an der Seite angebrachten Reißverschluss schließen ließ, sodass ich beim Ankleiden ohne Zofe auskam.

Wow, war das eng. Hatte er wirklich die richtige Größe ausgewählt? Als der Reißverschluss endlich zu war – es erforderte meine ganze Kraft, ihn bis nach oben zu ziehen –, japste ich nach Luft.

Der Stoff drückte meine Brüste nach oben und schnürte meine Taille ein. Ich ließ meine Finger über die Korsage gleiten, die meinem Körper eine ganz andere Form gab, eine verführerische und erotische Linie. War das wirklich ich da in dem Spiegel? Mit bloßer Scham und verruchter Wäsche? Ich erkannte mich selbst kaum wieder. Mein Anblick schockte mich allerdings nicht so sehr, wie ich das erwartet hatte. Nein, ganz im Gegenteil: Ich mochte mich so.

Entschlossen zog ich das kleine Schwarze aus dem Schrank und streifte es über. Für den heutigen Anlass war dieses eng geschnittene, ärmellose Kleid perfekt. Ich musste feststellen, dass die Korsage meinem Körper einen weiblicheren Schwung gab und dem Kleid eine Form, die es vorher niemals gehabt hatte. Ich sollte öfter so etwas tragen, beschloss ich in diesem Moment und hoffte, dass ich meine Meinung nicht grundlegend ändern würde, sobald mir im Laufe des Abends die Luft ausging.

Ich suchte nach ein paar passenden Schuhen, als mir einfiel, dass ich noch etwas Wichtiges vergessen hatte. Richtig! Zu der Korsage fehlte noch ein passender Slip. Ich durchsuchte das Seidenpapier und den Karton dreimal, aber da war nichts. Nein! Die Bedeutung von Devons Worten dämmerte mir plötzlich. Ich sollte nur die Korsage drunter tragen und sonst nichts.

Das war nicht sein Ernst!

Das konnte er unmöglich von mir verlangen.

Er wollte, dass ich halb nackt aus dem Haus ging? In ein Restaurant? Mich so vor allen Leuten zeigte? Nein, ich war ein anständiges Mädchen, und ohne Slip würde ich nicht das Haus verlassen. Das war eine Grenze, die ich nicht überschreiten konnte, nicht einmal für Devon.

Empört riss ich das Schubfach mit meiner Unterwäsche auf und suchte einen passenden Slip. Genervt stöhnte ich auf. Devon hatte recht, ich besaß nur Liebestöter, bequem und gut geeignet, einen Tag in einem Bürostuhl ohne Beschwerden zu verbringen. Der String fiel mir in die Hände. Ja, das würde gehen. Der schwarze Stoff passte gut zu der Korsage, und damit fühlte ich mich nicht ganz so nackt. Ich warf einen letzten Blick in den Spiegel und war mit dem Ergebnis zufrieden. Ich trug noch ein dezentes Make-up auf, und gerade, als ich fertig war, klopfte es.

Mein Herz raste, als ich zur Tür ging. Ich war verwirrt, aufgewühlt und trotz allem überglücklich. Ich war verliebt in Devon, und zwar mehr, als gut war. Es erklärte alles, das Durcheinander meiner Gefühle und sogar die seltsamen Fragen, die ich mir auf dem Weg zur Tür stellte. Würde mich Devon mit einem Lächeln begrüßen oder würde er mich sogar küssen? Ich konnte die wenigen Schritte bis zur Tür nicht schnell genug hinter mich bringen.

Er war da, atemberaubend schön und mit einem verwegenen Lächeln auf den Lippen, als er mich sah. Er trug eine Jeans und ein dunkles Shirt aus edlem Stoff, das seinen kräftigen Oberkörper unverschämt gut betonte. Dieser Mann war purer Sex, und seine Augen leuchteten dunkel, als er seinen Blick über meinen Körper wandern ließ. War ich in einem Traum? Es musste wohl so sein.

»Anya, du siehst perfekt aus.« Er trat einen Schritt auf mich zu und ließ mit einer sanften Bewegung seine Hand an meiner schmalen Taille entlanggleiten, während er einen leichten Kuss auf meine Wange hauchte. Die Härchen in meinem Nacken stellten sich voller Erwartung auf. Doch leider beließ er es bei dieser spärlichen Liebkosung.

»Wenn ich nicht schon etwas für uns vorbereitet hätte, würde ich dich gleich hier auf dem Sofa ficken«, sagte er stattdessen leise und so selbstverständlich, als ob er über die Wahl des Restaurants sprechen würde. Seine Stimme klang rauh, und ich schnappte nach Luft.

»Tu es, ich habe nichts dagegen«, flüsterte ich halb benommen von seinen Worten und dem wenigen Sauerstoff, der es wegen meiner neuen Unterwäsche überhaupt noch bis in meine Lungen schaffte.

»Nein!« Er schob mich entschlossen auf Armeslänge von sich. »Du solltest nicht so ungeduldig sein. Lust muss man zelebrieren und genießen wie einen guten Wein. Sie muss reifen und Tiefe entwickeln, umso befriedigender ist ihre Erfüllung. Ich war an den letzten Abenden leider etwas ungeduldig, aber heute nehmen wir uns mehr Zeit.«

»Muss ich wieder würfeln?«, fragte ich argwöhnisch.

»Nein«, entgegnete Devon. »Die Entscheidungen für den heutigen Abend sind eigentlich schon alle getroffen. Es sei denn, du hast einen besonderen Wunsch, den ich dir erfüllen kann. Dann lass ich mich gern von dir inspirieren.«

»Du bist ein Profi, durch und durch«, stellte ich fest.

»Ein Profi?«, murmelte er, und sein Blick bohrte sich in meine Augen, sodass ich unwillkürlich vergaß, was ich gerade sagen wollte. »Mmh, wahrscheinlich stimmt das sogar.«

Bevor ich auch nur einen weiteren Gedanken an seine seltsamen Worte verschwenden konnte, wandte er sich dem Flur zu. Ich musste mich regelrecht beeilen, meine Handtasche zu nehmen und ihm zu folgen.

KAPITEL 21

Wir betraten den Lift, und während wir in die Tiefe fuhren, versuchte ich, nicht an die verflixte Korsage zu denken, die meine Brüste erregend zusammendrückte, und auch nicht an Devon, dessen Blick ich genau auf meinem Körper spürte. Ich sah geradeaus auf die Tür und vertiefte mich in die Spiegelung des Lichts auf dem hellen Metall.

Ein Ruck riss mich in die Realität zurück, und mit einem Schlag umgab uns totale Dunkelheit, die nur eine Sekunde später von dem matten Glimmen einer Notbeleuchtung erhellt wurde.

»Devon!«, rief ich erschrocken und tastete nach seiner Hand.

»Es scheint, als ob der Lift stecken geblieben ist«, antwortete er ruhig und ohne Sorge. Er war nah bei mir, näher als ich vermutet hatte. Ich spürte in der Dunkelheit die Wärme seines Körpers und seiner Hand, die jetzt auf meinem Rücken lag.

»Was tun wir jetzt?«, fragte ich noch immer nervös, obwohl die Nervosität einem anderen Gefühl wich, einer unerklärlichen erotischen Spannung, die ich nicht mehr aufhalten konnte.

»Warten, Anya«, sagte er ruhig und mit einem rauhen Unterton in der Stimme, der mich stutzig machte und mich von meiner Panik gänzlich ablenkte. Wollte er etwa jetzt und hier? Er sah mich eine Weile an, bis sich sein Blick veränderte, brennender wurde.

»Obwohl …«, sagte er plötzlich und drückte mich mit einer schnellen Bewegung gegen die kalte Metallwand, »… wir könnten die Zeit auch sinnvoller nutzen.«

Ich stöhnte auf, als er sein Knie zwischen meine Beine drängte. Meine Angst vor engen Räumen war schlagartig vergessen. Seine Lippen fanden meine und sein Kuss war wild und hart. Devons Zunge drang in meinen Mund ein, nahm mir den Atem und erforschte ungehalten meine Lippen.

Dann küsste er sich an meinem Hals hinab, während er an meiner Haut sog und biss und der leichte Schmerz mich rasend machte. Ich stöhnte ungehemmt und drückte meinen Unterleib fest gegen sein Bein.

»Trägst du die Korsage?«, fragte er, als seine Lippen mein Ohrläppchen erreichten. Er leckte an der zarten Haut, und ich seufzte hingerissen. Er wusste genau, was er tat, und ich war wie Wachs in seinen heißen Händen.

»Ja«, flüsterte ich heiser.

»Nur die Korsage?« Seine Stimme klang streng. Verdammt! Ich schwieg und überlegte fieberhaft, was ich sagen sollte. Warum nur machte es mich so nervös, dass ich seinen Wunsch nicht erfüllt hatte? Seine Hand glitt von meiner Taille nach unten, schob mein Kleid nach oben, und bevor ich etwas sagen konnte, lag seine Hand mit festem Druck zwischen meinen Beinen.

»Anya!«, sagte er vorwurfsvoll.

»Entschuldigung«, flüsterte ich. Was tat ich hier? Warum entschuldigte ich mich für das, was ich anzog? Das war meine Angelegenheit.

»Gib mir den String!«, forderte er mich auf.

»Wie bitte?« Überrascht sah ich im schwachen Lichtschein auf.

»Gib mir den String!«, wiederholte er mit einem gefährlichen Unterton in der Stimme.

»Was tust du, wenn ich ihn dir nicht gebe?«, fragte ich unschuldig, denn eines war mir schlagartig klar. Wir waren mitten in einem Spiel, und dem begeisterten Funkeln in Devons Augen nach zu urteilen, bereitete ihm meine Antwort großes Vergnügen.

»Willst du es ausprobieren?«, fragte er nachdenklich und drückte seine Erektion gegen meinen Bauch, während er mit seinen Händen meine Arme umfasste. In seinem Griff konnte ich mich nicht mehr bewegen, und einen klaren Gedanken konnte ich schon längst nicht mehr fassen.

»Ja«, hauchte ich. Devon sog geräuschvoll Luft ein, schloss die Augen und legte seinen Kopf in den Nacken. Was sagte ich da? War das wirklich ich, die da gesprochen hatte?

»Oh, Anya, du hast keine Ahnung, was ich gern mit dir anstellen würde. Ich kann es kaum erwarten.« Ich hatte keinen blassen Schimmer, worauf ich mich einließ. Wie auch?

Bisher hatte er nicht viel verraten. Er spielte gern mit Frauen, und er redete nicht darüber, was er tat oder mit wem. Jetzt war die Gelegenheit herauszufinden, was er damit meinte und welches Geheimnis er bisher vor mir verborgen hatte. Denn dass er sich Mühe gab, mich von bestimmten Themen fernzuhalten, war mir nicht entgangen.

Deswegen gab es nur eine Antwort, die ich ihm geben konnte: »Ja, ich denke schon, dass ich weiß, worauf ich mich einlasse«, erwiderte ich entschlossen. Was würde er schon mit mir tun? Wenn es so viel Lust versprach wie das, was er bisher mit mir getan hatte, würde ich mich jederzeit darauf einlassen.

»Bist du dir ganz sicher?«, fragte er ernst, als wenn es kein Zurück mehr gäbe.

»Ja«, erwiderte ich verunsichert, und ein mulmiges Gefühl beschlich mich. Was hatte Devon vor?

»Gut, probieren wir es aus. Ich kann es kaum erwarten. Schon seit unserem ersten Treffen warte ich auf diesen Moment, in dem du ganz mir gehören wirst«, sagte er mit dunklem Blick.

Bei seinen Worten fiel mir siedend heiß die Einladung in die *Black Lounge* ein, die er mir bei unserem ersten Treffen gegeben hatte. Die Lounge, in der geheimnisvolle Dinge geschahen und in die ich, laut Devons Worten, nicht passen würde.

In diesem Moment setzte sich der Fahrstuhl mit einem Ruck in Bewegung, das Licht ging wieder an, und ich blinzelte in die Helligkeit, die mir in den Augen brannte. Devon ließ meine Arme los und trat einen Schritt zurück.

Wozu hatte ich ihm mein Einverständnis gegeben? Der Fahrstuhl blieb stehen, und die Türen öffneten sich. Wir waren in der Tiefgarage angelangt, und Devon führte mich zu seinem Auto. Er sagte nichts, während er mir die Tür aufhielt und ich einstieg.

Als er neben mir Platz nahm und den Motor startete, schwieg er immer noch. Ich wagte es nicht, dieses Schweigen zu unterbrechen. Er schien über etwas nachzudenken. Wahrscheinlich überlegte er, was er mit mir tun wollte. Ein prickelnder Schauer aus Vorfreude und Ungeduld erregte mich.

Würde er mir weh tun? Wahrscheinlich!

Würde es mir gefallen? Das letzte Mal hatte es das getan. Was gab es sonst für Möglichkeiten? Mein Kopf schwirrte von den vielen Dingen, die mir in den Sinn kamen.

Als wir fünf Minuten gefahren waren und Devon immer noch kein Wort gesagt hatte, kam mir die Situation albern vor.

»Habe ich dir meine Seele verkauft?«, fragte ich in die Stille hinein. Devon schrak auf und sah mich einen Moment nachdenklich an.

»Es ist etwas spät, dass du dir darüber Gedanken machst«, sagte er amüsiert.

»Besser spät als nie«, erwiderte ich.

»Vertraust du mir?«, fragte er ruhig. »Vertraust du mir so weit, dass du dich mir völlig ausliefern kannst, dass du mir die Kontrolle über deinen Körper überlässt?« Er sah kurz zu mir herüber, als ob er zweifelte, dass ich dazu bereit war. War ich das? Ich wusste es nicht, aber nun gab es kein Zurück mehr, oder?

»Ja, das tue ich«, sagte ich leise.

»Gut, dann beginnt es jetzt.« Devon hielt den Wagen am Straßenrand an.

»Was beginnt jetzt?«, fragte ich heiser.

»Das *Black Game*«, entgegnete er todernst, und mir wurde kalt. Es klang verrucht und geheimnisvoll, nach Lust und Schmerz, nach Demut und obsessiver Leidenschaft. Trotzdem hatte ich immer noch keine Ahnung, was sich genau dahinter verbarg.

Devon beugte sich zu mir herüber und griff in das Handschuhfach vor mir. Er zog einen schwarzen Seidenschal hervor und verband mir die Augen. Ich schluckte nervös, und ein aufgeregtes Zittern kroch über meine Haut. Ich spürte, wie sich der Wagen wieder in Bewegung setzte.

»Es gibt drei Regeln in unserem Spiel«, sagte Devon, während er beschleunigte. »Erstens: Du sprichst nur dann, wenn du gefragt wirst. Zweitens: Du tust widerspruchslos das, was ich dir befehle. Und drittens: Ich beende das Spiel. Bist du damit einverstanden?«

Ich holte lautstark Luft. Meinte er das ernst? Offenbar, denn er wartete auf meine Antwort. Ich ließ mir alles noch einmal gründlich durch den Kopf gehen.

»Was hast du mit mir vor?«, fragte ich.

»Das werde ich dir nicht sagen. Das ist Teil des Spiels, und außerdem werden die Würfel entscheiden, was wir tun werden. Ich verspreche dir aber, dass du Lust in dir bisher unbekannter Dimension kennenlernen wirst.«

Mir wurde heiß. »Die Würfel?«, fragte ich leise. »Du klingst so, als ob du dieses Spiel schon oft gespielt hast.« Devon zögerte.

»Das habe ich. Bist du mit den Regeln einverstanden?«, wiederholte er kühl seine Frage. Ich überlegte fieberhaft. War ich bereit für extreme Dinge, denn mir war schon klar, dass dieses Spiel, was immer es auch sein würde, weiter gehen würde als das, was wir bis jetzt getan hatten.

»Entscheide dich, Anya«, sagte er ungeduldig, als ich nicht antwortete. Seine Anspannung übertrug sich auf mich, und mein Mut schwand zusehends. War unsere Beziehung oder das, was wir hier taten, vorbei, wenn ich ablehnte? Würde er sich nie wieder mit mir treffen, weil er mich für langweilig hielt? Egal, ich konnte es nicht tun. Nicht, solange ich nicht wusste, worauf ich mich tatsächlich einließ.

»Nein!«, sagte ich schließlich und zog mir die Augenbinde vom Kopf.

»Gut«, erwiderte er und hielt wieder an. Er sah aus dem Fenster und starrte in den fließenden Verkehr. Mehr tat er nicht, und mich beschlich das unsägliche Gefühl, dass ich alles kaputt gemacht hatte.

»Bist du enttäuscht?«, fragte ich, als Devon seine Position auch nach einer Weile noch nicht verändert hatte.

»Ja, das bin ich«, antwortete er kalt. Ich schluckte entsetzt und bereute meine Entscheidung. Wenn ich mutiger gewesen wäre, wenn ich es gewagt hätte, etwas zu riskieren und ihm zu vertrauen, dann hätte ich ihn nicht verloren. Nun war alles vorbei, und ich war wieder allein. Der Boden schien unter mir aufzugehen, und der kalte Schmerz in meinem Herzen betäubte mich.

»Ich bin enttäuscht von mir«, sagte Devon leise.

»Wie bitte?«, fragte ich verwirrt und starrte zu ihm hinüber. Er sah mich nicht an. Mit beiden Händen hatte er das Lenkrad fest umschlungen, als ob er sich daran festhalten müsste.

»Ich hatte mir vorgenommen, dich nicht in das *Black Game* hineinzuziehen, aber der Gedanke daran ist so verlockend, so erregend, dass ich schwach geworden bin. Es tut mir leid, ich hoffe, du kannst mir meinen Ausrutscher verzeihen.«

Ich verstand rein gar nichts, außer dass irgendetwas Schreckliches passiert sein musste, zumindest in den Augen von Devon.

»Was meinst du?«, sagte ich entsetzt. Devon schien noch immer zu Eis erstarrt zu sein, eine kalte, abweisende Statue.

»Du bist so voller Vertrauen, und ich weiß genau, dass du etwas für mich fühlst, egal, was du die ganze Zeit behauptest.«

Ich sah zu Boden, denn ich hatte keine Ahnung, dass ihm diese Tatsache so klar gewesen war.

»Und obwohl ich es genau wusste, habe ich dich trotzdem ausgenutzt, weil ich meine selbstsüchtigen Wünsche erfüllen wollte. Ich missbrauche dein Vertrauen und nehme keine Rücksicht auf dich und darauf, dass du dich nach unserer Session schlecht fühlen würdest.«

Session? Mmh, das klang nach Lust, und Lust in Zusammenhang mit Devon war eine verdammt gute Sache, aber seine Selbstvorwürfe irritierten mich und brachten mich aus dem Konzept.

»Devon, hör auf damit!«, stoppte ich ihn. Ich drehte mich zu ihm, beugte mich auf seine Seite hinüber, um die Distanz zu überwinden, die sich zwischen uns aufgetan hatte. »Seitdem wir uns treffen, fühle ich mich so lebendig wie noch nie in meinem Leben. Es geht mir nicht schlecht. Im Gegenteil:

Es geht mir so gut wie noch nie, und ja, ich will so eine Session mit dir machen, nicht jetzt und nicht heute und wahrscheinlich auch nicht, solange ich nicht genau weiß, was du vorhast, aber im Prinzip will ich es, und ja, ich vertraue dir.«

»Jetzt, solange du hier sitzt, fühlt es sich gut an, darüber zu reden, aber es tatsächlich zu tun, Anya, ist eine ganz andere Sache. Danach würde es dir mit Sicherheit schlechtgehen. Ich werde dir weh tun«, sagte Devon mit verschlossenem Gesicht.

Ich musste die Karten auf den Tisch legen.

»Was ist, wenn du dich irrst und mir das Ganze Spaß macht? Bis jetzt war der Schmerz Lust, und, ehrlich gesagt, gefällt es mir, und ich bin durchaus bereit, mit dir noch einen Schritt weiter zu gehen«, erklärte ich, um ihn zu mir zurückzuholen.

»Nein.« Devon schloss die Augen und atmete tief ein.

»Bitte, lass uns nicht so auseinandergehen«, flüsterte ich. Spürte er nicht, wie viel ich für ihn empfand? »Ich lasse dich nicht gehen«, sagte ich entschieden.

Er öffnete die Augen und sah mich an. Ein entschlossener Blick lag in seinen schönen, verzweifelten Zügen.

»So einfach wirst du mich auch nicht los«, erwiderte er. »So etwas darf nicht noch einmal passieren. Ich bin maßlos und finde selten eine Grenze. Das *Black Game* ist tabu für dich und für uns. Ich lasse es nicht noch einmal so weit kommen. Du musst auf mich aufpassen!« Er sah mich eindringlich an, die blauen Augen voller Ernst. Sein Blick war so brennend, dass es mir kalt den Rücken herunterlief.

»Das werde ich«, entgegnete ich, zu allem bereit, um ihn davon zu überzeugen, dass er sich irrte. Zu meiner Überraschung löste sich die Anspannung aus seinem Gesicht.

»Wir sollten einfach dort weitermachen, wo wir vorhin aufgehört haben«, schlug ich vor.

»Nicht ganz«, stieß Devon hervor. Er nahm die Augenbinde, die ich noch in den Händen hielt, und warf sie in den hinteren Teil des Wagens.

»Wir sollten nicht spielen. Niemals, dafür bist du mir zu viel wert.« Ich saugte seine Worte regelrecht in mich auf. Zwischen uns war also doch mehr als nur Sex. Etwas, das man beinahe eine Beziehung nennen konnte, auch wenn Devon noch lange nicht bereit war, dieses Wort zu benutzen.

Während ich ihn noch still ansah, startete er den Wagen, wendete und fuhr zurück ins Herz von Manhattan.

KAPITEL 22

Wir bogen in die Tiefgarage eines 5-Sterne-Hotels ein und hielten auf einem freien VIP-Parkplatz. Wo sonst? Devon schaltete den Motor aus, stieg aus und ging um das Auto herum, um mir die Tür aufzuhalten. Als ich ausstieg, reichte er mir seine Hand und ließ sie auch nicht los, als wir den Aufzug betraten.

»Traust du dir nicht mehr?«, fragte ich grinsend, als ich feststellte, dass er sorgsam darauf achtete, meinen Körper während der Fahrt nicht zu berühren und nicht anzusehen.

»Heute nicht mehr«, sagte er mit einem ernsten Zug um die Lippen. »Und auch du solltest aufpassen, dass es nie wieder so weit kommt.« Die Türen öffneten sich, und Devon zog mich mit sich aus dem Aufzug.

»Guten Abend, Mr. Draper«, begrüßte uns ein Mitarbeiter des Hotels förmlich. Er musste auf uns gewartet haben, denn er schoss wie ein Pfeil hinter einer S-förmig geschwungenen gläsernen Theke hervor.

»Ist alles vorbereitet?«, fragte Devon.

»Ja, Mr. Draper. Ich sperre jetzt diese Etage. Es wird zu keiner Störung kommen.« Mit einem angedeuteten Kopfnicken verneigte sich der junge Mann leicht. Devon nickte und der Hotelmitarbeiter verschwand im Aufzug. Devon zog mich weiter, und wir verließen den Empfangsraum durch eine breite Tür.

»Keine Störung?«, fragte ich und sah mich um. Wir waren im Wellnessbereich des Hotels. Die Lichter waren gelöscht worden, und stattdessen brannten im ganzen Raum Kerzen.

Der Anblick war überwältigend. Im Wasser des langgestreckten Pools spiegelte sich das Licht der kleinen Flammen in warmen Tönen. Das Rauschen und Plätschern wurde von leiser Hintergrundmusik begleitet. Ich war wie hypnotisiert von dem Anblick und wusste nicht, wo ich zuerst hinschauen sollte. Das hatte er alles für mich vorbereitet? Für uns? Wie konnte er nur glauben, dass mir je etwas Besseres widerfahren konnte, als ihn zu treffen?

Kein Mann hatte jemals so einen Aufwand betrieben, um einen ungestörten Abend mit mir verbringen zu können. Allerdings blieb mir noch die Frage, was Devon an diesen Sessions so sehr faszinierte, dass er seinen ursprünglichen Plan fallenlassen wollte. Was verbarg sich hinter dem *Black Game*? Auch wenn die Neugier in mir brannte und mir der Gedanke keine Ruhe ließ, war jetzt kein guter Moment, um darüber zu sprechen.

»Komm mit!«, sagte Devon und zog mich an dem Pool vorbei auf eine gartengleiche Terrasse hinaus, über der sich der wolkenlose Himmel dunkel wölbte.

Wir gelangten an einen weiteren Pool. Eine Brücke führte über das Wasser hinweg zu einer winzigen Insel, die von Fackeln erleuchtet wurde. Devon zog mich weiter mit sich, und wir betraten den schmalen Holzsteg, unter dem sich kristallklares Wasser in einer leichten Brise wellte.

Als wir die Insel betraten, versanken meine Absätze in weichem Sand. Unter Palmen entdeckte ich einen gedeckten Tisch. Die Illusion war perfekt.

Hätten der Smog und der Lichtkegel der Stadt nicht den Himmel erhellt, sodass man kaum einen Stern erkennen konnte, und würde nicht weit entfernt das Summen des Verkehrs in den überfüllten Straßen zu hören sein, hätte ich angenommen, auf einer Insel in der Karibik zu stehen und nicht mitten in New York. Ich blendete die Realität aus und gab mich diesem Traum hin, Devons Traum.

»Nimm Platz!«, sagte er mit einem Lächeln. Er wusste, dass er mich beeindruckt hatte. Meine entgleisten Gesichtszüge sprachen sicherlich Bände. Ich ließ mich auf den weich gepolsterten Stuhl sinken und wartete, bis Devon mir gegenüber Platz genommen hatte.

»Wir sind ungestört?«, fragte ich neugierig und sah mich um.

»Ja, das Personal hat den Bereich verlassen und der Lift wurde gesperrt, sodass niemand zu uns gelangen kann«, erwiderte er.

»Was kostet so etwas?«, fragte ich ungeniert und schlug die Beine übereinander.

»Nicht so viel, wie du denkst«, entgegnete er kurz und sah mich langsam und mit einem genussvollen Lächeln von oben bis unten an. Es war, als ob er mich berührte. Ich vergaß tatsächlich einen Moment lang meine nächste Frage.

»Was hast du mit mir vor, dass du dabei kein Personal gebrauchen kannst?«, fragte ich schließlich heiser.

»Es stört mich lediglich, wenn ein Kellner ständig unser Gespräch unterbricht«, sagte er vieldeutig.

»Wir könnten auch zu Hause bleiben«, schlug ich vor.

Devon sah mich überrascht an, als ob ihm dieser Gedanke nie selbst gekommen war.

»Möchtest du für mich kochen?«, fragte er erstaunt.

»Ich kann hervorragend kochen. Du vergisst, dass ich vom Land komme. Mein Truthahn zu Thanksgiving ist berühmt.«

»Du offenbarst eine Vielzahl an unentdeckten Talenten.« Er schmunzelte und goss uns Champagner ein.

»Auf diesen Abend!«, sagte er und sah mir tief in die Augen. Er war wieder entspannt und sein Blick von einer Leichtigkeit, die mich abheben ließ. Die dunkle Stimmung, die uns im Auto überfallen hatte, war verflogen wie ein dunkler Nebel, den die Sonne aufgelöst hatte.

»Auf uns!«, erwiderte ich mutig. Devons Augen blitzten, als wir anstießen, doch er antwortete nicht.

»Warum die Korsage?«, fragte ich.

»Wie ich dir schon einmal gesagt habe, liebe ich es, wenn Frauen schöne Wäsche tragen, und je schöner die Frau ist, umso edler sollte die Wäsche sein, die sie trägt. Schöne Wäsche ist wie Schmuck, er unterstreicht die Schönheit einer Frau und gibt ihr eine ganz individuelle Note. Ich mag gepflegte Frauen, die sich um ihren Körper kümmern. Die Wäsche, die in deinem Schrank liegt, ist im Übrigen eine Beleidigung für deinen atemberaubenden Körper. Du solltest sie wegwerfen. Ich kaufe dir gern neue.«

»Danke, aber im Büro trage ich lieber meine bequemen Liebestöter«, entgegnete ich. Meine Wäsche konnte ich mir selbst kaufen.

»Eine Korsage ist für dich also edle Wäsche?«, sagte ich und sah ihn fragend an. Dabei beugte ich mich über den kleinen Tisch in seine Richtung. Zwischen uns stand eine Platte exklusiven Fingerfoods, eine bunte Mischung kleiner Kunstwerke.

»Ja, sie ist quasi die Königin. Sie umschmeichelt deine Figur, macht sie noch perfekter, und vor allem erinnert sie dich ständig daran, dass ich dich heute Abend noch berühren werde. Vielleicht hier auf dem Tisch oder dort im Pool oder später in deinem Apartment.« Devon nahm nachdenklich eine der winzigen Köstlichkeiten und schob sie zwischen meine Lippen. Ich schmeckte Schinken und Melone, und mein Kopf war gähnend leer.

Seine Ankündigung war aufs Äußerste erregend. »Eine Korsage ist wie ein fester Griff meiner Hände auf deinem

Körper, sie reizt deine Sinne und bereitet dich auf mich vor, sie steigert allmählich deine Lust, bis du mich anflehen wirst, dir einen Höhepunkt zu schenken.« Ich schluckte, während meine Augen an Devons Lippen hingen. Wie recht er hatte. Dieser Mann war purer Sex oder zumindest hatte er den Sex zu seiner größten Leidenschaft erklärt. Das erwartungsvolle Summen zwischen meinen Beinen konnte ich kaum noch unterdrücken.

Glücklicherweise trug ich noch den String, sonst hätte ich ihn wirklich schon längst angefleht, mich zu erlösen. Wäre ich nackt gewesen, und das mit meiner frisch rasierten, überempfindlichen Haut, würde ich kaum einen Schritt gehen können, ohne zu keuchen. Aber noch war ich, zumindest in geringem Umfang, in der Lage, meine Gedanken zu kontrollieren.

Devon liebte es, mich zu reizen, aber ich lernte schnell. Gedankenverloren nahm ich ein winziges Blätterteigteilchen zwischen die Finger, auf dem sich ein Häufchen Kaviar dunkel türmte. Ich beugte mich zu ihm hinüber und sah ihm tief in das wunderschöne wassergleiche Blau seiner Augen.

»Ich habe mich rasiert«, sagte ich beiläufig und schob das Backwerk in seinen bereitwillig geöffneten Mund. »Überall.« Dann nahm ich meinen Finger und leckte ihn langsam und genüsslich ab. Devons Augen wurden dunkel und weiteten sich. Er schluckte und fixierte mich mit seinem Blick, sodass ich kaum zu atmen wagte.

»Genug gegessen, lass uns ins Wasser gehen!«, ordnete er ohne Umschweife an und stand auf. Ins Wasser? Ich erhob mich und folgte ihm langsam.

Von der Insel aus führten breite Stufen in das seichte Wasser. Devon zog in einer schnellen Bewegung seine Hose und sein Shirt aus und stieg nur noch mit seinen eng anliegenden

Shorts bekleidet ins Wasser. Ich betrachtete wortlos seinen Rücken und seine gut definierten Muskeln, die sich unter der leicht gebräunten Haut bewegten. Was für ein verlockender Anblick!

Er tauchte gänzlich unter, nur um kurz darauf prustend vor mir zu erscheinen. Sein Haar war nass und dunkel und er hatte ein befreites Lächeln auf den Lippen, jungenhaft und unbeschwert. Erst jetzt fiel mir auf, wie angespannt er sonst im Vergleich dazu wirkte, kontrolliert und beherrscht, immer die Situation im Griff. Na ja, nicht immer.

»Zieh dich aus«, sagte er. Ich zögerte ein wenig, beschämt, mich hier in dieser Umgebung nackt zu zeigen. Vielleicht war doch noch irgendwo jemand in der Nähe, der uns beobachtete.

»Zieh dich aus«, wiederholte Devon mit einem gefährlichen Knurren in der Stimme. Dieser Ton elektrisierte und provozierte mich gleichzeitig. Ich fühlte mich hin- und hergerissen zwischen der Versuchung, mich völlig frei diesem Moment hinzugeben, und meiner jahrelang gewohnten Scham.

Ich beschloss, es langsam anzugehen und zu warten, wie es sich anfühlen würde, hier an dieser Stelle nackt zu sein. Zögernd schlüpfte ich aus meinen Schuhen, dann ließ ich ganz langsam das Kleid von meinen Schultern gleiten, bis ich nur noch in Slip und der Korsage am Beckenrand stand.

»Ich liebe diesen Anblick«, hörte ich Devons Stimme und der erregte Klang, der in seinen Worten mitschwang – halb bewundernd, halb anerkennend –, löste ein warmes Glühen in meiner Mitte aus. Da war mehr zwischen uns als die erotische Spannung. Für mich war es mehr, viel mehr.

Ein Windhauch strich über meine nackte Haut, und ein glühender Schauer kroch langsam meinen Nacken empor und schaltete meine logisch denkenden Gehirnareale gänzlich aus.

Der Rausch der Lust, der mich immer überwältigte, sobald Devon in meine Nähe kam, hatte mich wieder ergriffen, und mein Körper gehorchte jetzt nur noch ihm. Plötzlich war es mir egal, ob mir jemand zusah. Das Einzige, was nun wichtig war, war Devon.

Ich legte die Hand an den Reißverschluss der Korsage, um sie auszuziehen. Doch bevor ich den Reißverschluss öffnen konnte, stoppte mich Devons Blick.

»Zieh den Slip aus«, sagte er und seine Stimme duldete keinen Widerspruch. Ich überlegte nicht lange. Die Situation, die ich im Fahrstuhl provoziert hatte, wollte ich nicht wiederholen. Beinahe in Zeitlupe zog ich den zarten Stoff von meinen Hüften und ließ ihn zu Boden fallen. Ich wagte es nicht, Devon in die Augen zu sehen, jetzt wo er meine nackte Scham sah, doch ich hörte, wie sein Atem schwerer wurde. Ich wollte nur noch schnell ins Wasser eintauchen und meine Blöße ein wenig verbergen. Ich machte einen schnellen Schritt vorwärts, aber Devon stoppte meine Eile.

»Langsam, Anya! Lass mich diesen Moment genießen«, bat er mit rauher Stimme.

Plötzlich änderte sich etwas in mir. Mein Anblick erregte Devon.

Warum sollte es mir peinlich sein, mich zu zeigen?

Ein Gefühl von Stärke hatte mich ergriffen, und ich nahm die Macht wahr, die ich in unserer Konstellation hatte. Ich fixierte ihn, um keine seiner Reaktionen zu verpassen. Dann ging ich langsam auf die Treppe zu, mit erhobenem Haupt, eingezogenem Bauch und herausgestreckter Brust.

Der Effekt war phänomenal. Devon riss die Augen auf und folgte jedem meiner Schritte. Das Wasser war warm, als es meinen Fuß berührte. Mit jedem Schritt tauchte ich weiter hinein, mit jedem Schritt kam ich Devon näher, bis uns nichts mehr trennte.

»Beeindruckend«, murmelte er. Mit einer schnellen Bewegung zog er mich an sich und küsste mich. Ich erwiderte gierig seinen Kuss und ließ der angestauten Erregung in mir freien Lauf. Devon schloss die Hände um meine Taille und schob mich, ohne seine Lippen von meinen zu lösen, an den anderen Beckenrand. Dann wanderten seine Hände nach oben und befreiten geschickt meine Brüste aus den Schalen der Korsage, ohne sie zu berühren. Meine Brustwarzen stellten sich sofort auf, als das Wasser sie umspülte. Als wenn er spürte, was ich wollte, glitten seine Lippen an meinem Hals entlang zu meinen Brüsten hinab. Er küsste meine Brustwarzen sanft und zärtlich.

»Mehr!«, hauchte ich benommen. Ich explodierte beinahe vor Erregung und diese spärliche Liebkosung reichte mir längst nicht aus.

»Geduld, Anya, wir haben den ganzen Abend Zeit«, sagte Devon ohne Mitleid.

»Bitte, fick mich!«, stieß ich heraus. Hatte ich das wirklich gesagt? Um Himmels willen, meine Hormone hatten die Machtherrschaft übernommen, und ich war unzurechnungsfähig geworden.

»Anya, du machst es mir schwer«, seufzte er mit dunklem Blick.

»Bitte!«, flehte ich wieder. Devon schloss die Augen und stöhnte. Er holte tief Luft und tauchte unter. Erst dachte ich, er müsste sich abkühlen, doch dann spürte ich, wie er mit einer kräftigen Bewegung meine Beine auseinanderschob und seine Zunge an meiner Klitoris spielte.

Ich stieß vor Überraschung einen spitzen Schrei aus. Er drang mit einem Finger in mich ein und massierte mich mit schnellen Bewegungen von innen, während seine Zunge unablässig um meine empfindsamste Stelle kreiste. Ich war so überreizt, dass ich es kaum schaffte, regelmäßig zu atmen. Ich keuchte auf, und die Lust rollte schon in kleinen Wellen über meine Haut. Devon beschleunigte das Tempo seiner süßen Tortur und drang tiefer in mich ein. Ich krallte mich am Beckenrand fest und schloss keuchend die Augen. Die Eindrücke überwältigten mich, durch das mich umgebende Wasser war mein ganzer Körper auf Empfang geschaltet.

Ein spitzer Schmerz kickte meine Lust über den Zenit, und ich kam so stark, dass mir einen Moment schwarz vor Augen wurde.

Keuchend registrierte ich, dass Devon meine Klitoris zwischen die Zähne genommen und zugebissen hatte. Während der Orgasmus ausklang und ich erschöpft meinen Kopf in den Nacken sinken ließ, tauchte Devon wieder auf.

»Danke«, flüsterte ich, während sich eine befriedigende Entspannung in mir ausbreitete und auch meine Atmung sich langsam wieder beruhigte. »Bist du Taucher?«, fragte ich halb im Spaß.

»Apnoetaucher. Mein persönlicher Rekord liegt bei acht Minuten, du hättest dir auch Zeit lassen können«, erwiderte er trocken.

Mir blieb der Mund offen stehen, doch er schien es nicht zu bemerken.

»Gibt es einen Extremsport, den du noch nicht ausprobiert hast?«, fragte ich.

»Ein paar, aber so langsam gehen mir die Freizeitbeschäftigungen aus.« Er grinste. »Ich liebe es, wenn du kommst«, flüsterte er plötzlich und nahm mein Gesicht in seine Hände. »Ich liebe es, wenn du für mich kommst, aber ich komme auch gern, und deswegen wirst du dich gleich bei mir revanchieren können«, kündigte er an.

Er hatte schon wieder einen Plan. Obwohl mein Orgasmus noch keine fünf Minuten her war, regte sich in meinem Bauch schon wieder ein süßes Kribbeln. Wie schaffte er das nur? Devon nahm mich in den Arm, und gemeinsam glitten wir durch das brusthohe Wasser. Ich ließ mich treiben und genoss den Blick auf die benachbarten Hochhäuser, während Devons feste, muskulöse Arme mich ohne Mühe trugen.

Was, wenn uns jemand beobachtet hatte? Der Gedanke brachte mich aus dem Konzept. Doch schon passierten wir den Übergang zum Innenbereich und tauchten in ein Meer aus goldenem Licht ein.

»Was hast du vor?«, fragte ich.

»Ich verfolge weiter meinen ursprünglichen Plan, von dem du mich kurz abgebracht hast, weil du mich angefleht hast, dich zu erlösen.«

»Mmh!« Ungewollt lief ich rot an. Meine Zügellosigkeit war mir peinlich. Statt einer Antwort trug er mich weiter, bis wir eine breite Treppe erreichten, dort ließ mich Devon ins Wasser sinken. Mit einer saloppen Geste bedeutete er mir, dass ich vor ihm das Wasser verlassen sollte. Betont langsam stieg ich die Treppen hinauf und spürte dabei seine Augen auf meinem Po. Das Wasser troff von der vollgesogenen Korsage und floss prickelnd zwischen meinen Beinen hinab. Als ich oben auf der Treppe angekommen war, drehte ich mich um und blieb provokant mit gespreizten Beinen stehen.

»Du wirst immer besser«, summte Devon und folgte mir die Treppe hinauf. Oben angekommen, zog er mich an sich und küsste mich ungehalten. Er schob seine Zunge in meinen Mund und ich schloss die Augen. Ich spürte seine Finger an der Korsage, fühlte, wie er den Reißverschluss nach unten zog und wie ich ganz langsam Raum zum Atmen zurückbekam. Mit einem nassen Klatschen fiel die Korsage schließlich zu Boden und ich war völlig nackt.

»Ich freue mich schon jetzt auf das nächste Mal, wenn du sie tragen wirst«, kommentierte er das Geräusch. Dann nahm er ein Handtuch und begann mich langsam abzutrocknen, wobei er meinen Brüsten und meinem Po besonders viel Aufmerksamkeit schenkte.

Nachdem Devon mit dem Ergebnis zufrieden war, zog er mich zu einer gepolsterten Ruhefläche, die von einem weißen Baldachin überspannt war. Er breitete ein großes, flauschiges Handtuch aus.

»Leg dich hin, ich werde dich jetzt massieren«, verkündete Devon. Schnell ließ ich mich auf die Liegefläche sinken und legte mein Gesicht in das zart duftende Tuch unter mir. Wann hatte ich das letzte Mal eine Massage bekommen?

Es musste Jahre her sein. Für solchen Luxus hatte ich mir keine Zeit mehr genommen, seitdem ich bei TC war. Sarah hatte mir erzählt, dass Männer kein Geschick hätten, eine Frau richtig zu massieren. Ihrer Erfahrung nach war es ein grobes Herumwerkeln zwischen Schultern, Brüsten und Vagina, das im Prinzip ein kurz gefasstes Vorspiel war. Olivia hatte nur die Augen verdreht, als ich mit Sarah darüber gesprochen hatte, was ich so deutete, dass sich Tom nicht überraschend besser angestellt hatte.

Ich wartete gespannt, ob sich ihre Theorie bei Devon bewahrheiten würde. Ich hörte, wie er hinter mir seine nasse Hose auszog und näher kam.

»Hattest du schon einmal eine erotische Massage?«, fragte er.

»Eine erotische Massage?«, flüsterte ich in das Handtuch. Was war denn eine erotische Massage? Ich erinnerte mich entfernt an meine letzte Rückenmassage, die schon Jahre zurücklag, aber das meinte er sicher nicht.

»Nein«, sagte ich schließlich, denn mit keinem meiner bisherigen Liebhaber war ich jemals so weit gekommen wie mit Devon.

»Gut«, sagte Devon, und ich glaubte ihn lächeln zu hören. »Versuch, dich zu entspannen und dich ganz auf deinen Körper zu konzentrieren. Du bekommst jetzt eine Tantra-Massage«, kündigte er an.

Mir sagte das nichts. Von asiatischen Massagen hatte ich schon gehört, aber was sich hinter einer Tantra-Massage verbarg, war mir ein Rätsel. Noch.

Devon begann eine warme Flüssigkeit auf meinem Körper zu verteilen, ein Öl vermutlich. Ich spürte seine großen Hände, die nun in sanften kreisenden Bewegungen das Öl in meine Haut einmassierten.

Er begann an meinen Armen und arbeitete sich genussvoll langsam über meine Schultern, meinen Rücken und meinen Po bis zu meinen Beinen und meinen Füßen vor.

Zu meiner Überraschung stellte ich fest, dass Devon genau den richtigen Druck auf meinen Körper ausübte. Es dauerte nicht lange, und ich fühlte mich schwer, warm und so weit weg von allem wie noch nie. Nach einer gefühlten halben Stunde dachte ich, dass es nun vorbei wäre. Doch Devon hatte noch nicht genug.

»Dreh dich um«, flüsterte er, und träge folgte ich seiner Aufforderung.

Er verteilte warmes Öl auf meinem Bauch, meinen Beinen und massierte es sanft in meine Haut ein. Er begann wieder mit meinen Armen, und als jegliche Spannung aus ihnen gewichen war, wanderten seine Hände zu meinen Brüsten, umkreisten sie langsam und mit leichtem Druck. Besonders lange verweilte er bei meinen Brustwarzen, knetete und streichelte sie, bis sie meine wachsende Erregung verrieten und sich steif aufstellten.

Über meinen Bauch hinweg wanderten seine Hände weiter nach unten, erkundeten meine rasierte Scham, die glatt und weich unter seinen Händen bebte und jede seiner Berührungen aufnahm. Devon spreizte meine Beine und setzte sich zwischen meine Schenkel.

Er goss warmes Öl auf meine Haut, das meine Schamlippen entlanglief. Ich konnte ein wohliges Seufzen nicht unterdrücken. Mit beiden Händen massierte er langsam meine Schamlippen, spreizte sie schließlich und strich mit leichtem Druck meine Klitoris entlang.

Es war nicht dieselbe, gierige Erregung, die ich vorhin im Wasser gefühlt hatte. Nein, das, was Devon jetzt mit mir tat, war anders. Mein Körper war entspannt, und die Erregung, die seine Massage hervorbrachte, war intensiv und tief, als wenn sie sich in meinem ganzen Körper auszubreiten begann. Er drang mit seinen Fingern in mich ein und massierte mich von innen. Überrascht schlug ich die Augen auf und sah ihn an. Er beobachtete mich.

»Entspann dich«, flüsterte er, und ich schloss die Augen wieder. Wow, dieser Mann hatte wirklich begnadete Hände. Geduldig massierte Devon mich weiter von innen und außen im Wechsel, und obwohl ich mehrmals dachte, dass ein Orgasmus mich durchdringen würde, wurde meine Erregung nur immer weiter gesteigert.

Mit festem Griff drehte mich Devon wieder auf den Bauch und begann dann meinen Po zu massieren. Von außen arbeitete er sich immer weiter nach innen vor, bis seine kreisenden Finger eine sehr delikate Stelle erreichten. Ich sollte mich wundern, aber seine Berührungen waren ganz selbstverständlich.

Ja, ich wollte das, und als er mit einem Finger in mich eindrang, war es einfach nur prickelnd schön. Er massierte mich mit Hingabe, drang tiefer mit seinem Finger ein und dehnte die weiche Haut.

Dann verschwand sein Finger, und stattdessen drang ganz langsam und vorsichtig sein harter Penis von hinten in mich ein. Ich war entspannt, weich und bereit und nahm ihn mit einem wohligen Seufzen auf. Er bewegte sich langsam hin und her, als ob er testen würde, wie ich reagierte. Ich hob meine Hüften ein wenig, um ihm anzudeuten, dass mir gefiel, was er tat. Er schob sich tiefer in mich hinein und begann sich hin und her zu bewegen.

Lustvoll langsam füllte er mich gänzlich aus, bis ich stöhnte. Die Massage hatte meinen Körper vorbereitet und mein Empfinden verstärkt. Je fester Devon zustieß und je mehr er sein Tempo erhöhte, umso höher trug mich meine Erregung. Ohne meinen Körper zu verlassen, zog mich Devon hoch, sodass ich vor ihm kniete, mein Gesicht noch immer auf dem duftenden Handtuch. Durch die veränderte Position konnte er noch tiefer in mich eindringen und noch stärker zustoßen.

Es dauerte nur wenige Stöße, bis ich es kaum noch aushielt. Mein Atem ging stoßweise, und mein Körper war durchdrungen von Lust.

»Ah!«, rief ich, denn ich konnte mich nicht weiter zügeln. Ich kam mit aller Gewalt und mit meinem ganzen Körper. Ich spürte das Pulsieren in meinen Fingerspitzen, in meinen Ohren und bis in meine Zehen. Ich spürte mich nicht mehr, sondern fühlte mich wie ein glühender Lichtbogen unter Vollstrom. Mein ganzer Körper bebte in langen Wellen. Entfernt hörte ich Devon, der meinen Namen rief und sich mit einem lauten Stöhnen in mich ergoss und zuckend auf meinem Rücken zur Ruhe kam.

»Was war das?«, nuschelte ich in das Handtuch, als mir wieder klar war, wo sich meine Lippen befanden.

»Eine Yoni-Massage«, erwiderte Devon, als wenn ein Ganzkörperorgasmus eine Selbstverständlichkeit wäre. Er hatte sich neben mich gelegt und lächelte zufrieden.

»Lernt man so etwas als Unternehmensberater?«, fragte ich und sah ihn an. Sarahs Theorie war eindeutig widerlegt.

»Ich hatte vor einiger Zeit einen Kunden in Indien.«

»Lass mich raten, du hast ein paar Monate dort verbracht und dich mit den dortigen Gepflogenheiten vertraut gemacht.«

»Ja«, entgegnete Devon kurz. »Lass uns schwimmen gehen.« Er zog meinen schweren, müden Körper mit sich, und ich sank wohlig in das warme Wasser zurück.

»Erzähl mir über das *Black Game!*«, bat ich, als ich in seinen Armen im Wasser trieb, schwerelos und glücklich.

Ich sah aus den Augenwinkeln, wie sich seine Stirn verdüsterte. »Lass uns diesen wunderbaren Abend nicht verderben«, sagte er lediglich.

Ich seufzte. »Wann sehen wir uns wieder?«, fragte ich stattdessen.

»Ich dachte, du magst Überraschungen«, erwiderte Devon.

Ich grinste. »Richtig, aber ich mag auch die Vorfreude, und du siehst, wenn du mir ein paar Stunden Vorsprung gibst, um mich auf dich vorzubereiten, laufe ich zu Höchstleistungen auf.«

»Das ist ein Argument.« Er lächelte. »Ehrlich gesagt entscheide ich das relativ spontan, und im Moment genieße ich diesen unglaublichen Augenblick mit dir und verschwende keinen Gedanken an morgen. Obwohl!« Er hielt inne. »Morgen werde ich mich mit Marc und Ralph treffen. Das heißt, dass wir uns morgen Abend nicht sehen können.«

»Marc und Ralph? Sind das deine Freunde?«

»Mehr als das, wir kennen uns schon seit zehn Jahren und haben viel gemeinsam durchgestanden. Für mich sind sie eher wie Brüder.« Ich bemerkte, wie sich Devon entspannte, während er sprach. Marc und Ralph schienen ihm viel zu bedeuten.

»Gut, dann sehen wir uns Sonntagabend wieder?«, fragte ich vorsichtig.

»Wenn ich es so lange ohne dich aushalte«, antwortete Devon lächelnd, und dieses Lächeln war so ehrlich, dass ich einen Moment innehielt und Devon einfach nur ansah.

Wir bewegten uns vorwärts. Devon war vielleicht nicht so weit von einer normalen Beziehung entfernt, wie er immer dachte. Er konnte das, wenn er wollte. Ich war mir plötzlich sicher, dass er es nur zulassen musste.

»Vielleicht stehe ich schon Sonntag früh vor deiner Tür. Wir könnten zum Paragliding gehen«, schlug er vor.

»Paragliding?«, fragte ich sofort misstrauisch. »Das findet weit über der Erde statt, oder?«

»Ja, ein atemberaubender Sport«, schwärmte Devon.

»Viel zu gefährlich! Wie wäre es mit Schach, Shopping, Lesen oder einem Spaziergang durch den Park?«, erwiderte ich.

»Langweilig!«, sagte Devon entschieden. Er zog mich an sich. »Vielleicht finden wir ja einen Kompromiss.«

»Das werden wir«, entgegnete ich fest entschlossen und küsste ihn mit aller Kraft.

KAPITEL 23

Obwohl mich der Abend mit Devon körperlich an meine Grenzen gebracht hatte, schlief ich miserabel. Meiner Meinung nach waren wir uns nicht nur körperlich näher gekommen als jemals zuvor. Trotzdem hatte er mich nur bis zur Wohnungstür begleitet und sich dann von mir verabschiedet.

Für ihn war es logisch, da ich mich mehrmals darüber beschwert hatte, dass er sich davonschlich, während ich schlief. Doch so war es irgendwie noch härter. Ich sollte müde sein, mein Körper sehnte sich nach Schlaf, dennoch bekam ich kaum ein Auge zu.

Ich spürte noch seinen kühlen Kuss auf meiner Stirn, der nichts mehr mit der Leidenschaft zu tun hatte, die uns noch kurz zuvor zueinander hingezogen hatte. Es tat weh, und obwohl ich versuchte, meinen Ärger hinunterzuschlucken, zog sich in mir etwas schmerzhaft zusammen. Er hatte mich gewarnt, und das nicht nur einmal, aber ich wollte es nicht wahrhaben. Sein Verhalten verletzte mich, und ich wusste genau, warum.

Die trübe Morgendämmerung trieb mich schließlich aus dem Bett. Ich zog meine Laufsachen an. Obwohl es Samstag war und ich hätte ausschlafen können, trabte ich missgelaunt im Halbdunkeln in den Central Park. War nicht mehr zwischen uns möglich als Sex? Was nutzten mir seine Versprechen, dass ich ihm viel wert war, wenn er es nie lang in meiner Gegenwart aushielt?

Ich fiel in ein schnelles Lauftempo. Ich musste wahrscheinlich mehr Geduld mit ihm haben. Sicher brauchte er mehr Zeit.

Mit jedem Schritt wuchs meine Zuversicht wieder, und die dunklen Gedanken der Nacht verschwanden langsam. Ich ermahnte mich zur Geduld und merkte kaum, wie meine Beine brannten, während ich immer schneller lief. Devon brauchte Zeit, um sich an eine Beziehung zu gewöhnen, um sich an mich zu gewöhnen, an unser Zusammensein. Endorphine strömten durch meinen Körper, und keuchend lief ich weiter, bis meine Lunge brannte.

War das die Hoffnung, die mich durchströmte, oder ein Runners High? Die Endorphine strömten aus meiner Mitte. Ich stutzte und stellte fest, dass die Glücksgefühle aus meinem Bauch kamen, genau genommen aus dem unteren Teil meines Bauches. Ich errötete, als ich begriff, dass sie aus dem Bereich meines Körpers strömten, den Devon gestern mit dieser unglaublichen Massage verwöhnt hatte.

Immer noch schwer atmend lief ich zurück zu meinem Apartment. Erst unter der Dusche kam ich zur Ruhe, und mein Körper entspannte sich wieder.

Ich kochte Kaffee und goss mir eine große Tasse ein. Dann sah ich durch das Fenster meiner Küche hinaus in den trüben Morgen. Das Alleinsein hatte mich nie gestört. Im Gegenteil: Ich war gern allein gewesen, aber jetzt genau in diesem Moment fühlte ich mich unendlich einsam. Devon fehlte mir, und dieses Fehlen war fast schon ein körperlicher Schmerz. Sollte ich ihn anrufen und ihn bitten, zu mir zu kommen?

Verdammt! Siedend heiß fiel mir ein, dass ich nicht einmal seine Telefonnummer hatte, dass ich noch immer nicht wusste, wo er überhaupt wohnte.

Er schien viel über mich zu wissen, doch ich wusste beinahe nichts über ihn, und das, obwohl er mir so nahegekommen war wie kein Mann vor ihm. Ich brauchte Gesellschaft, und zwar sofort, sonst würde ich depressiv. Ein Blick auf die Uhr verriet mir, dass es schon acht Uhr war, spät genug für einen Besuch. Wozu hatte man schließlich beste Freundinnen?

Mit meiner Tasse in der Hand stürmte ich in den Flur und hämmerte an Sarahs Tür. Es dauerte eine Weile, aber endlich öffnete sich die Tür einen Spaltbreit. Ein Mann sah mich an. Ein Mann, den ich kannte.

»Rick?«, stieß ich entsetzt hervor, als ich meinen Trader, nur mit einer Unterhose bekleidet, erkannte.

»Anya?«, rief er, mindestens genauso entsetzt wie ich.

»Ich wollte zu Sarah«, stotterte ich verwirrt.

»Ich sag ihr Bescheid«, erwiderte Rick schnell und zog die Tür wieder zu. Wie hypnotisiert ging ich in mein Apartment zurück und ließ mich auf mein Sofa sinken.

Während ich die Wand anstarrte, nahm ich einen großen Schluck Kaffee. Ich hatte mein Mitleid verschwendet an jemanden, der es offenbar nicht brauchte und nicht verdiente. Und Rick war definitiv nicht der neue platonische Freund von Sarah. Ein leises Klopfen weckte mich aus meiner Versteinerung. Ich stand schnell auf und öffnete die Tür.

»Kann ich reinkommen?« Sarah stand im Morgenmantel vor der Tür und sah gar nicht so zufrieden aus wie sonst nach einer Nacht mit einem Mann.

»Brauchst du einen Kaffee?«, fragte ich und winkte sie herein.

»Einen extrastarken, dieser Typ war das Schlimmste, was mir seit Jahren untergekommen ist.«

»Vielleicht hat ihn seine Frau deswegen verlassen«, entgegnete ich.

»Du kennst ihn?« Sarah sah mich überrascht an, während ich ihr einen Kaffee eingoss.

»Nicht privat, er ist einer meiner Trader«, antwortete ich und stellte die dampfende Tasse vor ihr ab.

Sarah nickte: »Ich habe ihn in Bens Pub kennengelernt und dachte, er ist der perfekte Kandidat für eine sexfreie Freundschaft.«

»Das sah aber ganz anders aus!« Ich zog die Augenbrauen hoch.

»Ja, ja, ich habe mich beschwatzen lassen und hatte Mitleid mit dem armen Kerl, aber mal ganz unter uns: Das war der ödeste und langweiligste Sex, den ich je hatte. Kein Wunder, dass ihn seine Frau verlassen hat. Wenn Olivia das mit Tom jedes Mal so macht, wundert es mich nicht, dass Tom lieber in Bens Pub rumhängt, als pünktlich an der Bettkante zu erscheinen.«

»Sei nicht so hart!«

»Da war nichts hart, und das war genau das Problem.« Sie grinste und nahm einen großen Schluck Kaffee. Ob ich jemals so frei über dieses Thema sprechen konnte wie Sarah? Vermutlich nie, dachte ich, während ich mühsam versuchte, das Bild von Rick mit einer hängenden Erektion aus meinem Kopf zu löschen.

»Wie läuft es zwischen dir und Devon? Gibt es eine Verbesserung?« Sarah schien den Schock über ihre missratene Nacht schnell überwunden zu haben. Sie hatte sich schon wieder einem neuen Thema zugewandt. Warum konnte ich das nicht?

»Es läuft gut«, erwiderte ich und konnte mir ein Lächeln nicht verkneifen. »Und eine Verbesserung gibt es und doch auch wieder nicht.«

»Mmh, du klingst aber nicht restlos glücklich.« Sarah sah mich durchdringend an. »Wie meinst du das?«

»Er will mich am Sonntagabend wiedersehen.«

»Gut, er hat nach seinen Verhältnissen einen langfristigen Termin mit dir geplant.«

»Ja, aber er will immer noch nicht bei mir übernachten.«

»Freu dich doch über den ersten Etappensieg, und dann nimmst du dir das nächste Problem vor.«

»Mmh!«

»Er muss so erschöpft sein, dass er keine Lust hat, noch einmal aufzustehen und wegzugehen«, schlug Sarah vor.

»Er ist ein Sportfreak!«, erwiderte ich. »Bevor ich Devon an die Grenzen seiner Belastbarkeit getrieben habe, bin ich im Stehen eingeschlafen.« Vielleicht musste ich mich doch einmal auf eine seiner Extremsportarten einlassen.

»Bist du glücklich mit ihm?«, fragte Sarah.

»Ja«, antwortete ich nach einigem Überlegen. »Es ist nicht einfach mit ihm. Der Sex mit ihm ist der absolute Wahnsinn.« Ich versuchte in Worte zu fassen, was man kaum beschreiben konnte.

»Aber?«

»Kein Aber! Wenn ich nicht so viel erwarten würde, gäbe es kein Aber«, stieß ich hervor.

»Wenn du glücklich bist und der Sex absoluter Wahnsinn ist, reicht das doch erst einmal, oder?« Sarah sah mich an. »Gib ihm noch etwas Zeit, Anya, ihr trefft euch doch erst seit ein paar Tagen.«

»Ja, ich weiß«, gab ich zu. Sarah bestätigte mir das Gefühl, dass ich viel zu voreilig war, aber ich konnte nicht ändern, was ich fühlte und wonach ich mich sehnte. Es kam mir seltsam vor, dass ich selbst noch vor kurzem gedacht hatte, dass Liebe Zeit brauchte. Wenn man den richtigen Mann traf und die Funken sprühten, dann war es schlecht um meine Geduld bestellt. Am liebsten wäre mir, wenn alles gleich und sofort passieren könnte.

»Lass es langsam angehen. Männer brauchen etwas mehr Zeit, um sich an eine Frau an ihrer Seite zu gewöhnen. Du bist bestimmt so ungeduldig, weil du ein paar Jahre aufholen musst.« Sarah blinzelte aufmunternd mit den Augen, während ich leidgeprüft seufzte. »Mach dich nicht verrückt. Genieß doch die Zeit mit ihm. Erzähl mir von dem Sex! Wenn ich schon keinen guten hatte, kann ich mich wenigstens für dich freuen.«

»Kennst du eine Yoni-Massage?«, fragte ich.

Sarah stieß einen bewundernden Pfiff aus.

»Wow, da hast du dir ja jemand ganz Besonderen geangelt. Wie geht es dir danach? Ich habe ja schon gehört, dass diese Massage Wunder wirken soll. Ganzkörperorgasmen, ein ganz neues Körpergefühl, unerklärliche Glücksgefühle, die einen völlig überraschend überkommen.«

»Kann ich bestätigen«, erwiderte ich und dachte an meinen Morgenlauf durch den Park. »Devon ist wirklich einfallsreich.«

»Wow!« Sarah sah verträumt in die Luft und schien in Erinnerungen zu schwelgen. »Ich freu mich für dich«, sagte sie schließlich. »Es wurde auch wirklich langsam Zeit, dass du wieder aktiv mit Männern in Kontakt trittst. Hiermit erkläre ich also deine selbst auferlegte Askese für endgültig beendet. Darauf müssen wir anstoßen!« Sarah klang entschlossen, und in dieser Stimmung konnte sie niemand aufhalten. »Los, wir wecken Olivia und laden uns zum Frühstück bei ihr ein. Ich habe noch eine Flasche Champagner in Reserve.« Sarah sprang leichtfüßig auf und lief zur Tür. »Ich habe auch noch ein paar tolle Ideen für ihr lahmes Liebesleben, und heute Abend gehen wir aus.« Sarah sah mich bittend an.

»Einverstanden«, entgegnete ich. »Mit allem, was du gesagt hast.« Ein wenig Abwechslung würde mir wirklich guttun.

KAPITEL 24

Sarah?«, fragte ich zweifelnd, als ich am Abend in Bens Pub die Rothaarige sah, die an der Bar saß und lasziv die Beine übereinandergeschlagen hatte. Sie drehte sich um. Es war tatsächlich Sarah, die mit diesem feuerroten Haarschopf fremd aussah.

»Anya, da bist du ja endlich«, begrüßte sie mich freudestrahlend.

»Was machst du schon hier, und das mit dieser unglaublichen Haarfarbe?« Ich warf einen Blick auf das leuchtende Rot in Sarahs langen Haaren.

»Ich muss noch mein Versprechen einlösen.«

»Welches Versprechen? Hast du eine Wette verloren und musstest deine Haare rot färben?«, fragte ich nachdenklich.

»Nein! Ich meinte die Wette, die ich mit Olivia abgeschlossen habe.«

»Ach so.« Ich erinnerte mich an unsere ausführliche Diskussion beim Frühstück. Dass Sarah jedoch gleich ihr Haar rot färben ließ, hatte ich nicht erwartet.

»Olivia ist weiter gegangen, als ich jemals vermutet habe«, grübelte Sarah.

Ich nickte. »Sie hat deine Tipps ausprobiert und sich die Beine rasiert, verführerische Dessous getragen und nicht zu vergessen das ganze Sexspielzeug, das du ihr heute überreicht hast. Sie will es heute Abend noch ausprobieren. Es ist nur fair, wenn du jetzt auch mal ein wenig mehr Einsatz zeigst.«

»Ja, ja, ich weiß. Ich habe versprochen, zwei Wochen lang mit keinem Typen ins Bett zu gehen. Olivia hat mir gedroht, dass meine Zeit bald abgelaufen ist, und wenn ich es nicht bald schaffe, wenigstens einen guten Anfang zu machen, muss ich in absehbarer Zeit jeden Tag zum veganen Essen kommen.« Sarah sah mich verzweifelt an, und ich brach in Lachen aus.

»Du bist also hier, um dich mit einem Kandidaten zu treffen. Wer ist es? Bitte sag, dass es niemand aus meinem Büro ist. Noch einen Kollegen in Unterwäsche ertrage ich nicht.«

»Ich habe keine Ahnung«, seufzte Sarah. »Es war eine Kontaktanzeige im Internet. Was Schnelleres habe ich heute nicht organisieren können. Stämmiger Bär sucht feurige Rothaarige für Gespräche rund um Wald und Jagd, aber der Bär ist schon seit einer Stunde überfällig. Ich glaube, er hat mich versetzt.«

»Ich glaube eher, er hat dich gesehen und beschlossen, dass du eine Nummer zu groß für ihn bist.« Ich konnte immer noch nicht mit dem Lachen aufhören und wischte mir eine Träne aus den Augenwinkeln. Dann nickte ich Ben zu, der mir ein Bier mit Kirschgeschmack brachte.

»Was machen wir nun mit diesem angebrochenen Abend?«, fragte Sarah.

»Keine Ahnung, falls dir etwas anderes einfällt als ein Gespräch über Wald und Jagd, komme ich gerne mit. Ich brauche noch ein wenig Abwechslung heute Abend. Such du etwas aus, du kennst dich besser in Manhattans Partyszene aus als ich.« Sarahs Augen blitzten unternehmungslustig, und ich ahnte Schlimmes. Sie hatte eine Idee. Schnell nahm ich einen großen Schluck Kirschbier, um für alles gewappnet zu sein. Der vertraute Geschmack beruhigte mich. So schlimm würde es schon nicht werden.

»Hol die verdammte Einladung, wir gehen in den *Club 5*«, sagte sie entschlossen. Ich verschluckte mich an meinem Bier und begann zu husten. Sarah klopfte mir unbeholfen auf meinem Rücken herum, bis ich wieder zu Atem kam.

Devon wollte nicht, dass ich in diesen Club ging, und er wollte erst recht nicht, dass ich in die *Black Lounge* kam.

»Kann nicht«, keuchte ich.

»Bitte, Anya!« Sarah blinzelte mich mit ihrem verführerischen Blick an, und ich spürte, wie ich schwach wurde. Devon hielt es nie für nötig, mir über das, was er tat, Rechenschaft abzulegen. Und genauso war ich ein freier Mensch und konnte selbst entscheiden, in welchen Club ich ging.

Außerdem: Wenn Devon nicht gewollt hätte, dass ich in die *Black Lounge* gehe, hätte er mir diese Einladung nie geben dürfen, dachte ich trotzig. Ich hatte die Geheimniskrämerei satt, außerdem würde er es nie merken, wenn ich es ihm nicht erzählen würde. Ich fühlte mich plötzlich verboten gut.

»Gut, ich komme mit«, sagte ich entschlossen und trank mein Bier aus. Sarah strahlte wie ein Kind an Weihnachten.

»Wirklich?«, fragte sie mit funkelnden Augen.

»Ja«, entgegnete ich schnell, bevor ich es mir anders überlegen konnte. Sarah nahm meine Hand und zog mich zum Ausgang.

»Tschüss, Ben«, rief sie über den Tresen, und bevor Ben auch nur den Mund öffnen konnte, um ihr zu antworten, waren wir bereits verschwunden.

Der *Club 5* war in einem repräsentativen Gebäude untergebracht. Das edle Ambiente war respekteinflößend und beeindruckte mich, ehe ich auch nur einen Fuß über die Schwelle gesetzt hatte. Lange Banner hingen am Gebäude herab und kündigten vier verschiedene Arten Live-Musik, Tanzflächen auf mehreren Etagen und fünf Bars und Restaurants an.

Dieser Club war eine riesige Vergnügungsinsel mitten in Manhattan, und das Gedränge auf der Straße zeugte davon, wie gut es hinter der Fassade sein musste. Der Club war voll, und die Leute auf der Straße warteten darauf, dass endlich jemand ging, damit sie reinkonnten. Ich hielt Sarahs Hand fest umklammert, damit wir uns in dem Pulk aus Menschen nicht verloren. Sarah war wie eine Löwin und kämpfte sich entschlossen bis zum Türsteher vor. Siegessicher wedelte sie mit der Einladung für die *Black Lounge* vor seiner Nase herum, und ohne eine Miene zu verziehen, ließ uns der braungebrannte, schrankbreite Kerl ein, während uns die sehnsuchtsvollen Blicke derer folgten, die auf der Straße zurückblieben.

Der Club strahlte Luxus an jeder Stelle aus, die Möbel waren exquisit und edel, selbst das Personal, das eifrig durch den Raum summte, schien Designerkleidung zu tragen. In dem einfach geschnittenen dunkelblauen Kleid, das ich mir von Sarah geliehen hatte, kam ich mir tatsächlich vor wie Aschenputtel. Sarah zog mich an eine Bar, wo ich angespannt auf einen dick gepolsterten Hocker sank, während Sarah Getränke bestellte.

Wenn es nach ihr gehen würde, wären wir sofort in die *Black Lounge* gestürmt, aber Sarah wusste, dass ich etwas Zeit brauchte, um mich in dieser neuen und exotischen Umgebung zu akklimatisieren.

»Es ist riesig«, stellte ich möglichst unbeeindruckt fest, als mir Sarah einen glasklaren Drink in die Hand drückte.

»Ja, das ist es, und es ist immer voll, obwohl ich es ehrlich gesagt schon voller erlebt habe.« Elegant schlug Sarah die Beine übereinander und stieß mit mir an.

»Da draußen stehen doch noch locker hundertfünfzig Leute«, sagte ich und nippte an der süßen Flüssigkeit.

»Ja, die lassen sie nur nach und nach rein.« Sarah trank ihr Glas in einem Zug leer und sah mich erwartungsvoll an.

»Warum lassen sie die Leute draußen warten?«

»Wenn es vor dem *Club 5* kein Gedränge mehr gibt, dann ist der Club tot«, entgegnete Sarah.

»Wie bitte?«

»Der Club lebt davon, dass alle denken, sie müssen hier rein, weil sie sonst etwas verpassen«, sagte Sarah, und mir fiel ein, dass Devon schon einmal etwas Ähnliches gesagt hatte.

»Gutes Konzept, es wirkt sogar bei dir.« Ich musste grinsen.

»Nein, ich habe es durchschaut.« Sarah nickte siegesgewiss und forderte mich mit einem Kopfnicken auf, mein Glas leer zu trinken. Ihre Ungeduld war greifbar. Ich konnte es durchaus verstehen, denn auf diesen Moment wartete sie schon seit einer geraumen Weile.

»So sensationell wird es nicht sein«, versuchte ich ihre Unruhe zu zerstreuen.

»Wahrscheinlich«, erwiderte sie, aber sie konnte mich nicht täuschen. Ich sah ihre wippende Fußspitze und den nervösen Blick, der immer wieder zu einer nicht weit entfernten Tür irrte, vor der ein weiterer braungebrannter, schrankbreiter Kerl stand und desinteressiert geradeaus starrte. Gab es die im Sechserpack?

Ich trank mein Glas leer und rutschte vom Hocker. Es war Zeit, Sarah zu erlösen, und es war auch Zeit für mich, endlich Licht ins Dunkel zu bringen.

Sarah war sofort an meiner Seite, und Hand in Hand gingen wir zur *Black Lounge* hinüber. Ich widersetzte mich Devons Wunsch, das war mir klar, aber ich war neugierig, und was war schon dabei, einen Blick hineinzuwerfen, nur einen?

Ich musste es Devon gegenüber nie erwähnen, und dann würde es nie ans Licht kommen. Außerdem war ohnehin alles

Sarahs Schuld, sie hatte mich hierher gedrängt. Nein, es war Devons Schuld, wenn er mir nicht die Einladung gegeben hätte, wäre ich nie auf die Idee gekommen, hierherzukommen und in einem knallengen Kleid und in gewagten Stilettos auf eine geheimnisumwitterte Lounge zuzumarschieren. Mein Herz schlug heftig, als wir an der Tür angelangt waren und ich die Einladung vorzeigte. Der Türsteher untersuchte die Karte genau und fragte mich nach meinem Namen.

»Anya Summers und Begleitung«, sagte ich trocken. Der Alkohol gab mir den nötigen Mut, um taff zu sein. Er sah in einer Liste nach und gab mir die Karte schließlich zurück.

»Bitte beachtet die Verschwiegenheitsvereinbarung, sobald ihr diesen Raum betretet. Keine Info darf nach draußen gelangen, verstanden?«

Erst nachdem Sarah und ich brav genickt hatten, trat er ein Stück zur Seite und machte uns den Weg frei.

Verschwiegenheitsvereinbarung? Das klang nach mehr als nur nach Cocktails und guter Musik. Mit einem mulmigen Gefühl im Bauch folgte ich Sarah in die *Black Lounge*.

KAPITEL 25

»Wow!«, flüsterte Sarah aufgeregt, nachdem wir unseren Rundgang beendet hatten und in einem der vielen grauen Sofas saßen, die in dem dezent beleuchteten und elegant eingerichteten Raum standen. Hier drinnen war alles schwarz oder grau, es sah aus wie ein Männertraum.

Auf Hochglanz polierter Edelstahl konkurrierte mit ebenen schwarzen Flächen, die matt schimmerten. Seltsamerweise war hier drinnen kein einziger Mann zu sehen. Mit uns waren es genau zweiundzwanzig Frauen, die verteilt auf den Sofas saßen und warteten.

»Worauf warten die hier alle?«, fragte ich verwundert. Ich fühlte mich schon fast wie beim Zahnarzt, nur das Ambiente und die Cocktails waren eindeutig besser. Devon hatte gesagt, hier drinnen gäbe es nur teure Drinks und sonst nichts Besonderes. Doch ich konnte mir nicht vorstellen, dass zwanzig Frauen freiwillig hier saßen, um auf nichts Besonderes zu warten.

»Keine Ahnung.« Sarah sah mich nachdenklich an und schüttelte ihren feuerroten Kopf. Dann glitt ein überraschtes Lächeln über ihr Gesicht.

»Da ist Mira.« Sarah riss die Augen auf, als eine große Blondine den Raum betrat.

Als sie Sarah erkannte, die ihr aufgeregt zuwinkte, kam sie lächelnd auf uns zu.

»Sarah, was machst du hier? Ich dachte, du hättest schon genügend Orgasmen«, fragte sie und umarmte Sarah herzlich. »Oder bist du wegen des Geldes hier?«

Ich starrte Mira schockiert an. Selbst Sarah war einen Moment sprachlos und holte erst einmal tief Luft.

»Orgasmen?«, fragte sie. »Die gibt es hier?«

»Wie bitte?«, fragte ich erschrocken.

»Was glaubt ihr, weswegen diese Frauen hier sind? Sicherlich nicht, weil es kostenlose Cocktails gibt, nein, sie sind wegen dem extrem guten Sex mit Orgasmusgarantie hier!« Mira betonte langsam und genussvoll jedes Wort. »Na ja, nicht alle, ein paar sind bestimmt auch wegen den 250 000 Dollar gekommen, die es als Schweigegeld gibt.«

Ich starrte immer noch schockiert Miras knallpinken Mund an. Ich sah, wie sich ihre Lippen bewegten, doch mein Gehirn weigerte sich immer noch standhaft zu begreifen, dass Devon mir eine Einladung für eine Lounge gegeben hatte, in der es Sex mit Orgasmusgarantie gab und dazu noch einen Jackpot und Verschwiegenheitsklauseln. Hatte ich bei unserem ersten Treffen so unbefriedigt ausgesehen, dass ich so etwas nötig hatte?

»Werde mal ein bisschen genauer, extrem krassen Sex habe ich auch gelegentlich.« Wenigstens Sarah hatte ihre Fassung zurückbekommen. Erwartungsvoll sah sie Mira an, die verschmitzt grinste.

»Nein, hast du nicht, also nicht so, glaube mir.« Miras Stimme wurde zu einem Flüstern, und sie beugte sich zu uns hinüber. »Hier gibt es die Auswahl aus allen Extremen«, flüsterte sie verschwörerisch.

»Erzähl!«, bat Sarah mit geröteten Wangen.

»Ich darf nicht, du weißt schon, die Verschwiegenheitsvereinbarung«, seufzte Mira.

»Bitte, mach mal eine Ausnahme!« Sarah hatte den verführerischen Blick aufgesetzt, und ich beschloss, mir etwas zu trinken zu holen, während Sarah Mira bearbeitete.

Ich schlenderte zur Bar hinüber und bestellte ein Glas Champagner. Während ich langsam zurücklief, spitzte ich die Ohren und schnappte ein paar Gesprächsfetzen um mich herum auf.

»Weißt du noch, was die Vier war?«, fragte eine schmale Frau mit wilden braunen Locken ihre ebenso dünne blonde Freundin.

»Ja, das war der Gangbang, und die Sieben war Anal«, entgegnete sie.

Ich legte einen Schritt zu, während mir eine Gänsehaut den Rücken hinabkroch. Die Sieben war Anal, und ich hatte sie gewürfelt und danach hatte ich …

Meine Gedanken überschlugen sich planlos wie ein außer Kontrolle geratenes Flugzeug.

»Also ich hatte schon Fisting und Bonding. Das waren die Elf und die Zwölf«, sagte Mira genau in dem Moment, als ich neben ihr stehen blieb. Ich spürte, wie mir die Hitze ins Gesicht donnerte und gleichzeitig meine Finger eiskalt wurden.

»Wer steht denn auf so was?«, fragte Sarah mit angewidertem und gleichzeitig fasziniertem Gesichtsausdruck.

Das eiskalte Gefühl breitete sich mittlerweile in meinem ganzen Körper aus. Ich wusste genau, wer auf Extreme stand und in wessen Hosentasche zwei Würfel steckten, deren Augensumme zwölf ergab. Eine einfache Möglichkeit, um aus zwölf Dingen auszuwählen. Devon schien also nicht der Einzige mit solch einer ungewöhnlichen Neigung zu sein, redete ich mir tapfer ein, denn etwas anderes wollte ich nicht glauben.

»Das tun mehr Frauen, als du denkst. Ich leite die Kreativabteilung bei Lolla Moda. Manchmal platzt mir beinahe der Kopf, und ich kann nicht abschalten, weil ich für alles und jeden verantwortlich bin. Es tut unheimlich gut, wenigstens für ein paar Stunden die Kontrolle komplett abzugeben. Es ist ja keine Lebenseinstellung. Es geht nur um ein paar Stunden Abwechslung. Raus aus dem knallharten Chefanzug und rein in die devote Unterwürfigkeit meiner allerdunkelsten weiblichen Seite.«

»Ist nicht wahr«, hauchte ich.

»Doch, doch, da geht's richtig zur Sache. Eine Freundin hatte die Sechs, das war SM mit Peitschen, Fesseln und totaler Unterwerfung, aber mehr darf ich nun wirklich nicht erzählen.«

Ich schüttelte den Kopf, und mein Unterbewusstsein weigerte sich immer noch hartnäckig, das Offensichtliche zu akzeptieren.

»Der Mann, der für all das zuständig ist, hält seine Identität geheim. Hier erscheint er nur als Schattenbild, und sobald es zur Sache geht, werden dir die Augen verbunden. Mich würde ja schon mal interessieren, wer auf sexuellem Gebiet so unglaublich kreativ ist, aber auf der anderen Seite ist es natürlich noch viel intensiver, wenn man nichts sieht, sondern nur fühlt.« Mira lächelte selig, und mein Magen fühlte sich plötzlich an, als ob ich neben Sarah im Auto saß und sie mit überhöhter Geschwindigkeit über eine Serpentinenstrecke heizte, immer knapp am Abgrund.

»Es ist eine Grenzerfahrung«, sagte Mira jetzt, und ihr Wortlaut kam mir so verdammt bekannt vor, dass ich am liebsten sofort den Raum verlassen hätte. Nur die Neugier hielt mich noch hier und die kleine Hoffnung, dass alles nur ein schrecklicher Irrtum war.

»Wirklich?«, erwiderte Sarah begeistert.

»Du würdest staunen, was noch für Empfindungen in deinem Körper stecken und zu welchen Gefühlen er fähig ist.« Mira seufzte wehmütig.

Sarah schien sich plötzlich an den Gedanken gewöhnt zu haben, dass die Frauen hier warteten, um den Sex ihres Lebens zu bekommen.

Ich konnte kaum glauben, was ich da gerade sah. Gespannt wandte sie sich Mira zu. Ich war ja schon viel von Sarah Green gewohnt, aber dass sie sich zum Sexsklaven machen wollte, um neue Grenzerfahrungen zu sammeln, verstand ich beim besten Willen nicht mehr. Obwohl, erinnerte mich meine allerdunkelste weibliche Seite, hatte ich nicht genau das Devon angeboten? Ich schluckte nervös.

»War es gut?« Sarah sah Mira erwartungsvoll an.

»Unglaublich«, erwiderte sie schwärmerisch. »Deswegen bin ich auch hier, vielleicht habe ich Glück und komme noch einmal dran und der Sexgott von Manhattan verpasst mir noch eine atemberaubende Session.«

»Bist du dir sicher, dass du so etwas tun möchtest?«, fragte ich Sarah, während ich das Wort Session geflissentlich ignorierte. »Probiere doch mal eine Massage, ein Fitness Center oder einen neuen Sport, um deine körperlichen Grenzen auszuloten«, schlug ich vor.

»Das ist langweilig. Ich suche etwas Besonderes, etwas Außergewöhnliches, bevor ich den Mann meines Lebens treffe, Kinder bekomme und fett werde. Ich will nie bereuen, dass ich mein Leben nicht gelebt habe.« Sarah hob entschlossen das hübsche Kinn, und ich seufzte. Sie hatte ihre Entscheidung getroffen.

»Wissen die hier eigentlich alle, warum sie hier sind?«, fragte ich und sah die gespannt wartenden Gesichter um mich herum genauer an. Einige Frauen waren in leise Gespräche vertieft. Andere saßen in den bequemen Sofas und tippten scheinbar gedankenverloren auf ihren Smartphones herum.

Doch über all der scheinbar normalen Clubatmosphäre schwebte eine seltsam aufgeladene und erwartungsvolle Stimmung. Mira sah mich eindringlich an, dann beugte sie sich zu mir herüber.

»Jede Frau hier weiß ganz genau, was los ist. Sie sind Konkurrentinnen. Eine von ihnen wird heute Nacht das große Glück haben und ausgewählt werden. Sie wird den Sex ihres Lebens bekommen, von dem alle anderen nur träumen können. Vielleicht haben sie nächsten Monat Glück oder nächstes Jahr oder niemals.« Sie sah mich entschlossen an. »Ich geh mich noch mal frisch machen«, sagte sie schließlich, als ich nicht antwortete, und wandte sich ab.

»Ich glaube, es war ein Fehler hierherzukommen«, sagte ich.

»Warum?« Sarah sah mich an, als ob ich den Verstand verloren hätte.

»Ich will keinen Sex mit einem Fremden haben, den ich nicht kenne und nach dem sich hundert andere verzehren, jemand, der jede Woche mit einer anderen Frau Sex hat.« Ich schrie mich regelrecht an, dass es ein Fremder sein musste. Es durfte nicht Devon sein, obwohl ich die vielen Parallelen nicht leugnen konnte.

»Es werden nicht nur hundert sein, Anya. Wenn Mira es jedem erzählt, ist es ein offenes Geheimnis. Es werden sich noch einige mehr für den Sexgott interessieren, und ich sage dir, keines von den Mädchen hier trägt einen Slip.«

»Wie bitte?«, rief ich. Sarah sah mich strafend an, und ich biss die Zähne zusammen. Alle Blicke waren auf mich gerichtet, und ich sah sofort zu Boden.

»Ich habe einen Slip an, und das ist auch gut so«, zischte ich. »Lass uns gehen, hier passiert doch eh nichts mehr, außerdem bin ich müde.« Ich sah mich um, die Frauen um mich herum hatten sich wieder ihren Gesprächen und ihren Smartphones zugewandt. Flucht war die einzige Möglichkeit, der grausamen Wahrheit zu entfliehen.

»So kurz vor dem Ziel kann ich nicht aufgeben. Jetzt bin ich endlich hier und habe die Chance, eine komplett neue sexuelle Erfahrung zu machen. Ich kann nicht gehen.« Sarah blinzelte mich entschlossen an.

»Ich kann nicht bleiben, es war ein Fehler hierherzukommen«, entgegnete ich panisch und erhob mich.

In diesem Moment bemerkte ich, dass Stille im Raum herrschte. Die Musik lief weiter ohne Unterbrechung, nur das leise Tuscheln um uns herum war mit einem Mal erstorben.

Ich sah mich vorsichtig um und bemerkte, dass die Blicke aller Frauen dem anderen Ende des Raumes zugewandt waren. Ich ließ meinen Blick in dieselbe Richtung schweifen und registrierte, dass eine Veränderung stattgefunden hatte. Die Show begann.

Ich wollte noch weglaufen, wollte nicht wissen, ob es tatsächlich Devon war, der hier in dieser Lounge die Peitsche schwang, doch ich konnte mich nicht mehr bewegen. Alle Blicke waren in eine Richtung gerichtet. Ganz langsam wandte auch ich meinen Kopf dorthin.

Da waren drei Männer, die auf einem Podest saßen und miteinander diskutierten. So leise, dass ich es trotz der nur dezenten Hintergrundmusik nicht hören konnte. Zwei der Männer sah ich im Profil, der Dritte hatte uns den Rücken zugewandt und saß so geschickt im Schatten verborgen, dass man ihn nicht erkennen konnte. Den erregenden Effekt dieser Präsentation konnte sogar ich nicht leugnen.

»Da sind sie!«, keuchte Sarah aufgeregt neben mir.

»Wer ist da?«, fragte ich, ohne den Blick von den Männern abzuwenden. Ich kniff die Augen zusammen, um besser erkennen zu können, wer da vor mir saß.

»Einer von ihnen muss dieser unglaubliche Sexgott sein, der jeder Frau einen Orgasmus bescheren kann.« Sarahs Stimme klang heiser. »Sie wählen jetzt die Frau aus, die heute Abend das große Glück hat.«

Die beiden Männer, deren Gesichter ich erkennen konnte, sahen gut aus. Der eine war hellhaarig, groß und breitschultrig, der andere hatte dunkles Haar, einen Dreitagebart und war stämmig wie ein Bär. Neben den beiden kräftigen Männern wirkte der Dritte zierlicher und athletischer, obwohl er für sich betrachtet ebenfalls groß war. Die Farbe seiner Haare konnte ich im schummerigen Licht der indirekten Beleuchtung nicht bestimmen.

»Die sehen nicht so aus, als ob sie eine Frau auswählen«, bemerkte ich. »Die sehen aus, als ob sie über etwas streiten.«

»Mmh«, murmelte Sarah und musterte ebenso wie ich und der Rest der Frauen im Raum den Tisch mit den drei Männern.

Die Stimmung war zum Zerreißen gespannt. Irgendetwas musste jetzt passieren. Waren die drei sich uneinig, auf wen ihre Wahl heute Nacht fallen sollte?

»Machen die alle drei mit?«, fragte ich. Das Schaudern kam zu meinem Erschrecken ganz tief aus meinem Bauch, so tief, dass ich nicht darüber nachdenken wollte, was für dunkle Dinge noch in mir schlummerten.

Mein Traum fiel mir wieder ein, der Traum, in dem Devon einen Komplizen hatte, einen Mann, der mich erregte. Es musste an den vielen angespannten Frauen liegen, die hier im Raum versammelt waren, dass mein Körper so reagierte. Ich holte tief Luft.

»Ich hätte nichts dagegen, wenn alle drei mitmachen«, flüsterte Sarah, und ich glaubte zu wissen, dass vermutlich alle Frauen in diesem Raum dasselbe dachten.

In diesem Moment bewegte sich der Mann, der mir den Rücken zugekehrt hatte. Ich erkannte diese Bewegung, sie war mir so vertraut, dass es meine eigene hätte sein können. Ich konnte es nicht mehr leugnen.

Als für den Bruchteil einer Sekunde sein Hinterkopf den schützenden Schattenraum verließ, traf der Lichtstrahl einer Halogenlampe sein Haar, und das Braun schimmerte golden.

Ich hörte nichts mehr, ich sah nur noch wie einen winzigen Ausschnitt den goldenen Schimmer in seinen Haaren, den Haaren, durch die noch gestern meine Finger geglitten waren. Ich spürte meine Beine nicht mehr.

»Anya!«, hörte ich Sarahs Stimme gedämpft wie durch Watte, während ich immer noch schockiert Devon anstarrte. Die Puzzlestücke setzten sich zusammen zu einem schrecklichen, dunklen und abstoßenden Bild.

Der Mann, den ich zu lieben glaubte, hatte nicht nur einfach eine Vorliebe für extreme Sportarten und sexuelle Grenzerfahrungen, nein, er tat dies in großem Stil jede Woche zusammen mit seinen besten Freunden.

Jetzt war mir auch völlig klar, was hinter dem *Black Game* steckte, diesem Spiel sexueller Extreme, dem Devon scheinbar völlig verfallen war. Das war es also, was er die ganze Zeit mit mir hatte tun wollen.

Er bevorzugte keine spontane Leidenschaft, sondern eine Auswahl von durch den Zufall diktierten Extremen.

Die zwei mussten es sein, die Devon als seine Brüder bezeichnet hatte. Brüder, mit denen er gemeinsam seine perverse Lust zelebrierte. Devon war der Sexgott, den die Frauen von Manhattan begehrten, und diese Wahrheit war unglaublich und niederschmetternd grausam.

Meine zarten Gefühle der Zuneigung kamen mir plötzlich albern vor wie die Schwärmerei eines Teenagers für einen Popstar. Devon hatte es nie ernst mit mir gemeint. Ich war nur eine kleine Grenzerfahrung in seinem Kosmos der Extreme.

Wie lange hatte er geglaubt, dass er das vor mir verbergen konnte? Seine Ausflüchte fielen mir wieder ein, sobald ich mich diesem Thema genähert hatte. Ihm war also klar gewesen, dass ich mich nicht mehr mit ihm treffen würde, sobald ich erfuhr, was seine wahre Leidenschaft war.

Ich stand wie ein Roboter auf und ging auf die Ausgangstür zu. Ich wollte nur noch weg und allein sein. Erst als die Tür hinter mir ins Schloss fiel, atmete ich wieder tief ein. Sarah hatte den Raum nicht verlassen. Ich wusste, dass sie die einmalige Chance nicht verpassen wollte. Sollte sie nur. Ob Devon eine Frau mehr oder weniger glücklich machte, spielte bei seiner Bilanz keine Rolle mehr.

Seit meinem ersten Treffen mit Devon Draper hatte ich gewusst, dass es besser gewesen wäre, Abstand zu halten. Obwohl ich es besser wusste, hatte ich mich auf ihn eingelassen, und was noch viel schlimmer war, waren die Gefühle und die Hoffnung, die ich zugelassen hatte.

Vielleicht hätte es nicht weh getan, wenn ich tatsächlich alle Gefühle außen vor gelassen hätte. Doch ich hatte den Fehler begangen, mich zu verlieben, und für diesen Fehler musste ich jetzt bezahlen.

Tränen liefen mir die Wangen hinab, doch mir war es egal, dass die Leute mich anstarrten. Ich atmete ein paarmal ein und aus, und als ich mir sicher war, dass ich wieder festen Schrittes laufen konnte, verließ ich den Club mit grimmiger Entschlossenheit.

Denn eines stand für mich felsenfest.

Mit Devon Draper, dem Sexgott von Manhattan, dem Meister des *Black Game,* wollte ich nichts mehr zu tun haben. Nie wieder.

Prickelnd geht's weiter:
die Fortsetzung des berüchtigten **Black Game**!

KAROLA LÖWENSTEIN

The Black GAME

GEFÄHRLICHE ERLÖSUNG

Roman

Anya ist zutiefst verletzt, als sie herausfindet, dass ihr Liebhaber Devon in einem angesagten New Yorker Nachtclub ein ausschweifendes sexuelles Spiel ausrichtet. Sie fühlt sich gedemütigt und trennt sich von Devon. Doch die Erinnerungen an ihn und seine leidenschaftlichen Küsse und Berührungen holen Anya immer wieder ein. Auch Devon kann Anya nicht vergessen und will sie zurückgewinnen: Er verspricht, dem *Black Game* abzuschwören. Als Anya erkennt, dass Devons dunkle Seite unberechenbar ist, trifft sie eine folgenschwere Entscheidung: Sie muss das *Black Game* spielen, koste es, was es wolle …

Ab März 2016 erhältlich.

KNAUR